사랑이 스쳐간 자국
1권

배경식 자전 장편소설
사랑이 스쳐간 자국 1권

2025년 9월 30일 처음 펴냄

지은이	배경식
펴낸이	김영호
펴낸곳	도서출판 동연
등 록	제1-1383호(1992년 6월 12일)
주 소	서울시 마포구 월드컵로 163-3
전 화	(02) 335-2630
팩 스	(02) 335-2640
이메일	yh4321@gmail.com
인스타그램	@dongyeon_press

Copyright ⓒ 배경식, 2025
이 책은 저작권법에 따라 보호받는 저작물이므로, 무단 전재와 복제를 금합니다.

잘못된 책은 바꾸어 드립니다.
책값은 뒤표지에 있습니다.

ISBN 978—89-6447-716-8 04810
ISBN 978—89-6447-715-1 04810(배경식 자전 소설집)

*이 책의 본문은 을유1945 서체를 사용했습니다.

| 배경식 자전 장편소설 |

사랑이
스쳐간
자국

1권

배경식 지음

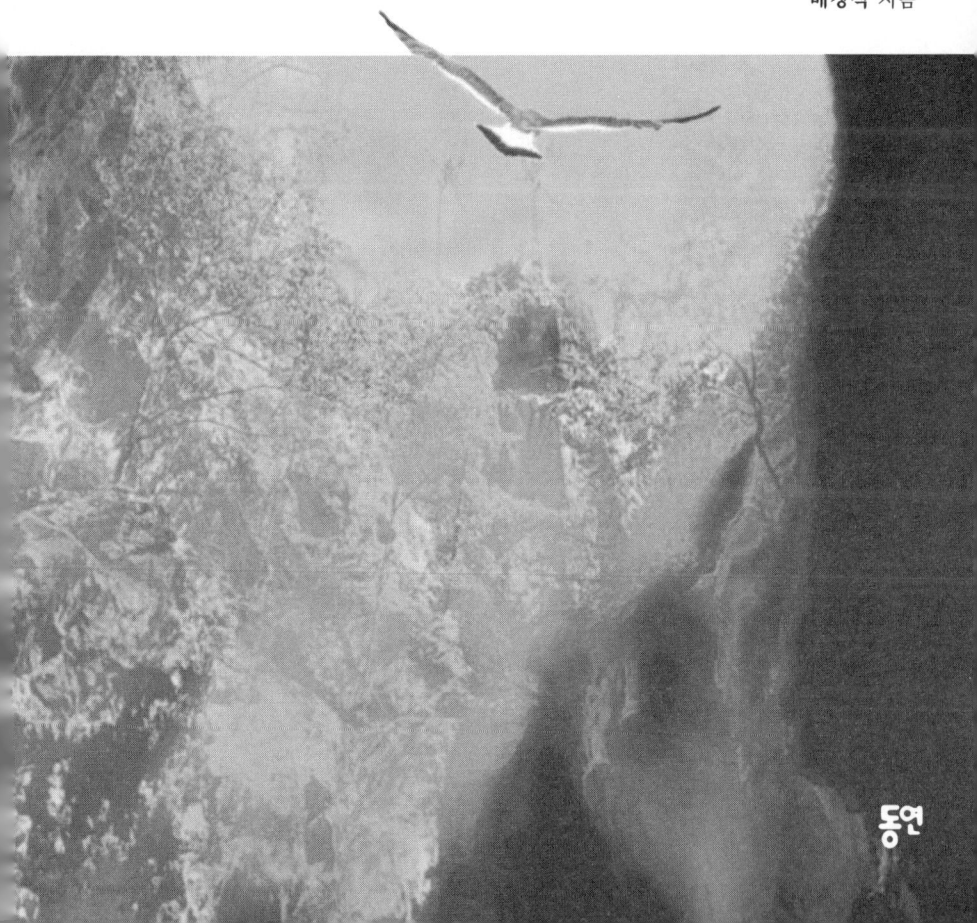

동연

소설을 쓰며

저마다 다른 사람들의 일상과 삶을 담아

하고 싶은 사소한 말을 글로 남기고 싶었다. 사소한 말은 개인 이야기다. 혼자만의 이야기가 아니다. 조우한 사람들과의 이야기다. 가족의 이야기, 교회와 학교의 이야기, 식이가 속해 있던 국가 사회의 이야기다.

어디서부터 시작할까가 문제였다. 상상의 날개를 폈다. 식이가 갓난아기 때 눈을 맞춰 보았던 할아버지와 아버지를 작가의 상상력으로 초대해 보았다. 말은 못했으나 그분들이 식이에게 이야기를 해주셨다. 그간 만난 사람들이 식이에게 많은 조언도 해주셨다. 그래서 지금까지 식이는 생존해 있다.

다 잊혀진 이야기였으나 그것이 되살아났다. 그리고 그분들과 교감을 시도해 본다. 그 대화를 기억으로 더듬어 모아 『사랑이 스쳐간 자국』을 열어 보련다.

식이의 이름을 점식이라 지어 주셨던 할아버지. 점식이는 무릎에 제주도까지 선명한 한국 지도를 지니고 태어났다. 할아버지는 억울하게 돌아가셨지만 아버지는 할아버지의 명예를 회복

시켜 드렸다. 고래 싸움에 새우 등이 터진다더니…. 그 거센 여파에 식이 가족은 뿔뿔이 흩어졌다. 그들은 죽은 자가 되었다.

민들레 포자가 되어 희고 노란 꽃을 피워내고 있다. 잊혀진 자가 생존한 자를 되살려내는 게임의 법칙이기도 하다.

식이 이야기 속에는 사람들의 일상과 삶이 들어 있다. 사람들은 저마다 다르게 이야기한다. 웃으면 비웃는다고, 울면 왜 우느냐고 지적하는 모진 사회기도 하다. 그래서 식이는 아예 사도 바울의 "즐거워하는 자와 함께 즐거워하고 우는 자와 함께 울라"(롬 12:15)는 말을 기억하고 있다.

식이는 이야기를 글로 남기면서 웃기도 하고 울기도 했다. 사람은 결국 웃고 울다가 사람들과 아쉬운 작별을 하는 것 같다. 그래서 작별하기 전에 따뜻한 포옹을 더 하고 싶다.

"하나에 하나를 더해 둘이면 나와 다른 사람이다. 하나가 되면 가족이다." 결혼식에서 흔히 듣는 청춘 남녀의 격려사다. 하나에 하나를 더해 영이 되면 어떻게 될까? 이것이 사랑이다. 주면 받고, 받으면 주어서 남는 것이 없는 그것이 사랑이다. 더해도 빼도 아무것도 남지 않는 불변의 사랑, 이것이 참사랑이다.

불교에서는 이것을 '공허'(空虛)라고 했을 듯싶다. 신약성경에서는 '십자가'(十字架)로 보여지는 하나님의 사랑이다. 다 버리고 떠나 홀로 남은 그 사랑, 주어도 주어도 끝이 없는 사랑, 받아도 받아도 더 받고 싶은 그 사랑, 다 받고 다 돌려준 그 사랑이 참사랑이다.

세상의 모든 죄악을 양 어깨에 짊어지셨다는 어린 양 예수의 희생적인 사랑! 눈물의 고통과 탄식, 한숨과 절망이 도사려 있는 그곳에서 한 줄기 희망의 빛을 찾으려던 아들의 외침을 하나님이 외면하셨을까?

십자가 밑에서 눈물을 흘리는 거룩한 모성애를 결코 잊지 마라. 총부리를 겨누며 탱크를 앞세우고 살육을 자행하던 그 무지막지한 5·18 계엄군과 군화발의 짓밟힘 속에서 항거하던 꽃다운 청춘들이 되살아난다.

내동댕이쳐 깨진 항아리를 맞춰 가며 아베 마리아의 의연한 삶의 부르짖음을 듣고 있기나 하고 있는가?

설령 "신은 죽었다!" 말해도 좋다. 죽었다면 살았던 것이고, 없다면 이미 있었던 것이 아닌가? 그래서 사랑은 아무것도 남기지 않아야 참사랑이다.

겁에 질려 말 한마디 못하고 숨소리조차 내쉬지 못하던 주변 사람들의 틈바구니에서 속으로 속으로만 삭여야 했던 그곳에 사랑의 숨결이 있었다는 말이다. 사랑은 아무것도 남기지 않는다. 누군가가 하얀 소복을 입고 가벼운 종이를 태워 공중으로 날리는 것이 사랑의 증표다.

가거라 가거라 널리 널리 바람 타고 날아가거라.
소리가 되어, 재가 되어, 새가 되어, 독수리가 되어
날아라 높이 높이 세상이 볼 수 있게.

걸어라 앞으로 앞으로

늙은 코끼리가 되어 쿵덕쿵덕 사지(死地)를 찾아 자기 길을 찾아가거라.

그곳에 비가 내리고 햇볕이 쪼이면

어느 봄날엔가 포자(胞子)들이 바람결에 날아와

한송이 민들레를 여기저기 희고 노란 꽃들로 밝혀 주리라.

짧은 생을 살았던 윤동주 시인의 『하늘과 바람과 별과 시』에서 「서시(序詩)」를 인용해 보려 한다.

죽는 날까지 하늘을 우러러

한 점 부끄러움이 없기를,

잎새에 이는 바람에도

나는 괴로워했다.

별을 노래하는 마음으로

모든 죽어 가는 것을 사랑해야지

그리고 나한테 주어진 길을

걸어가야겠다.

오늘 밤에도 별이 바람에 스치운다.

이 소설책이 빛을 보기까지 방향 지침을 주신 여산 친구 지희

와 삼섭, 제자 김기용 목사 그리고 재정적인 부담을 해주신 벌교 지역의 제자들, 은광교회와 성백용 목사님께 감사를 드린다. 세종주님의교회 오경훈 목사와 교우들에게 그리고 세종 연합회 현수동 목사와 연합회 소속 목사님들께도 큰 빚을 졌다. 캄보디아 선교를 할 때 선교비 지원과 건강이 약해질 때마다 의술을 통해 다시 일으켜 세워주신 이철호 원장님과 조병춘 안과 원장님 그리고 최경수 원장님께 감사를 드린다. 특히 아내와 인열, 인아, 신열, 소연, 지연, 소망, 재성에게 감사한다. 이 모두 생존한 자로서 자리매김을 잘 하리라.

2025년 8월
저자 배경식(筆名 방아다리)

차례

소설을 쓰며

저마다 다른 사람들의 일상과 삶을 담아 저자 배경식 _ 5

1장 깊은 상처

1. 아아 잊으랴! _ 15
2. 괴물 공산주의 _ 45
3. 비오는 날의 우산 _ 75
4. 너 죽고 나 살자! _ 96
5. 산골짜기 다람쥐 _ 120

2장 아! 사랑이여!

6. 사랑의 불씨 _ 131
7. 일편단심(一片丹心) _ 138
8. 수호신 _ 151
9. 신랑 달기 _ 158
10. 술멕이 잔칫날 _ 171
11. 사랑의 찬가 _ 190

3장 못 잊을 내고장

12. 여산은 옛고을 _ 201
13. 여산에서의 추억 _ 223
14. 두여리교회 _ 231
15. 장롱 속의 뭉칫돈 _ 242

추천사

거친 삶의 여정이 담긴 책 이영호 _ 247

주님을 믿는 신앙 안에서 승화된 사랑의 힘 성백용 _ 249

소외된 이들의 곁을 지켜온 '사랑' 이야기 신길순 _ 251

'사랑'이라는 보편적 주제를
신앙이라는 언어로 풀어낸 책 오경훈 _ 254

성경적 가치관을 일깨우는 대하소설 현수동 _ 256

소설을 읽는 이에게

사랑이 스쳐간 삶과 시간이 흘린 눈물 _ 258

1장

깊은 상처

1. 아아 잊으랴!

1950년 6월 25일은 평온한 일요일이었다. 해방 후 2년이 지나면서 한국은 평범한 일상을 되찾기 시작했다.

시장이나 가게에서 장사 준비를 하는 사람들도 있고, 새벽기도나 예불을 드리러 가는 사람들도 있었다.

그날 새벽 4시, 암호명 '폭풍 224' 작전하에 조선 인민군이 기습적으로 남침하면서 고요한 아침의 나라 한반도에 전쟁이 발발했다. 이 전쟁은 1953년 7월 27일 휴전이 성립될 때까지 3년 1개월간 무려 1,129일 동안 계속되었다.

이 전쟁을 일으킨 핵심 인물은 김일성과 박헌영이었다. 김일성은 중국의 마오쩌둥과 소련의 스탈린의 지지와 협조를 받아 전쟁을 감행하여 북한의 전 영토와 주민들을 도박판에 끌어들였다. 전쟁이 뜻대로 흘러가지 않자 그 책임은 박헌영 등 정치적 경쟁자들에게 떠넘기고, 이를 자신의 권력 강화 발판으로 삼았다.

박헌영 역시 자신의 정치적 세력을 유지하기 위해 전쟁을 지지했다. 그는 김일성에게 "전쟁이 일어나면 남로당원 20만 명이 봉기할 것"이라며 남로당의 역할을 강조했다. 이는 권력욕에서 비롯된 근시안적 판단이다.

"김 동지! 오랜만이오!"

"아, 박 동지! 그동안 잘 계셨수?"

"금번 기회에 남조선을 기습 공격합시다! 미국 코쟁이들이 조선보다 일본에 더 관심이 있는 것 같으니 우리가 선제 공격하면 어떻겠습니까?"

"그래도 남조선은 미국 양키 놈들의 앞잡이인 리승만이 떡하니 버티고 있는데 그것이 가능하겠습니까?"

"그런 것은 걱정하시지 마시라요. 우리가 그동안 공들여 제주도나 여수, 순천 등 여기저기 심어 놓은 남로당 세력들이 곳곳에서 이미 반란을 일으켜서 우리더러 내려오라고 손짓하고 있는 형편입니다."

"그렇긴 해도 우리 힘만으로는 도저히 승산이 없으니 소련이나 중국 공산당의 힘을 빌어 보도록 합시다."

"하루라도 날래 서두르시라요. 리승만이 대통령 해먹으려고 별의별 개수작을 다 부리고 있을 것입네다."

"나도 그렇게 생각하오. 우리가 만주 벌판에서 독립을 쟁취하려고 일본놈들과 싸울 때는 공산당과 함께한다더니 자기가 대통령이 되면서부터는 공산당을 배격한다니 앞뒤가 맞지 않소. 그런 놈이 미제 승냥이 반동분자요."

이들은 가쓰라·태프트 밀약(Katsura-Taft Agreement)을 떠올렸다. 이는 일본의 수상 가쓰라와 미국의 육군장관 태프트가 1905년 7월 도쿄에서 만나, 일본은 필리핀에 대한 미국의 통치상의 안전을 보장해 주고 미국은 한국에 대한 일본의 보호권을 인정하기로 한 일종의 뒷거래 비밀 협약이었다.

"옳아요. 미국은 가쓰라 태프트 협약으로 동양의 진주 필리핀에 관심이 더 많습니다."

"맞소. 일본놈 가쓰라와 미제 승냥이 태프트가 남조선과 필리핀을 나눠 먹는다는 그 밀약 말이지요?"

"스탈린 각하를 만나서 담판을 짓겠소. 우리는 스탈린을 위해 목숨을 바치겠노라고."

"예. 김 동지 말씀이 옳습니다. 우리는 스탈린을 위해 목숨을 바쳐야 합니다."

"그런데 박 동지! 우리 공산당이 내려가면 남조선 사람들이 환영을 할까요?"

"예! 절대적입니다. 지금 남조선에는 길거리에 고아, 거지들, 문둥병자들이 넘쳐나고 있다 합니다."

"이때가 절호의 기회이구만요!"

"그렇습니다. 김 동지가 서두르시면 제가 적극 돕겠습니다."

"그렇게 하디요. 기습 공격을 합시다!"

이들은 남한 공격의 승리를 확신했다. 스탈린의 전쟁 광기를 한반도로 끌어들이기 위해서는 당과 인민을 위해 목숨을 바친다고 생각하고 있어야 했다.

전쟁 초기, 조선공산당은 압도적인 군사력과 소련제 탱크를 앞세워 남하했다. 전쟁 시나리오는 전투 경험이 풍부한 소련과 중공의 군 관계자들에 의해 짜여졌다.

당시 남한은 모내기철로 무방비 상태였다. 군인들은 농번기 휴가를 받아 집안일을 돕고 있었고, 국군의 준비는 미비했다. 그런 상황에서 갑작스러운 탱크 침공에 누가, 어떻게 맞설 수 있었겠는가. 침공 3일 만인 6월 28일에 수도 서울이 점령되었다.

전쟁 발발과 동시에 모든 것이 멈추었다. 학교에 간 학생들은 집으로 돌아왔고, 직장인들도 회사가 폐쇄되었다는 소식을 듣고 발길을 돌렸다. 사람들은 어디로 가야 할지 몰랐다. 오직 '남쪽으로, 남쪽으로' 가는 것만이 유일한 탈출구였다.

서울 시민들은 인민군이 미아리고개를 넘어온다는 소식에 집이며 상점, 사업장 등을 버려두고 피난 짐을 꾸렸다. 짐이라 해야 돈이 될 만한 물건 몇 가지뿐이었다. 서울역으로 달려간 사람들은 기차에 몸을 실었다. 객실 안 조차 옴짝달싹 못할 정도로 넘치는 인파는 기차 지붕과 객차간 연결봉에까지 매달려 살기 위한 몸부림이 처절했다. 6월이라 더위는 그럭저럭 견딜만했지만, 기차가 터널을 통과할 때 뿜어대는 석탄 연기 때문에 사람들의 코끝은 새까맣게 변했다.

피난민들은 수원, 천안, 대전, 대구, 부산 등 남쪽을 향해 무작정 이동했다. 서울 중앙청에는 이미 인공기가 걸렸고, 모든 관공서는 인민군의 수중에 넘어갔다. 27일 새벽에 이승만 대통령과 내각이 대전으로 이동했고, 대통령은 방송으로 대국민 담화를 발표했다.

"국군이 밀렸지만 조만간 미군이 도착해서 도와줄 테니 공산당은 지금이라도 항복하라"는 내용이었다.

이 와중에 국방부, 공보처가 특별 발표 등으로 기만 보도를 했다. 이틀날 아침까지 이승만이 아닌, 국방부를 비롯한 정부 인사들이 서울 사수 방송을 해댔다.

"친애하는 국민 여러분, 침략해 오는 공산당을 반드시 막겠사오니, 서울을 사수하십시오! 서울 시민 여러분, 안심하고 서울을 지키십시오. 적은 패주(敗走)하고 있습니다. 정부는 여러분과 함께 서울에 머물 것입니다."

방송이 반복되었다.

"서울 시민 여러분! 국군의 총 반격으로 적은 퇴각 중입니다. 이 기회에 우리 국군은 적을 압록강까지 추격하여 민족의 숙원인 통일을 달성하고야 말 것입니다."

이는 사실상 선량한 국민을 방패 삼아 인민군의 남하에 시간을 벌고자 했던 계책이었다. 정부는 한강 철교를 폭파시켜 인민군의 남하를 막고자 했다. 피난길에 오른 시민들은 한강을 건너야 남쪽으로 갈 수 있는데 이미 한강 철교가 폭파된 뒤라 도강이 불가능했다. 이미 파괴된 한강 철교를 건너려고 안간힘을 쓰는 사람들의 모습은 처절하기까지 했다. 발을 헛디뎌 강물에 빠져 죽기도 했다.

미국을 중심으로 한 유엔군이 참전했으나 개전 한 달여 만에 낙동강 전선까지 밀렸다. 이후 40여 일간 국군과 유엔군은 낙동강 방어선을 사수하며 반격의 기회를 노렸다.

1950년 9월 15일, 맥아더 장군이 지휘한 인천상륙작전이 성공하면서 전세는 뒤집혔다. 9월 28일, 국군과 유엔군은 서울을 수복하고 중앙청에 태극기를 다시 꽂았다. 10월 1일에는 삼팔선을 돌파하여 10월 26일에는 압록강 인근 초산까지 진격했고 통일이 눈앞에 다가온 듯했다.

그러나 25만 명에 달하는 중공군이 압록강을 건너 기습해 왔다. 중공군의 공세는 1950년 10월 25일부터 1951년 5월까지 다섯 차례에 걸쳐 이루어졌고, 국군과 유엔군은 평양과 서울을 잇달아 내주었다. 1951년 1월 4일에 '1·4 후퇴'하여 서울을 내주었으며, 전선은 38도선까지 밀렸다.

그해 3월 15일, 서울을 재탈환한 후 전선은 삼팔선을 중심으로 공방전을 벌였다. 결국, 1951년 7월 10일, 휴전협상이 시작되었고, 2년여간 고지 쟁탈전이 계속되다가 1953년 7월 27일 밤 10시, 정전협정이 조인되었다. 남북은 삼팔선 부근에서 대치하며 분단 상태에 들어갔다.

전쟁 발발 초기인 6월 25일부터 9월 28일까지 약 3개월 동안 한국은 북한과 남로당의 인민군 치하에 놓였다. 세상은 순식간에 뒤바뀌었다. 일제 강점기 동안 친일파가 권세를 누리며 독립군을 체포하던 세상이었다면, 이제는 공산 정권이 들어서며 인민군 세상이 된 것이다. 부산을 제외한 남한 전 국토는 공산당의 붉은 깃발로 물들었다. 국민들은 한시도 마음 편히 잠들 수 없었다.

6·25 전쟁이 한창일 때 전북 완주군 고산면 일대에도 공산주의 게릴라, 소위 '남로당 소속 빨치산'이 활개를 쳤다. 이들은 산속에 은신하며 마을을 기습하거나 무기를 확보하고, 때때로 토벌대와 전투를 벌이기도 했다. 그때 식이 삼촌은 평범한 마을 젊은이 중 하나였다.

"삼촌이 왜 갑자기 산에 들어가셨을까?"

누구도 정확히 말할 수 없었다. 빨치산에 동조한 것인지, 아니면 강제로 끌려간 것인지. 마을 사람들조차 내용을 알지 못했다. 그가 빨치산에 가담했다는 소문은 산을 타고 내려왔지만 가족들은 그 말을 믿지 않았다.

회문산과 운장산, 고산면의 산자락 곳곳에 빨치산의 은신처가 있었다. 그들은 식량을 조달하거나 가족이나 친지를 만나기 위해 밤을 틈타 몰래 산을 내려왔다. 이런 만남은 눈물겹고도 위험한 일이었다. 토벌대가 이미 주변을 감시하고 있었기 때문이다.

어느 날 밤, 식이 삼촌이 몰래 집에 들렀다. 군화발로 방에 들어왔다.

"어머니 저 왔습니다."

"이게 누구냐? 셋째 량이 아니냐? 너 혼자 왔어? 형은 잘 있니?"

"예, 저 혼자 잠깐 왔습니다. 형님은 이 지역 위원장이라서 회문산 토굴에 있습니다."

"끼니는 어떻게 하고 있니?"

"그럭저럭 잘 지냅니다."

"걱정이다. 세상이 어떻게 돌아가려는지…."

"지금 여기저기서 전투가 벌어지고 있는데 아직 어느 편이 우세하다고 말하기가 어렵습니다."

"량이야! 그러지 말고 내일 나하고 같이 지서에 가서 자수하면 어떻겠니?"

"아닙니다. 이 일은 형하고 상의를 해야 됩니다. 그러니 오늘은 식량 조금하고 옷가지만 좀 챙겨주세요."

"그렇게 하마. 애미 말 명심해라. 어지간하면 자수해라!"

"예! 알겠습니다."

량이는 어머니가 싸준 옷가지와 쌀, 고구마 몇 개를 챙겨서 동료들과 함께 회문산으로 떠났다. 헤어지기 전에 량이는 어머니를 껴안고, 방바닥에 엎드려 몇 번이고 큰절을 올렸다. 밖에서는 동료들이 망을 보고 있었다.

"어머니, 죄송합니다. 너무 죄스럽습니다."

"그래 가능하면 자수해라. 너는 자원해서 입당한 공산당이 아니지 않느냐?"

그 짧은 밤이 지나고, 식이 삼촌은 다시 냇가 길을 따라 회문산으로 사라졌다. 어머니는 무릎을 꿇고 지성으로 기도했다. 살아 돌아오기를 바라는 마음과 이 험한 시대에 남편을 억울하게 잃고 자식들을 제대로 지키지 못한 원통함이 뒤섞였다.

이후로 식이 삼촌의 소식은 들리지 않았다. 군경의 토벌 작전이 계속되던 어느 겨울날, 회문산 근처 야산에서 사체 한 구가 발견되었다. 군복도 인민복도 아닌, 민간인 복장이었다. 피범벅이 된 얼굴은 알아볼 수 없었지만 어머니는 그가 자신의 셋째 아들 량이란 걸 직감했다.

"우리 아그가, 우리 아그가… 어찌 이런 꼴이 되었을까이."

그날 이후 어머니는 하루도 제대로 눈을 붙이지 못했다. 전쟁은 그들에게 가족을 앗아가고, 살아남은 이들에게는 지워지지 않을 슬픔을 남겼다. 믿음직한 큰아들은 소식이 아예 끊겨 버렸다.

전쟁은 군인들만의 싸움이 아니었다. 이념은 마을과 마을을 갈라놓았고, 때로는 가족과 가족, 형제와 형제 사이를 갈라놓았다.

산을 타고 다니던 빨치산들은 종종 마을에 내려와 식량을 요구하거나 협조를 강요했다. 협조하지 않으면 빨치산에게 '반동분자'로 낙인찍혔고, 협조하면 '빨갱이'로 몰려 토벌대의 표적이 되었다. 그리하여 양쪽 모두의 눈치를 보며 살아야 했던 민초들은 매 순간 생사의 기로에 놓이게 되었다.

1953년, 전라북도 완주군의 어느 산골 마을에 빨치산이 다녀간 이튿날, 토벌대가 들이닥쳤다. 군인들은 마을 사람들을 마당에 줄을 세운 채 물었다.

"누가 빨갱이들을 도왔냐? 누가 그놈들에게 밥을 주고, 잠자리를 제공했냐?"

사람들은 대답하지 못했다. 입을 열면 죽음이고, 침묵해도 의심을 받았다. 결국, 부역자로 지목된 노인을 끌고 나와 총살하고, 어린 아이까지 발길로 걷어찼다. 그날에 이유도 모른 채 죽어간 이가 셋, 실종된 이가 다섯이었다.

그 무렵, 정부는 빨치산을 토벌하기 위해 마을 청년들을 동원하여 '의용대'를 조직했다. 대부분 군대도 가기 전의 학생들이었고, 고무신을 신은 채 총을 들었다. 그들은 군경과 함께 작전을 수행했지만 정규군도 아니고 정식 훈련도 받지 못한 탓에 '앞잡이' 소리를 듣거나 작전 중 오인 사격을 당하기도 했다.

어느 산골 마을에서 학도병으로 징집된 김영수(가명)는 당시를 이렇게 회상했다.

"우리는 군복도 없이 그냥 민간인 복장에 총만 쥐고 산을 올랐지라. 빨치산 잡는단 명분으론께 겁도 나고, 뭐가 뭔지도 몰랐어요. 친구놈 둘은 그날 그대로 산속에 묻혀 뻤고."

이념은 이름 모를 시신들만 남긴 채 사람들의 삶을 송두리째 망가뜨렸다. 전선은 따로 없었다. 이 땅 모든 곳이 전쟁터였다.

낮에는 정규군, 밤에는 빨치산들이 판을 쳤다. 힘없는 사람들은 그저 목숨을 연명하는 데 급급했다. 태극기와 인공기를 장롱 속에 감추고서 번갈아 바꿔 달았다. 그리고 살기 위해 곡식이건 가축이건, 심지어 몸까지 그들이 요구하고 달라는 대로 다 주었다.

남한은 공산군에 의해 생지옥이 되어 버렸다.

생사의 갈림길에서는 의용대나 빨치산이나 다 똑같았다.

"아아 잊으랴 어찌 우리 그날을!"

6·25 전쟁이 발발하자 정부는 전선 후방에서의 반란을 우려하여 보도연맹원을 비롯한 '좌익계열 용의자'들을 대거 체포했다. 그들은 대부분 해방 직후 좌익 단체에 일시적으로 가입했거나 마을 단위로 행정상 편입된 이들로 사상 검증이나 재판 절차 없이 학살되었다.

전북 진안에서는 1950년 7월, 보도연맹원으로 등록된 주민 80여 명이 군경에 의해 '보호 수용'된다는 명목으로 연행되었다. 그들은 산속 어느 계곡으로 끌려가 한 줄로 무릎을 꿇은 뒤 총살당했다. 살아남은 사람은 단 한 명도 없었고, 시신은 그대로 흙더미에 묻혔다.

무주에서는 한 마을 남성 대부분이 군에 협조하지 않았다는 이유로 붙잡혀 갔다. 그들은 가족 앞에서 두 손을 묶이고 눈을 가린 채 산허리로 끌려가 흔적 없이 사라졌다. 아침마다 산에서 총소리가 울렸고, 아이들은 그것을 '어른들의 싸움'이라 배웠다.

고창에서도 유사한 일이 반복되었다. 전쟁이 시작되자마자 순경이 '빨갱이 색출 작전'을 벌이며 민간인을 무차별 검거했다. 빨치산과 관련이 있다는 혐의만으로 혹은 친인척이 산에 올랐다는 이유만으로 사람들은 총구 앞에 무릎을 꿇었다. 주검은 무덤 없이 논두렁 아래, 뒷산 골짜기에 던져졌다.

이런 학살은 중앙 정부의 지시 없이도 지방의 군과 경찰, 우익 단체에 의해 자의적으로 이루어지기도 했다. 어떤 이들은 "위에서 명령이 내려왔다"고 했고, 어떤 이들은 "빨갱이들이 쳐들어오기 전에 제거해야 한다."고 주장했다. 하지만 죽은 자들은 말이 없었고, 산 자들은 두려움에 입을 닫았다.

전쟁이 끝난 뒤에도 진실은 오래도록 묻혔다. '그때 그일'은 금기어가 되었고, 피해자 유족들은 입을 다문 채 살아야 했다. 말하는 순간, '빨갱이 가족'이라는 낙인이 따라붙었기 때문이다.

한 유족은 나직이 말했다.

"우리 아버지는 밤에 군인들한테 끌려가셨습니다. 이유도 없이 무슨 죄인지도 모릅니다. 그냥, 다시는 못 돌아오셨지요. 마을 사람들도 다 알아요. 근디 아무도 말 안 해요. 무서워서요. 지금도 무서워요."

이 땅의 수많은 골짜기에는 이름 없는 주검들이 그렇게 묻혔다. 누구를 위한 희생이었는지, 누구의 책임이었는지 모른 채 오직 침묵만이 기억을 대신했다.

전쟁이 끝난 뒤 대한민국 사회는 철저한 반공 체제로 재편되었다. 국가는 '공산주의는 악'이라는 인식을 강하게 주입했고, 학교에서는 '빨갱이와 싸운 영웅담'만을 가르쳤다. 마을마다 반공 표어가 나붙고, 해마다 '반공 웅변대회'가 열렸다.

이 시기, 죽은 자들에 대한 언급은 금기였다. '그가 왜 죽었는가'를 묻는 것은 곧 '그가 누구였는가'를 묻는 일이 되었고, '그가 누구였는가'를 밝히는 일은 가족까지 빨갱이로 몰릴 수 있는 일이었다. 피해자 유족들은 침묵을 선택할 수밖에 없었다. 말하면 잡혀가고, 묻어두면 살 수 있었다.

어떤 이는 가족의 죽음을 지우고 살았다. 벽장 깊숙이 감추어 둔 유품 하나로만 그 존재를 기억했고, 제사조차 비밀스럽게 지냈다. 어떤 이는 그날 이후 마을을 떠나 성씨를 바꿨다. 학살을 지시했던 자들은 그 자리에 남아 지역 유지가 되었고, 그 아래서 유족들은 '머리 숙여 살아야' 했다.

학살은 한 번의 총성과 피로 끝나지 않았다. 그것은 그 이후 몇십 년에 걸친 침묵과 억압 그리고 은폐로 이어진 '지속된 폭력'이었다.

그럼에도 불구하고 몇몇 사람들은 침묵을 깨고자 했다. 1980년대 들어 민주화 운동과 함께 진실 규명 요구가 터져 나오기 시작했다. 유족들은 전국에 흩어진 '유족회'를 조직했고, 곳곳에서 증언을 모아 정부에 책임을 물었다. 그러나 돌아온 건 "증거가 없다"는 말뿐이었다.

한 유족은 서울 청사 앞에서 삭발을 하고 단식 농성을 벌였다. 다른 이는 남몰래 유해 발굴을 시도했으나 군인들이 찾아와 삽을 빼앗고 "유해 발굴은 허락 안 된 일"이라며 위협했다.

이 시기, 전국에서 민간인 학살의 흔적을 쫓는 이들이 생겨났다. 기자, 교사, 변호사 그리고 평범한 시민들이었다. 그들은 문서 한 장, 증언 하나를 붙잡고 폐광촌과 산골짜기를 헤매며 잊힌 자들의 이름을 찾았다. 때로는 주검이 발굴되었고, 때로는 그마

저 찾지 못한 채 '여기쯤일 것'이라는 어렴풋한 기억만이 남았다.

이 모든 기록과 노력은 이후 '진실·화해를 위한 과거사 정리위원회'의 활동으로 이어졌다. 2005년, 한국 사회는 마침내 국가의 이름으로 이 사건들을 조사하기 시작했다. 무고하게 학살된 이들의 명단이 공식적으로 확인되었고, 정부는 일부 사건에 대해 사과를 표했다. 그러나 진실의 무게는 여전히 가볍지 않았다.

한 조사관은 이렇게 말했다.

"우리가 하는 건 묻힌 사람을 찾는 일이 아닙니다. 그들을 다시 사람으로 불러내는 일입니다. 죽음이 아니라 삶의 기록으로요."

전쟁은 끝났지만 진실은 매장되었다. 무덤도 없이 사라진 이들은 오래도록 이름조차 허락받지 못한 채 살아남은 자들의 죄책과 침묵 속에 방치되었다. 그리고 그 침묵을 강요한 국가와 사회는, '반공'이라는 이름 아래 역사의 책임마저 지우려 했다.

그러나 시간이 흐르며 우리는 점점 더 선명하게 깨닫게 되었다. 진실은 무덤에 묻히지 않는다는 것을. 그들이 왜 죽었는가를 묻는 일은, 단지 과거를 되짚는 일이 아니라 오늘의 정의를 다시 세우는 일이라는 것을.

한 세대는 죽음을 목격했고, 또 다른 세대는 그 죽음을 침묵으로 견뎠다. 이제 우리는 그 침묵을 넘어서려 한다.

그들이 살았음을, 사랑했음을, 억울하게 죽었음을 말하는 것. 그것이 바로 우리가 그들에게 줄 수 있는 최소한의 애도이자 사회가 져야 할 책임이다.

기억한다는 것은 선택이 아니라 생존의 윤리다.

'역사를 잊은 민족에게 미래가 없다'는 말은 식상한 교훈이 아니다. 그 말이 진실이 되는 순간, 또 다른 비극은 반복되기 때문이다.

그러므로 오늘 우리는 다시 묻는다.

'국가는 누구를 지키는가?

정의란 무엇이며, 폭력에 맞서는 용기는 어디서 시작되는가?'.

또 조용히, 그러나 분명히 되뇐다.

"우리는 잊지 않는다. 잊지 않을 것이다."

그날 이후로, 마을은 더 이상 같은 모습으로 존재하지 않았다.

전라북도 완주군의 깊은 산골짜기, 이름조차 기록되지 못한 작은 동네에서 수많은 이들이 이유도 없이 죽어 갔다. 누구는 빨치산이라 불렸고, 누구는 토벌대라 불렸다. 그러나 정작 그들 대부분은, 자신이 어느 편인지조차 모른 채 쓰러진 이웃이자 가족이었다.

사람들은 눈을 감았다. 살아남은 자들은 입을 다물었다. 입을 연 자들은 역사의 이면으로 사라졌다.

달수의 여동생은 아직도 꿈속에서 오빠가 돌아오는 날을 기다리고 있고, 혼례도 올리지 못한 채 떠난 덕자의 시신은 끝내 찾지 못했다. 그 참혹한 날 이후, 마을의 노인은 무덤 위에서 "이건 사람 짓이 아니었어…"라며 떨리는 손으로 흙을 덮었다. 그 손은 떨렸지만, 입은 굳게 다물린 채였다.

길고도 긴 겨울이 지나고 봄이 오는 듯 햇볕이 따스했다. 이번 겨울에는 눈도 많이 왔고, 바람도 많이 불었다. 눈이 오고 바람이 부는 날은 나무 사이를 때리며 지나가는 바람 소리가 바이올린의 고음을 맞추어 내는 쇳소리와 같다.

"쒸잉 쑤잉, 쒱쒱 쒸이잉 쒸이잉."

"쒸잉 쑤잉, 쒱쒱 쒸이잉 쒸이잉."

논에서 얼음 지치기를 하면서 놀던 아이들은 손발이 시리고, 귀가 떨어질라치면 턱이 자동으로 위아래로 움직이면서 "우두두욱 우두두욱" 소리가 자연스럽게 새어 나왔다.

이런 눈보라 바람을 맞은 아이들은 재미있게 놀다가도 철퇴를 맞은 듯 집으로 기어 달려가 신도 벗지 못한 채 방안으로 튕기며 들어가 이불 속으로 들어가야만 했다.

"아이고 엄마! 나 추워 얼어 죽겠네."

누구나 말할 것 없이 아랫목에 깔아놓은 이불속으로 몸을 던져 집어넣었다.

집집마다 이를 대비하여 따뜻한 아랫목에 대충 기워 놓은 검정색 옷을 입은 이불이 덩그러니 펼쳐져 있다. 사람들의 얼굴을 덮는 윗부분은 하얀 광목으로 구분 지어 대어 놓았는데 이불을 덮는 사람들의 입김과 새카만 손자국의 자취가 얼룩지어 있었다. 그래도 꾀죄죄한 그 이불은 엄마의 품 그리고 할머님의 젖가슴이었다.

"쒸잉 쑤잉 쒱쒱 쒸이잉 쒸이잉."

밖에서는 비행기가 이착륙을 시도하는 소리처럼 들린다.

모든 것이 꽁꽁 얼어 붙어 지난 가을, 겨울나기 준비로 나뭇가지를 걷어다가 쌓아둔 불쏘시개는 제 역할을 하고 있었다. 온기가 방안을 덥혀 주어 얼어 죽지 않고 그저 살아있는 것이었다.

이제는 봄바람이 살랑살랑 불어오는 듯한 3월 초엽이다.

달수 할머니는 요즘 꿈자리가 심상치 않다. 인민군에게 낫과 괭이를 들고 동네를 지키겠다고 달려들던 용감했던 집안의 장손자 달수가 꿈에 자꾸 나타났다. 그것도 발정 난 암캐를 시오리 정도까지 찾아와서 제 집인 양 수시로 드나드는 수캐처럼 밤이나 낮이나 숨어다니면서 연애하던 덕자와 결혼시켜 달라고 꿈에 나타나 졸라대었기 때문이다.

"할머니! 나 덕자한테 장가 갈래!"

"그래 노란 개나리 지고 화사한 복숭아 꽃이 피는 봄이 오면 그렇게 해보자. 그래 네 색시 감으로 덕자가 그렇게도 좋니?"

"덕자는 궁둥이가 커요. 여자는 궁둥이가 커야 애기를 쑥쑥 낳는다면서요?"

"아니 너 어디서 그런 말을 들었어? 누가 그러든?"

"저도 알 것은 다 알아요. 여자는 아기를 낳고 아기들이 젖을 많이 빨아대야 할머니처럼 젖가슴도 더 커진다면서요?"

"아무렴 그렇다마다! 나는 5남 1녀를 두었는데 길수 네 애비하고 둘째와 넷째는 운장산으로 들어가 버렸고, 셋째는 학도병으로 갔고, 남은 것은 막내밖에 없다. 헌데 네 막내 삼촌은 어렸을 때부터 약하디 약해빠져 제 밥벌이도 못하고 있지 않나?"

"아, 그래서 할머니가 집안 살림을 다 하고 계셨군요. 할머니 제가 장가가면 덕자와 농사도 짓고 그래서 할머니께 효도를 다 할게요."

"내 걱정 말고 너희들이나 애들 많이 낳아 행복하게 잘 살거라. 사람은 태어날 때부터 자기가 먹을 것을 갖고 태어난다고 했으니 집안이 번창하려면 애기를 많이 낳아야 하느니라."

"저는 할머니의 두 배를 낳으렵니다."

"그렇게나 많이 낳으려고?"

"예! 한 줄은 낳아야지요."

"이런 녀석 봐라. 그러려면 연년생으로 낳아야겠다. 아니면 쌍둥이로 낳든지!"

"할머니 저를 위해 치성을 올려 주세요."

"그렇게 하다마다. 날마다 새벽 세 시에 일어나 정화수 떠 놓고 장독대에 가서 촛불 밝혀 산신님께 지성을 드리고 있느니라."

꿈이 생생했다. 달수가 얼마나 다급했으면 꿈에 자신을 찾아와 그렇게 간청을 할까 여겼다.

그래서 오늘은 한걸음에 덕자 어머니를 찾아가서 만났다.

덕자의 집은 꼬불꼬불한 돌담을 한참이나 지나 동네 끝 산자락에 딸린 작은 오두막집이었다.

덕자 애비는 재작년 겨울 먹은 것이 잘못되어 체했던지 배가 아프다고 시름시름 앓다가 다행히 한 달에 한 번씩 오는 동네 전도산가 뭔가 하는 그 여자 덕분에 전주 예수병원에 가서 약을 먹고 살아나긴 했다.

달수 할머니가 덕자네 집을 찾았다.

"무주댁 집에 있는가? 무주댁 집에 있어?"

얼기설기 엮은 대나무로 만든 방문을 열어젖히면서 덕자 에미가 대답을 한다.

"예. 아니 달수 할머님이시구먼요? 어찌 여기까지 올라오셨어요? 누추하지만 이리 들어오세유."

"덕자 애비는 어찌 다 나았는가?"

"예. 요즘 내내 방구석에 누워있다가 거름 낸다고 나갔구먼요. 한 달에 한 번씩 오시는 여자 전도사님 덕분에 병원에 가서 천만다행으로 다 나았구먼요. 오늘은 새 농사 지으려고 거름을 내러 뒷산에 갔고만유."

"다행이네. 다들 자네 서방이 죽는 줄 알았어. 전도산가 뭔가 하는 사람 참 고맙네그려."

"그러믄요. 그런 천사가 어데 더 있을까유? 여기 따뜻한 아랫목으로 바짝 앉으세요. 손도 여기로 바짝 집어넣으세요."

덕자 엄마는 귀한 손님을 맞이하듯 달수 할머니의 손을 잡고 정성껏 모셨다.

가난한 집이라서 마루도 없었다. 신만 벗고 들어가면 방이었다.

"덕자 에미, 내 꿈자리 얘기를 들어보소. 아, 글쎄 달수란 놈이 꿈에 나타나 덕자와 결혼하겠다고 나를 조르는디, 이게 꿈인가 생신가를 구분 못할 정도로 생생했다네."

"뭐라고 합디까?"

"덕자는 궁둥이가 커서 아들 딸을 많이 나을게라덩가? 호호호. 마늘 농사에 마늘쫑 뽑듯이 쑥쑥 낳을 것이라 하더구만."

"아, 그래요? 마늘쫑 뽑듯이? 호호호호."

"그렇다마다! 한 줄을 낳는다네. 호호호호"

"아이고머니나! 한 줄이 10명을 낳는다는 말이에요? 우리 덕자 아이 낳다가 그만 죽겠고만이라요?"

"그러게 말이네. 그래서 내가 오늘 자네한테 달려왔네. 죽은 사람 소원도 들어주는지라."

"이미 다 죽어 시체도 제대로 건사하지 못한 아이들을 생각하면 눈물만 나옵니다."

덕자 에미는 옷깃으로 눈물을 닦더니 이내 목소리가 커지면서 울음을 터트리고 말았다.

"아이고 아이고 아이고 아이고. 가난한 집 시집와서 끼니도 제대로 챙겨 먹지 못하고 애지중지 딸 하나 키워놨더니 앞길이 구만리 같던 덕수는 애국한답시고 공산당 손에 죽어 버리고, 딸년은 애국반공청년단인가 뭔가 하는 그 깡패 같은 놈들이 쳐들어와 다짜고짜 공산당 놈들에게 부역했다고 무작정 끌고가서 죽여 버리는 이런 놈의 나라에 내가 왜 사는지 모르겠네요."

"내가 듣기로는 덕자 외가의 큰 외삼촌이 남로당 무주 지역 총책임자라던데?"

"덕자 외삼촌은 똑똑한 사람이에요. 대학도 나왔어요. 그래도 산에서 배가 고파 견디다 견디다 못해 사람을 시켜 여러 번 여기까지 찾아와서 덕자가 못 이기는 듯 그들에게 밥도 주고, 옷도 주고, 그리한 것이 무슨 대역죄인질을 한 겝니까?"

"나도 그렇게 생각하네만 시국을 잘못 만나서 그리 되어 버렸네."

"비실비실대는 저 못난 신랑을 믿고 산들, 대체 앞으로 무슨 좋은 꼴을 더 보겠소? 아이고 아이고, 내 처지가 웬 꼴이란 말이요? 아이고 아니고 아이고 아이고. 차라리 나 죽여줘요."

"덕자 에미 그만 우소. 그래서 오늘 그 일 때문에 내가 찾아왔네."

"달수 할머님이 죽어 버린 그 애들을 다시 살려낸단 말이요?"

"그게 아니라 우리 달수와 덕자의 영혼결혼식을 성대하게 올리자는 것일세."

"그게 무슨 소용이다요?"

"죽어서라도 결혼식을 올리면 달수가 몽달귀신을 벗어나 편안하고 안락한 곳에 갈 수 있다네."

"그럼 우리 덕자는 어떻게 되지요?"

"덕자는 처녀귀신 탈을 벗어버리고 달수와 결혼하여 저승에서 아들 딸 낳고 행복하게 잘 지내겠지!"

"정말 그럴까요?"

"그러게. 덕자는 하나님인가 예수님인가 뭔가를 믿는다고 그 여자 전도사님 뒤를 꼬봉처럼 따라다니던 기억이 나네. 이제 눈물 딱 그치고 울지 말게나. 큰소리 나면 동네방네 내가 빚 받으러

와서 덕자 에미를 울린 꼴이 된다네."

"그러나저러나 죽은 자를 결합하는 영혼결혼식도 경비가 많이 들 텐데요. 우리는 목구멍이 포도청이라 끼니 걱정을 하는 형편이라 돈이 한 푼도 없구만요."

"돈 걱정은 하지 마소. 작년에 깎아 놓은 곶감이 최상품이 되었네. 곶감에 흰분 가루가 곱디 고운 눈처럼 덕지덕지 붙어있으니 그걸 팔면 돈깨나 들어올 듯하네. 자네는 신부 에미로서 정갈하게 옷 잘 차려입고 굿이나 보고 떡이나 얻어 드시구려."

"예. 지당하신 말씀 잘 받들어 모시겠습니다. 밭에서 제 남편이 돌아오면 그렇게 알고 상의하겠습니다. 이제부터는 달수 할머님이 우리집 사돈 양반이 되는 것이네요."

"그렇지 우리 오늘부터 예비 사돈일세그려! 호호호호."

"호호호호."

둘이서 배꼽을 쥐어 잡고 웃었다.

밭에서 돌아온 덕자 에비는 깜짝 놀랐다.

가난한 집이지만 무남독녀 외동딸을 금지옥엽처럼 애지중지 길렀다. 그런데 애국반공청년단, 깡패 같은 놈들이 와서는 덕자가 공산당 놈들에게 부역했다고 무지막지하게 지애비, 지에미 동네 사람들 앞에서 재판 절차도 없이 어디론가 끌고가서는 소식도 없이 죽여버렸다.

"이런 썩어빠질 우라질 놈들! 공산당 놈들보다 더 못한 천하에 역적 같은 놈들이라고!"

지금도 자신의 외동딸 덕자가 우악스런 청년단의 주먹 앞에 맥없이 쓰러지는 그 일을 생각하면 덕자 애비 만덕이는 속이 애리고 쓰리고 답답하기만 하다. 어데 하소연 할 곳도 없다.

애국반공청년단들이 호루라기를 목에 찬 순경 쫄따기 하고 큰길가에서 재를 몇 개나 넘어야 하는 구만리 마을에 들이닥쳤다. 동네 사람들을 다 산 가까이에 있는 덕자네 집으로 올라오라 했다. 순경이 입을 열었다.

"들자 하니 어젯밤에도 빨치산 공산당 놈들이 이 동네에 내려왔다는 첩보를 접했소. 아무래도 산이 가까운 이 집이 의심스러운데 누가 그 빨갱이 놈들에게 밥과 옷가지를 주었소?"

덕자는 순진했다. 기독교 신앙을 가진 사람이라서 거짓말을 할줄 몰랐다.

"제가 그랬구먼이라우."

"앞으로 나오시오. 할 말 더 없어요?"

"그 사람들은 제 외삼촌 동료들이고 대한민국 국민들이오. 배가 고프고 춥다 하니 가진 것을 나눠야 하지 않겠소?"

덕자는 당돌하게 대답하며 맞섰다. 반공청년단들은 부역자들을 한 명이라도 더 색출하여 공을 세워야 관공서나 지서 소사 자리 하나라도 얻을 수 있었다. 그들 중에는 가족이 공산당으로부터 피해를 당한 사람들이 있어서 그런지 공산당 부역이라는 말만 들어도 눈에 살기가 돌았다.

"이런 빨갱이 부역자 년 뭐가 어째?"

"생각해 보시오! 거지가 배를 움켜잡고 밥 얻어먹으러 오면 밥을 나누어 주어야지요. 춥다 하여 옷도 챙겨준 것이 잘못이오?"

"이런 쌍년이 입은 살아서 주둥이를 어데다 놀리면서 지랄 발광이야?"

덕자는 한발자국도 물러서지 않았다.

"우리 동네는 우리가 잘 지키고 있소."

"저런 개년이 부역을 하면 총살감이라 말해도 말귀를 전혀 못 알아 듣네! 야 이 부역자 잡년아, 너 이 자리에서 본때기로 죽고 싶어?"

"그래 죽고 싶다. 죽이려면 죽여봐라!"

극과 극이 마주쳤다. 서로의 기싸움이 시작되었다. 첩첩산골 구만리의 주인은 구만리 사람들이었다. 어느 날 갑자기 애국 운운하는 사람들이 찾아와 콩 내라 밥 내라 할 사안이 아니었다.

손목부터 시작하여 온몸에 문신으로 가득한 등치가 있는 듯한 놈이 명령을 내렸다.

"저년 끌고 나와! 눈 감겨! 지서로 끌고 가!"

순식간이었다.

덕순이는 건장한 반공청년단들에 끌려 나와 눈을 감기고 그만 그들이 휘두르는 주먹세례에 힘없이 도랑 쪽으로 쓰러져 버렸다. 덕순이가 죽었다.

사람들이 웅성대기 시작했다.

동네에서 말깨나 하고 힘깨나 쓰는 홍 씨 이장이 손을 걷어붙이고 이마에 핏대를 세우면서 고래고래 소리를 질러 댔다.

"이런 깡패 조폭 같은 놈들아! 우리 동네 사람 다 잡아가라. 이런 법도 질서도 없는 악질분자들 같으니라고! 우리는 밤마다 나라를 지키고 있는데, 야 이놈들아! 네 놈들은 밤에는 얼씬도 하지 않다가 낮에 나타나 애국애족한다고 쌩 사람을 잡아가? 이 천하에 벼락을 맞아 죽을 놈들아! 다 잡아가, 이놈들아. 우리를 다 잡아라."

애국청년단들을 인솔한 듯한 하급 지서 순경이 겸연쩍은 듯 꼬리를 내리면서 오히려 애국청년단들을 나무랐다.

"야 이런 씨벌 ○새끼들아. 내가 하라는 대로 해야지 너희들 마음대로 주먹질을 해? 너희들하고 함께 다니다가는 이 동네 사람들에게 집단으로 맞아 죽겠다. 이런 씨벌 ○새끼들 같으니라고!"

순경은 주먹을 날린 청년의 정강이를 군홧발로 냅다 세게 차 버렸다.

"아이쿠우."

그 청년은 앞으로 고꾸라지면서 아픈 정강이를 잡아 문질렀다.

"이런 ○새끼들을 데리고 내가 무슨 애국애족을 한다고 이런 미친 짓을 한담? 야, 이 새끼들아! 지소장님 퇴근하시기 전에 되돌아가자. 빨갱이 골수분자 1명 잡아왔다고 보고해 버려."

"예, 알겠습니다."

그들은 가버렸다. 그 이튿날 관할 지서가 덕자 외삼촌 부대의 습격을 받아 순경은 도망가 버리고 지서를 지키며 밤샘하던 애국반공단 소속 청년들은 붙잡혀 산으로 끌려 들어갔다. 덕자는 선주형무소로 이감되었다. 다시는 그들이 구만리에 나타나지 않았다.

덕자가 죽었다고 연락이 왔다. 그날 밤 동네 골목 끝에 자리 잡은 덕자네 집에서는 아이고 아이고, 곡하는 소리가 밤이 새도록 울려 퍼졌다. 그러고는 새벽녘에 홍 이장이 나서서 덕자 시신을 찾아왔다. 그리고는 덕자 부모와 함께 아무도 모르는 산등성이 오르막 한쪽 구석에 묻어 버렸다.

사람들이 산길을 지나가다 쉬어가는 길목에 묻혀 그들의 대화에 소리를 들으며 외롭지 않게 있으라는 처녀 무덤이었다. 반공애국 청년단이 구만리 동네 사람들을 모아놓고 본보기로 덕자를 잡아다가 형무소에서 죽여 버린 것은 큰 실수였다. 덕자 어머니 삼례댁은 그 이후 살 희망을 저버리고 방 안에 누워만 있었다.

남편이 오늘따라 박장대소하는 웃음소리를 멀리서 듣고는 이게 무슨 희한한 일인가 놀라서 하던 일을 중지하고 한걸음에 달려왔다.

집에 와서는 살금살금 고양이 걸음으로 다가와서는 집안의 대화에 귀를 기울였다. 이미 이야기가 다 끝난 듯했다.

"내 다 알았으니 걱정들일랑 말고 이달 초이렛날 혼인을 치르도록 하세나."

"혼인 주례로 누구를 모실까요?"

"거 있잖나? 요즘 유명한 족집게 무당이라 소문난 장군 도령과 작두 신령을 모시고 하세."

"경비가 많이 들 텐데요."

"내가 말하지 않았나? 돈 걱정 하지 말라고."

"예, 알겠습니다."

죽은 지 2, 3년이 훌쩍 지난 달수와 덕자의 영혼 결혼식 날이다. 장군 도령과 작두 신령이 구만리를 찾아왔다. 덕자네 집은 코딱지만 한 작은 집이지만 동네 채알을 치고 방문을 거리는 병풍을 세우고 주안상도 차렸다. 동쪽과 서쪽에 양가에서 만든 달수와 덕자의 허수아비도 세워 놓았다. 달수의 허수아비는 들에서 새를 쫓는 모습의 허수아비에 달수의 헌 양복을 입히고 신사 모자를 씌워 놓았다. 덕자는 엄마가 정성껏 수를 놓아 만든 예쁜 아기 인형이었다. 연지 곤지도 칠해놓고 족두리도 씌워놓았다.

드디어 기다리던 영혼 혼례가 시작되었다. 30여 명의 동네 사람들이 다 모였다. 떡과 과일 등 음식도 풍성하게 준비되었다.

작두 신령이 알록달록 현란한 옷을 갈아입고서는 장단에 맞추어 무당 푸닥거리를 시작했다.

처음에는 딸랑딸랑 소리에 맞추어 작두 신령이 춤을 추기 시작했다. 장군 무당이 북을 쳤다. "둥둥 둥둥둥 둥둥둥둥둥." 이에 맞춰 "딸랑딸랑 딸랑딸랑" 작두 신령 무당이 새털처럼 날아다닐 때마다 방울 소리가 났다. 신명이 났다.

갑자기 울음 섞인 간드러진 목소리가 사람들의 감정을 파고

들기 시작했다.

덕자의 목소리와 엇비슷했다.

"원통하다 원통하다. 죽어서도 갈 곳 없어. 처녀귀신 이내 몸이 억울하고 분통하다."

덕자의 엄마는 그리던 덕자를 만난 듯 달려 나와 무당을 껴안으며 소리소리 질러댔다.

"아이고 덕자야, 이것아 오늘에서야 집에 찾아왔니?"

"예! 제가 왔습니다."

"네가 왔다니! 덕자야 덕자야! 이것이 꿈이냐 생시냐아!"

작두 무당이 벌떡 일어나더니 다시 춤을 추기 시작했다.

"억울하다 원통하다. 원통하고 억울하다. 죽어서도 갈 곳 없어. 구천을 떠다녔다. 처녀귀신 이 내 몸이 오늘에사 찾아왔네."

"둥둥둥둥둥 둥둥둥둥, 딸랑딸랑 딸랑딸랑."

작두 무당이 바람에 날리는 나비처럼 온 집안을 날아다녔다. 신명이 났다.

푸닥거리 굿판에 구경 온 동네 사람들이 아이 어른 할 것 없이 서로 서로를 붙잡고, 죽은 덕자가 온 것으로 생각하여 덕자 엄마와 함께 뜨거운 눈물을 흘리고 있었다.

"아이고 아이고, 덕자가 왔네. 총 맞아 죽은 불쌍한 덕자가 왔어. 아이고 아이고."

온 동네에 줄초상이 난 것 같았다. 서로 부둥켜안고 울었다.

그때였다.

구만리에서 굿판을 벌인다는 소문을 들은 여자 전도사님이 힘센 남자 전도사님을 모시고 서둘러 동네를 찾아 들이닥쳤다. 여자 전도사님은 성경책을 들고, 남자 전도사님은 나무로 만든 십자가를 들고 왔다.

갑자기 여자 전도사님이 소리 소리를 질러 댔다.

"사탄아 물러 가라앗! 사탄아 물러 가라앗."

이상했다. 굿판이 중단되어 버렸다.

남자 전도사님이 십자가를 흔들면서 외쳤다.

"예수 천당 불신 지옥, 예수 천당 불신 지옥!"

굿판이 끝이나 버렸다. 장군 무당과 작두 신령은 주섬주섬 짐을 싸들고 동네를 빠져나갔다. 여자 전도사님이 소리를 쳤다.

"동네 여러분들 정신 차리세요. 덕자는 억울하게 죽었지만 천국에 갔습니다. 그래서 제가 여기 왔습니다."

"예수 천당 불신 지옥, 예수 천당 불신 지옥!"

여자 전도사님이 앞에 섰다.

우리 찬송을 부릅시다.

"예수 사랑하심은 거룩하신 말일세 우리들은 약하나 예수 권세 많도다."

남자 전도사님은 인형으로 만든 달수와 덕자의 인형을 불태웠다. 그리고 기도했다.

"하나님 아버지시여, 하나님을 잘 믿던 덕자와 달수는 억울하게 죽었으나 영원한 천국에서 영생복락을 누리고 있습니다. 감사드립니다. 감사드립니다."

굿판과 예배가 끝이 났다. 울다가 웃다가, 웃다가 울다가 동네 사람들이 모두 제정신이 아닌 듯했다.

사람들이 말했다.

"서양 귀신이 쎄긴 쎈가봐."

"달수와 덕자가 천국에 갔을까?"

"그럼 갔지! 그래서 무당들이 쫓겨났어."

아이들이 남자 전도사님 흉내를 냈다.

"예수 천당, 불신 지옥!"

이렇게 하루가 저물어 갔다. 이 모두는 6.25가 가져온 비극의 한 장면이었다.

2. 괴물 공산주의

백성민은 군산세관에 근무하면서 졸지에 아버지를 잃었다. 집에서 보낸 긴급 전보를 받았으나 어떻게 손을 쓸 겨를이 없었다.

세관 근무는 일본이 패망을 했어도 변함없이 해야 하는 일이기에 성실하게 일했다. 다행인 것은 수많은 쌀과 인삼 등 귀중품들이 이제 더 이상 일본으로 실려 가지 않는다는 것이었다. 오히려 서양 선교사들이 책이나 학용품, 의료기구 등을 갖고 들어오기 시작했다. 일본에서 거주하던 한국 사람들도 돌아왔.

그동안 상대하던 일본이나 중국 사람들과는 확연히 달랐다.

세관에서 영어가 필수 언어가 되었다. 성민이는 영어로 통화를 했다.

"Where are you from?"

"Me?"

"Yes, you."

"I am from USA via Japan."

"Have you any special job in Korea to do?"

"Of course, I am planning to build a hospital and cure the sick people with my wife. She is a nurse."

"Thanks a lot."

"Thank you so much."

"Bye bye!"

성민이가 서양 선교사들에게 받은 인상은 하나같이 헌신적이었으며, 말로는 표현할 수 없는 그 무엇을 한국 사람들에게 전하려 하는 사명감에 불타 있는 것 같았다. 그러나 그의 마음은 아버지 일로 매우 불안했다.

아버지가 가장 친한 친구에 의해 공산주의자로 몰려 다른 사람들과 함께 김제 황방산으로 끌려가 경찰에게 총살당하고 말았기 때문이다. 어디 호소할 곳이 없었다.

성민이는 아버지가 왜 공산주의자로 몰렸는지 그것만이라도 알고 싶었다.

아버지가 삼례에 계실 때 가끔 만날 수 있었던 전주 완산동에서 기생집을 운영하는 기생 월선 씨를 찾아갔다.

"안녕하십니까? 저는 백자 석자 진자, 백석진 어르신의 장남 백성민입니다."

"아이고머니나!"

기생 월선 씨는 다짜고짜 성민이를 부여 잡고 울기 시작했다.

"아주머니 왜 그러십니까?"

"백석진 지소장님은 억울하게 돌아가셨어요. 그분이 공산주의자라면 이 세상 사람이 다 공산주의자게요. 김 면장이라는 그놈 알지요? 중평리에서 조금 떨어진 영산리인가 하는 곳에 산다고 했는데…. 그놈이 서울에 있는 자기 먼 친척인 반공연맹인가 뭔가 하는 놈을 동원하여 소장님께 누명을 씌어 고발까지 했어요. 아이고 저도 잡혀가서 곤욕을 치렀어요. 억울해 죽겠어요."

"아주머니 저는 그 내용을 전혀 모릅니다. 우선 마음을 가라앉히시고 자세히 설명 좀 해주세요."

"그러니까 얼마 전에 그놈이 술자리를 마련하여 내가 동석했는데 그놈이 백 소장님을 잡아넣으려고 백 소장님이 공산주의자들과 함께 월선이와 독일산 셰퍼드 개를 빼앗아 갔다는 겁니다. 나 월선이가 그놈의 소유물입니까? 셰퍼드 개는 분명히 일본 형사 우치무라가 백 소장님께 드리는 것을 내 두 눈으로 똑똑히 보았는데 경찰서에 가짜 서류를 만들어서 고소를 해버렸어요. 그러고는 첩 문제를 거론하면서 친일파 운운하더니 경찰에서 공산주의자로 몰아버린 겁니다. 어쩌면 좋아요?"

"제가 알기로는 해방 전까지 두 분이 친구처럼 교류하면서 함께 일하지 않았습니까? 김 면장 그분이 삼례 지역 행정 담당을 하셨고, 제 부친은 삼례 지역 치안을 담당하셨습니다. 그런데 가까운 친구 사이가 왜 그렇게까지 되었나요? 믿기지 않네요."

"보나마나 그놈이 욕심이 많아서 가룟 유다처럼 소장님을 팔아 넘겨 훈장을 받으려 한 거겠지요."

"아주머니 가룟 유다는 예수님을 판 제자 아닙니까? 어떻게 그것을 아세요?"

"저요? 서문밖교회에 나가요."

"그럼 아주머님도 기독교인이세요?"

"예. 제가 술장사를 해도 저는 하나님을 믿는 기독교인입니다."

성민이는 군산에 살 때 산 위에 있는 개복동교회를 출석하던 아내 덕주를 교회 앞까지 바래다 주거나 시내 동부교회에 간 적도 있고, 세관에 근무할 때는 군산항을 드나드는 서양 선교사들과 대화를 나눈 적도 있었다.

아내 덕주 집안은 일찍 개화되어 온 가족이 교회에 나가고 있었다.

성민이의 머리가 복잡해졌다.

'이를 어찌하랴? 아버지가 친구로부터 배반을 당하고 셰퍼드 개까지 빼앗겼으니 이 원수를 어떻게 갚는단 말인가?'

친구에게 배반을 당해 공산당으로 몰려 억울하게 돌아가신 아버지의 원수를 갚아야 하기에 다니던 군산세관을 그만두었다. 그리고 집안 사람들을 모두 피신시키기로 했다.

"어머님! 아버님이 김 면장에 의해 공산당으로 몰려 총살당하신 후 시신도 찾지 못한 채 있습니다. 제가 장남으로서 '아버님 원수를 제 손으로 갚아드려야 한다'고 생각합니다. 그러니 어머님은 막내를 데리고 외갓집 유성으로 피신해 계십시오."

"졸지에 목숨을 잃은 네 아버지 원수를 갚는다는 것은 좋으나 그런다고 돌아가신 분이 살아 돌아오겠니? 그럼 네 가족은 어떻게 하려고?"

"안사람은 동생 성자와 함께 여산으로 가게 하렵니다."

"너는 어떻게 하고?"

"제가 아버지 원수를 갚는 길은 단 한 가지뿐입니다. 아버님이 공산당으로 몰려 돌아가셨으니 제가 남로당에 입당하여 그 길을 찾는 수밖에요."

"아니 그게 무슨 말이냐? 그것은 아니 된다."

"어머니, 저도 공산당의 무도함을 잘 알아요. 그러나 아버지의 원수를 제 손으로 갚으려면 그 길밖에 다른 길이 없어요."

성민이는 집요하고도 단호했다. 그는 속으로 다짐했다.

"아버지의 원수를 장남이 갚는 것은 기본 도리다. 그래서 나는 공산주의자가 될 것이다."

당시는 다 그랬다.

성민이 아들인 식이는 어렸을 때 옛날 옛적 동화에서 원수 갚는 이야기를 많이 들었다.

"어느 집의 아들이 장성하여 억울하게 죽은 아버지의 원수를 갚으러 떠날 때 바늘에 실을 꽁꽁 감아 초가집 처마 끝에 집어넣고서 떠난다. 약속한 때까지 그 바늘 색이 변하지 않으면 원수 갚은 사람이 살아 있다는 증거요, 바늘 색이 변하여 녹이 슬면 원수를 갚지 못하고 죽었다."

원수 갚음에 대한 비장함이 담겨 있는 이야기다.

일제가 삼천리 반도 금수강산인 대한제국을 지배하던 그 길고 긴 36년간 의병들과 독립군들은 여기저기서 들불처럼 일어나 저항하며 의병을 모집하고 군자금을 대고 싸웠다. 그들은 인동초가 되어서 해외로 도피하여 정처 없이 유랑생활을 하기도 했고, 동토의 시베리아 땅으로 집단 이주당하여 황무지를 개간해 고려인 정착촌을 만들기도 했다. 이런 과정에서 만주나 러시아에서 마적단이나 도적떼를 만나 재산을 약탈당하고 가족이 몰살당하는 경우가 빈번했다. 일부는 부상당한 채 일본군이나 밀정의 손에 잡혀 가족이 해체되고 고문을 당하고 억울한 죽음을 당한 사람들이 삼천리 금수강산을 피로 물들였다.

양반과 상놈, 상인과 노비라는 신분제도에 갇혀 얼굴 한 번 제대로 들지 못하고 억눌려 살던 사람들은 해방의 기쁨과 함께 조국의 통일을 기원했다. 가난하고 억눌리고 배고픈 사람들은 부자되고 자유롭고 배부르고 등 따스우면 된다. 다른 것은 필요 없었다.

1917년, 블라디미르 레닌이 이끌던 러시아 사회민주노동당의 볼셰비키 혁명이 성공한 것은 귀족들이 황제와 교회의 지도자들과 야합하여 부와 권력을 소유했기 때문이다. 톨스토이가 그의 작품에서 "사람은 빵으로 사는 것이 아니라 사랑으로 산다"고 말하며 황실과 귀족을 두둔하던 러시아 정교회를 신랄하게 비판했다. 사제 당신들은 황실 귀족과 결탁하여 러시아 백성들을 사랑하기는커녕 과대한 세금을 부과하는 권력의 편에 서있으니 굶주린 백성과 농노들의 분노는 어찌 감당하리오? 가난한 일반 평민들과 농노를 국가가 외면했던 러시아에서는 결국 공산혁명이 일어났다. 톨스토이는 제정 러시아에서 그 시대의 예언자였다. 러시아는 톨스토이가 죽자 공산화가 되었다.

조선은 어떤가? 1945년 8·15 광복 이후 항일투쟁 공로를 대중에게 인정받아 사회주의 건설을 목표로 하는 대표적 좌익정당인 조선공산당이 재건됐다. 8·15 광복 후 약 일 년 정도는 공산당 활동이 합법적이었다. 이때까지만 해도 조선공산당은 서울에 중앙당을 두고, 지역별로 하부 조직을 두며 활동을 개시했다. 그러나 1946년 5월 정판사 위조지폐 사건 이후 미군정은 조선공산당을 탄압하기 시작했다. 같은 해 9월 7일, 박헌영 등 주요 간부들에게 체포령이 내려졌으며, 대구 10·1 사건으로 공산 활동이 불법화되자 박헌영, 리승엽 등의 지도부는 월북하고, 김달삼 등의 남조선로동당 계열은 지하 활동을 시작했다.

1950년 6월 25일, 기습적으로 남침한 북한군은 1950년 7월 20일에는 전라북도 완주군을 점령했다. 그로부터 약 2개월 후인 1950년 9월 15일, 인천상륙작전을 계기로 반격을 시작한 국군은 1950년 9월 28일, 완주군을 수복했으며 퇴로가 끊긴 북한군 패잔병들은 지리산, 덕유산, 백운산 등지로 숨어들어 빨치산이 되었다. 산악지대인 전라북도 완주군의 운주면, 전라북도 완주군 소양면, 전라북도 완주군 동상면 일대에는 퇴각하지 못한 북한군 패잔병들이 많이 모여들었다. 특히 대부산과 대둔산이 위치한 이곳 일대에는 충청도 남부 지역의 북한군까지 밀려들어와 있었다. 그렇게 동상면은 빨치산 충남도당, 전북도당, 이현상 부대까지 진을 치는 빨치산의 주요 근거지가 되었다.

6·25 전쟁 기간 중 좌익과 우익에 의해 번갈아 자행된 양민학살사건은 전라북도 완주군에서도 일어났다. 완주군이 국군에 의해 수복되기 직전인 1950년 9월 26일 밤과 1950년 9월 27일 새벽, 전라북도 완주군 동상면의 지방 좌익들은 소위 우익 인사들을 체포 구금하여 신월리의 산골짜기로 끌고가 총살했다.

빨치산을 토벌하는 과정에서 국군에 의해 민간인 수십 명이 빨치산으로 간주되어 총살되기도 했다. 1951년 4월 25일에는 전라북도 완주군 동상면 신월리 주민 40여 명이 국군에게 끌려가 경천저수지 인근에서 집단으로 총살되어 매장되었다. 1951년 4월 29일에는 남아 있던 신월리 주민 30여 명이 다시 국군에게 끌려가 빨치산이라며 총살당했다. 전라북도 완주군 동상면 수만리 단지동에서 피난을 가지 않고 마을에 남아 있던 노인들은 모두 국군에게 희생되었다. 1950년 7월 1일, 만 18세부터 36세까지의 주민을 동원 대상으로 하는 동원령을 선포했다.

조선노동당도 7월 6일, '의용군 초모(招募) 사업에 대하여'라는 결정서를 각급 당 조직에 하달했다. 이 결정서에서는 "의용군은 18세 이상의 청년군으로 하되, 빈농 출신의 청년을 많이 끌어들일 것, 각 도에 할당된 징집 모집 수는 책임을 완수할 것, 전 남로당 당원으로서 변절자(보도연맹 가입자)도 의무적으로 참가시킬 것"등을 밝히고 있다. 이 결정에 따라 각급 당조직에서는 의용군 모집을 위한 구체적인 계획을 수립하고 이를 민청을 비롯한 각급 사회단체에 지시했다.

　북한당국의 전시동원령이 내려진 지 한 달 보름만인 1950년 8월 15일까지 북한에서는 80여만 명의 의용군이 자원했고, 남한에서는 40여만 명의 젊은이들이 의용군 모집에 차출되었다고 발표했다. 당시 기독교인이 1,145명이 납치 학살당했다고 한다. 기독교인은 미국 선교사와 내통하는 간첩으로 내몰렸다.

　전주형무소(교도소)에는 한국 전쟁 발발 당시 4·3 사건, 여순 사건 관련자 등 소위 좌익사범들이 상당히 많이 수용되어 있었는데 이들은 7월 초순부터 중순까지 군인들에게 끌려 나간 후 공동묘지 등지에서 집단 사살되었다. 희생 규모는 1,400여 명으로 추산되며, 가해 주체는 육군 7사단 3연대 소속 군인들이다. 재소자들은 전주형무소 인근 공동묘지, 소리개재, 황방산 등지로 끌려가 학살되었다. 대부분 전주시 외곽에 위치한 곳이면서도 도로를 이용하여 차량으로 접근할 수 있는 곳이었다. 학살이 끝난 직후 7월 20일, 전주형무소 직원들은 모두 대구로 철수했다. 이때 성민이의 아버지 백석진은 친구 김 면장에 의해 공산주의자로 몰려 억울하게 죽음을 당했다. 식이는 할머니로부터 여러 번 그 참상을 들었다.

　"네 할아버지는 황방산에서 집단 처형되었는데 시신도 수습하지 못했어!"

　봉동 지역에도 인민군이 몰려왔다. 그들에게 필요한 것은 넓은 장소였다. 그래서 우선 봉상교회에 속한 영흥학교를 접수했다. 당시 장로이자 교회를 책임졌던 오기영 장로는 아내와 큰아들 정식이, 한 살짜리 딸아이를 데리고 무주 대불리로 서둘러 피신해야 했다. 다른 아이들은 친척들의 보호하에 집에 남았다.

인민군은 풍악을 울리며 지역 사람들을 다 모이라 했다. 교인들을 모이게 하기 위해 종도 쳤다.

"깨갱 깨갱 깨갱 깨갱, 깨갱 깨갱 깨갱 깨갱."

"쿵덕 쿵덕 쿵덕 쿵덕, 쿵덕 쿵덕 쿵덕 쿵덕쿵, 지잉 지잉 징 징."

"땡그랑 땡그랑 땡그랑 땡그랑."

갑자기 봉동 지역에 인민군 축제가 벌어졌다. 사람들은 불안해졌다.

사람들이 모여들었고, 누군가 말문을 열었다.

"동무들 반갑소. 우리가 당분간 봉상교회와 영흥학교를 인민군 숙소로 사용할 테니 그렇게 아시오! 여러분 가운데 혹시 이의가 있으면 말하시오!"

박영풍 집사가 손을 들어 의사표시를 하려고 주저주저했다.

"저어…."

"화끈하게 크게 말하시오."

박 집사가 두 손을 입가에 대고 소리를 질렀다.

"다른 것은 몰라도 예배는 드리게 해주시오!"

"좋소! 그것은 보장해 드리리다."

"또 있소?"

"없습니다."

"듣자 하니 이 교회를 이끄시는 오기영 장로라는 분이 있다던데. 어데 계시오?"

"잠깐 친척 집안에 행사가 있어서 무주에 다니러 갔습니다."

"그래요? 혹시 우리 인민부대를 피해 도망간 것은 아니요?"

"아닙니다. 가족이 여기 남아 있습니다."

"그러면 예배를 드리러 오라 하시고, 와서 우리에게 협조하라 전해 주시오."

"정말인가요?"

"우리는 리승만과 그 일당들처럼 거짓말하지 않습니다."

"그게 사실이라면 사람을 보내 오라 하지요."

"고맙소! 그렇게 해주시오."

"협조를 잘할 테니 우리 부락민을 해치지 마세요."

"그건 염려 마시오. 우선 대원들 몸보신하도록 소를 한 마리 잡아야겠소. 어느 집 소가 살쪄서 먹을 만하오?"

"예, 순절리에 이희안 씨 집 것이 좋습니다."

"그럼 한 마리 끌고 오시오."

인민군은 그렇게 자기들 마음대로 개인의 소유물을 필요에 따라 빼앗아 가서 잡아먹고 나누어 주었다. 사유재산을 인정하지 않는다는 것이 요모양이었다.

오기영 장로가 친척 집에서 불려 집으로 돌아왔다. 예배는 드릴 수 있었으나 철저히 감시를 받았다.

오 장로의 개인 기도 내용은 이러했다.

"전능하신 아버지 하나님, 이 땅에서 하나님을 믿지 않는 저 무도한 공산주의자들을 하루라도 빨리 물리쳐 주시옵소서!"

설교는 오 장로가 했다. 설교 내용은 하나님을 잘 믿어서 죽으면 천국 간다는 것 외에는 말하면 안 되었다. 모세의 출애굽 이야기는 금기사항이었다. 기독교인들은 한 번씩 농협창고에 잡혀가서 사상 검증이라는 명목으로 수차례 취조를 받으며 두들겨 맞기도 했다. 급기야 공산군 퇴각 시점에서는 사람들을 다 잡아다 총살시켜 버렸다. 오 장로는 자경단 덕분에 구사일생으로 도망 나왔다. 그의 기도가 이루어졌다.

"하나님, 저를 살려주시면 교회를 위해 제 한 몸 바치겠습니다."

오 장로는 늦게 신학을 공부하여 목사가 되었다. 영흥학교에 직업 교육을 시키면서 신학생을 많이 배출했다. 그곳에서 박종순, 이윤철 등 유명한 목사님들이 배출되었다. 교회를 섬기며 지키던 오기영 목사의 자손들은 축복을 많이 받았다.

바로 이어서 인민군이 전주를 점령했다. 인민군들은 텅 빈 전주형무소에 우익인사들을 수감했다. 2009년 진실화해위원회 보고서에 의하면 "1950년 9월 26일, 27일 양일간 전주형무소에서 인민군 102경비연대, 전주형무소장 이하 간수, 내무서원, 지방 좌익에 의해 '반동분자'로 규정된 우익인사 1,000여 명이 희생되었고, 같은 시기에 전주 소재 장로교신학병원(지금은 전주예수병원)

근처 채석장, 완주군수 사택 안마당 방공호, 천주교회 앞 방공호 등에서 60명 정도가 희생"되었다. 학살 이튿날인 9월 28일, 인민군이 전주형무소를 전소키시고 시신을 방치한 채 철수했다.

이렇게 석 달이 채 안 되는 짧은 기간 동안 전주형무소에 수감되어 있던 민간인 2,400여 명이 국군과 인민군에 의해 차례로 희생되었다. 국군에 의한 학살이 집단 총살 후 매장하는 방식이었던 데 비해, 인민군에 의한 학살은 형무소 인근에서 곡괭이, 삽 등으로 가격하는 방식으로 이루어졌으며 175구를 제외하고 가족들이 시신을 수습해 갔다. 수습되지 못한 175구의 시신은 현재 황방산 학살 현장 바로 근처의 '애국지사묘'에 안장되어 있다.

백성민은 우선 용산리 김영선 면장을 만나 보기로 했다. 해가 뉘엿뉘엿 넘어갈 시간이었다.

용산리는 처가에서 냇가를 건너면 닿을 수 있는 거리에 있었다. 면장집이라서 그런지 터도 넓직하고 집도 크고 좋았다.

그곳에 갔더니 성민이 아버지가 키우시던 영리한 그 세퍼드 쫑(John)이 있었다. 매우 반가웠다. 쫑도 성민이를 알아보고 꼬리를 치며 인사했다.

큰 키에 쫑긋 세워진 귀, 새카만 등, 배쪽으로는 짙은 노란색의 털이 조화롭게 잘 어울렸다.

"계십니까?"

"거 누구시요?"

집에서 일하는 머슴이 반문을 한다.

"김 면장님 계신지요?"

"무슨 일로 오셨는지요?"

"개인적으로 뵐 일이 있습니다."

"함자는?"

"백성민이라 합니다."

"여기서 잠깐만 기다리시오."

"주인님! 백성민이라는 사람이 면담차 왔습니다. 어떻게 할까요?"

김 면장은 가슴이 철렁 내려앉는 느낌을 받았으나 태연하게 말했다.

"백성민이라? 내가 나간다고 전해주게."

김 면장이 담뱃대를 물고 나타났다.

"무슨 일로 왔나?"

"혹시 저를 기억하시나요? 저는 백자 석자 진자, 백석진, 그분의 장남 백성민입니다."

"아! 백석진 그 사람의 장남이라? 그런데 무슨 일로 왔수?"

성민이는 기가 막혔다. 당장에 그놈의 멱살을 잡아 숨이 막히도록 흔들어 주고 싶었으나 꾹꾹 눌러 참았다.

어렸을 때 아버지로부터 "참을 인(忍)자는 마음속의 칼날을 부러뜨리는 것이니라"를 여러 번 들어서 잘 알고 있었다.

오늘은 그저 상황을 파악하고 확인하러 온 것뿐이니 참아야 했다.

"아버지가 전주형무소에 갇히셨다가 며칠 전 피살되신 것을 아시나요?"

"신문에서 봤네. 안타까운 일이지만 내가 알 바가 아니네."

"그게 무슨 말씀이세요? 아버지가 면장님의 신고로 잡혀갔다 하던데요?"

"누가 그러던가? 월선이 그년이 고자질을 했구먼?"

"우리가 집에서 키우던 아버님의 저 셰퍼드 개는 어떻게 된 겁니까?"

"그건 내가 법적으로 양도 문서를 갖고 있어서 데려왔다네. 그게 무슨 문제가 되나?"

성민이는 오늘은 물러가는 것이 상책이라고 판단했다.

"잘 알겠습니다. 다음에 찾아뵙지요."

중국 전한의 회남왕 유안이 쓴 『회남자』에 나오는 "실즉투 허즉주"(實則鬪虛則走)와 같았다. "병력이 강하면 싸우고, 병력이 약하면 물러나 후일을 꾀하라"는 이야기다. 그러니 주(走)는 '2보 전진을 위한 1보 후퇴'다. 물러설 줄 알고, 그칠 줄 아는 건 큰 지혜다. 부족하다 싶으면 채우는 게 순서다. 공을 이루면 한 발 물러서는 게 덕이다. 무딘 칼은 불에 달구어 두드려서 날카롭게 만드는 과정인 벼리는 게 우선이다. 급할수록 한숨 고르는 게 지혜다.

성민이는 집으로 돌아와 가족을 여산으로 피신시킨 후 산으로 들어가기로 작정했다. 오직 아버지의 원수를 갚기 위해서다.

김 면장을 찾아간 것은 혹시나 일말의 양심이 그에게 남아 있다면 엄청난 일을 꾸밀 생각은 전혀 없었다. 김 면장을 용서하고도 싶었다. 그런데 그 일을 딱 잡아뗐다. 그는 인민의 적이었다. 공개적으로 재판하여 처단해야 할 첫 번째 대상이었다.

북한에서 내려온 인민군이 완주 지역에 들어오자마자 성민은 지역 사람들로부터 완주군 위원장으로 추대되었다. 자연스럽게 공산주의자가 된 것이다.

완주군 위원장이 된 성민은 용산 마을을 찾아갔다. 옆에는 월선이가 여성동맹위원장으로 동석하고 있었다. 김 면장을 잡으러 가는 날이 온 것이다. 김 면장은 6·25가 발발하자 이미 자취를 감추어 행방이 묘연했다.

먼저 노란 완장을 찬 좌익 자경단을 시켜 동네에 있는 징을 치고 풍악을 울려서 사람들을 다 모이게 했다. 자경단 사람들은 동네 고샅고샅을 다니면서 모이라고 소리를 쳤다.

"징~ 징~ 징~징~"

"깨갱 깨갱 쿵덕 쿵덕 깨갱 깨갱 쿵덕 쿵덕 징~ 징~ 깨갱 깨갱 쿵덕 쿵덕 깨갱 깨갱 쿵덕 쿵덕 징~징~"

부자 양반들에게 눌려 살던 동네 머슴들이 노란 완장을 차고 동네 고샅을 누비고 다니면서 모이라고 소리 소리 외쳐댔다.

"동네 사람들 다 나와요! 오늘은 완주 지역 인민 위원장님이 오신답니다. 서둘러 나오세요. 인민 재판도 있다 하니 한 분도 빠짐 없이 다 나오세요."

"누가 온다고?"

"저 건너편 삼천동 천석꾼 사위 백성민이 오신답니다. 우전국민학교 회장도 하고 군산 상업학교를 나와 세관에 근무하던 분이요. 그분이 완주 지역 책임자이니 꼭 나오셔서 인사를 드려야 우리 동네가 안심하고 살 수 있습니다."

"아! 그렇다면 나가봐야지! 국민학교 대 선배님이신데…."

사람들이 모이자 성민이 연단에 올라가 일장 연설을 했다.

"여러분! 섬나라 일본이 우리나라를 36년간 지배할 때 독립군들은 여기저기서 저항하며 싸워서 해방을 쟁취했습니다. 뜻있는 애국자들이 의병을 모집하고 군자금을 대고 해외로 도피하여 정처 없이 유랑생활에 들어갔습니다. 만주에서는 공산당들이 독립군이 되어 아시아를 집어삼키려 했던 일본에 대항하여 목숨 걸고 싸웠습니다. 이런 과정에서 잡혀가 가족이 해체되고 고문을 당하고 억울하게 죽은 사람들이 삼천리 금수강산을 피로 물들였습니다.

양반과 상놈, 상인과 노비라는 신분제도에 얽매여 얼굴 한 번 제대로 들지 못하고 억눌려 살던 우리 조상들은 해방의 기쁨과 함께 조국의 통일을 기원하고 있습니다. 그런데 지금 '고래싸움에 새우 등 터진다'는 말처럼 소련과 미국이 우리나라를 나누어 먹으려 하고 있습니다. 우리 공산당이 목표하는 것은 우선 일제강점기에 빼앗긴 땅을 골고루 인민 여러분에게 나누어 주어 가난하고 억눌리고 배고픈 사람들이 자유롭고 배부르게 살 수 있는 나라를 건설하는 것입니다. 여러분 이 일에 적극 동참해 주십시오!"

"위원장님 말씀이 옳소!"

"옳소!"

"옳소!"

"여러분, 위원장님께 우레와 같은 박수를 보냅시다!"

"짝 짝 짝."

여기저기서 박수 소리가 터져나왔다.

어린 아이부터 어른까지 200여 명이 모여 있었다.

성민의 연설은 계속되었다.

"오늘은 여러분들의 의견을 청취하여 이 동네에서 지금까지 일본 사람들에게 의지하여 이권을 챙기고 장기 고리 대금업을 통해 이자 놀이를 하며 부를 축적한 악덕 지주를 재판하려 합니다. 이는 공정하게 해야 하는 만큼 신고한 자와 증인, 마지막으로 여러분의 동의가 필요합니다. 지금부터 인민재판을 시작하겠습니다!"

인민재판은 공식 사법 절차 대신 인민 대중이 직접 이에 참여하는 것으로써 향후 송사 등을 겪을 때 스스로를 보호받을 수 있도록 만든 제도였다. 본래 취지와 다르게 인민재판은 공산권의 유일 집권 정당과 최고 권력자가 반대 세력을 억압하고 응징하기 위한 수단으로 변질되었다.

"이 마을이 이 지역에서 모범적인 마을이 되기 위해 시범적으로 반동분자를 색출하려 합니다. 의견을 내어 주십시오!"

사람들은 두려워 떨며 아무런 의견도 내지 못했다.

옆에 있던 여성동맹위원장 월선이가 손을 들었다.

"위원장 동지! 제가 제소해도 되겠습니까?"

"말하시오!"

"이 동네에 김영선이라는 자가 살지요?"

"직접 확인을 해보시오!"

팔에 빨간 완장을 차고 인민복까지 갖추어 입은 월선이는 더 이상 기생이 아니었다. 남로당의 정식 여성 군인으로 보였다.

"영산리 동네 여러분! 이 마을이 잘 살려면 혼자만 배부르게 처먹으면서 다른 사람들을 해치는 그런 악질 반동분자를 색출해야 합니다. 그런 의미에서 제일 먼저 일본놈들 밑에서 부귀영화를 누리고 인민들을 짓밟던 이 마을의 반동분자 김영선을 제소합니다. 이 동네 사정을 잘 아시는 다른 분이 의견을 내어 주세요."

이때 그 마을에서 면장 김영선과 평소에 감정이 좋지 않았던 박세동이 나섰다.

"동무들! 그 반동 새끼는 과거에 우익 경찰에 붙어서 수많은 우리 동네 일꾼들을 해친 반역자입니다. 거기다 친일파예요. 왜놈 시절부터 지금까지 면장을 해 처먹었다 이 말입니다! 내가 듣기로는 면장이 성이 차지 않아 군수질을 해먹으려고 자기 친구들까지 제거했습니다. 이 반동 새끼를 색출하여 잡아야 합니다."

백 위원장이 말했다.

"그럼 어떻게 하면 좋겠습니까?"

여성동맹위원장인 월선이가 말했다.

"색출하여 척결해야 합니다. 죽이시오! 반동은 죽어야 마땅합니다! 죽이시오! 죽여야 합니다! 죽이시오! 죽이시오!"

노란 완장을 찬 좌익 자경단들도 거들었다.

"그자를 죽이시오! 죽이시오! 반동 새끼는 죽여야 합니다!"

총을 든 붉은 완장을 찬 정규 인민군들이 외쳤다.

"이 반동 새끼를 잡아다가 즉결 심판을 해야 되지 않을까요?"

지켜보던 군중들이 서로 눈치를 보며 망설이다가 마지못해 외친다.

"죽이시오! 죽이시오!"

백 위원장이 최종 판결을 내렸다.

"알겠소. 여러 인민들의 뜻이 그렇다면 그 뜻을 받들어 즉결 처형을 시행하겠소. 그럼 그 사람은 지금 어데 있소?"

"벌써 내뺀 지가 10일이 넘었는디요. 어데 있는지 아무도 몰라요."

"혹시 여러분 중에 그 사람의 행방을 아는 사람이 있소?"

김영선의 머슴인 노란 완장을 찬 자경단원 돌쇠가 머뭇거리며 말을 흐렸다.

"제가 알긴 허는데 말을 혀도 될까요?"

"그래야지! 네가 공을 세워야 한 계급 올라가서 반장이 되고 배급을 더 많이 받게 돼."

"그럼 총 가지신 분들이 나를 따라오세요."

돌쇠가 앞장을 섰다.

"이 일은 신중하게 처리해야 합니다. 여성동맹위원장이 당원 청년 세 명을 데리고 당장에 가서 잡아오시오."

"예! 분부대로 하겠습니다."

성민이 다시 연단에 올라 계속 연설을 했다.

"우리는 지난 36년간 왜놈들의 압제 속에서 살았습니다. 제가 군산세관에 근무할 때 김제 평야의 수많은 쌀들이 군산항을 거쳐 일본으로 갔습니다.

일본에게 대한민국을 송두리째 바친 사람들은 1905년 을사늑약을 체결한 학부대신 이완용, 군부대신 이근택, 내부대신 이지용, 위부대신 박제순, 농상공부대신 권중현 등 5명의 오적으로 알려져 있습니다. 이들 때문에 우리 조선은 많은 것을 빼앗겼습니다. 인천항으로는 금, 인삼, 도자기, 국보급 값진 문화재, 예술품, 광물, 심지어 인천항의 모래까지 퍼갖고 가서 카메라 렌즈를 만들어 팔았습니다. 오늘 이 마을에서 척결한 김영선은 이런 부류의 사람들과 차이가 없는 친일파 중의 친일파로서 인민의 피를 빨아먹으며 자신을 치부하며 산 철면피입니다. 이제는 군수를 하려고 자신의 친구들을 고발하여 죽음으로 내몰았습니다. 그래서 오늘 인민재판을 통해 여러분의 의견을 모아 공정한 재판을 거쳐 처형하려 합니다."

백 위원장은 풍악단에게 흥을 더 돋우라고 주문했다.

"그 반동 김영선이 잡혀올 동안 자경단은 풍악을 더 울려주세요."

"깨갱 깨갱 쿵덕 쿵, 깨갱 깨갱 쿵덕 쿵덕 쿵. 징~징~징~징~. 깨갱 깨갱 쿵덕 쿵, 깨갱 깨갱 쿵덕 쿵덕 쿵덕 쿵. 징~징~"

이제는 태평소까지 어울려 멀리 멀리 풍악이 울려퍼진다.

"삐리 삐리 삐리리이~ 삐리 삐리 삐리리이~ 쿵덕 쿵덕 쿵덕 쿵, 쿵덕 쿵덕 쿵덕 쿵. 삐리 삐리 삐리리이~ 쿵덕 쿵덕 쿵덕 쿵, 깨갱 깨갱 쿵덕 쿵."

신명 나는 풍악 소리지만 오늘은 흥이 나지 않고, 그저 구슬프게 들렸다. 곧 있을 인민재판 때문이다. 인민재판은 사람을 반동으로 몰아 죽이는 끔찍한 재판이다.

더구나 밉던 곱던 간에 이 지역의 얼굴이었던 김 면장이 인민군에 의해 즉결 심판을 받다니…. 사람들은 침울한 표정으로 곧 있을 인민재판을 기다리고 있었다. 허망하고 슬펐다.

농악 소리가 전혀 다르게 울려퍼진다.

"뺏어!! 뺏어!! 다 뺏어라. 있는 놈들 것 다 뺏어라. 가진 놈들은 모두 다 인민의 적이다. 쥑여 쥑여 다 쥑여라! 부자놈들 다 죽여라."

태평소는 이렇게 들려왔다.

"빨리빨리 서둘러라. 부자놈들 도망간다. 삐리 삐리 삐리리이~ 삐리 삐리 삐리리이~"

한편, 돌쇠는 여성동맹위원장인 월선이와 공산당원들을 동네

외곽에 있는 대나무 숲으로 안내했다.

"조심 조심히 오세요. 대나무를 벤 뾰족한 그루터기에 찔리면 발이 덧납니다."

대나무 숲은 동네 가장자리에 있어서 숨기에 아주 좋은 장소였다.

앞서 가던 돌쇠가 "쉿!" 하면서 밑을 가리킨다. 돌쇠가 아니면 누구도 찾을 수 없는 그런 장소였다.

약간 경사진 곳이었는데 그곳에 굴을 파서 앞을 대나무 잎으로 가려 놓아서 다른 사람들은 전혀 알 수 없는 비밀 아지트 동굴이었다.

돌쇠가 자신의 주인 김영선을 불렀다.

"주인님 저 돌쇠입니다."

"돌쇠라고?"

"예! 문고리를 풀어 주세요."

"아니! 오늘은 왜 이렇게 한낮에 왔어? 들키면 어쩌려고?"

"좌우간 문고리를 열어 보세요."

"알았다."

"철커덕! 삐드득 삐익~"

"아니! 왠 사람들이 이렇게 많이 왔나?"

여성동맹위원장 월선이가 소리쳤다.

"김영선 동무! 동무는 반동이오! 백석진 어르신을 공산당으로 몰아 황방산에서 쥐도 새도 모르게 죽도록 하였소. 이것은 무고

한 사람을 죽인 반동 행위여유."

"아니! 너 월선이 아니냐?"

"월선이는 이미 죽었소. 나는 이제 더 이상 월선이가 아니요. 조선을 해방시킬 완주 지역 여성동맹위원장이오."

김영선은 주위를 둘러보았다. 하소연할 사람은 돌쇠밖에 없었다.

"돌쇠야! 이게 어찌된 일이냐? 네가 왜 노란 완장을 둘렀어?"

"주인님, 이제 저도 이 마을의 자경단이 되어 혁명 과업의 선봉에 섰습니다. 이제부터는 돌쇠가 아닙니다."

"아니 이놈이 버릇없이 구네. 네놈이 자경단에 가입했다고?"

"세상이 변했어요. 세상이 변했습니다."

"야 이놈아! 세상이 변했다고 너까지 변하냐!"

공산당원이 나섰다.

"반동분자 김영선 잔말 말고 따라오시오! 백성민 위원장 동지가 기다리고 계십니다."

김영선은 가슴이 뛰기 시작했다. '드디어 올 것이 왔구나!' 체념한 듯 위장된 땅굴이 있는 대나무 숲에서 빠져 나왔다. 하늘이 노랗게 보였다. 동굴은 입구가 좁았으나 안으로 들어가면 넓직한 공간이 마련되어 있었다.

김영선은 공산당 사람들에 의해 손이 묶여 대나무 숲밖으로 끌려 나왔다.

백성민은 연설을 하고 있었다.

"우리는 여러분들에게 공평하게 재산을 분배하고, 여러분들을 해방시키려 합니다. 우선 악덕 지주들로부터 땅을 빼앗아 골고루 나누어 줄 것이며 노동의 대가를 통해 공정한 사회를 새로 건설해 봅시다! 우리가 꿈꾸는 세상은 양반, 상놈 빈부 격차가 없는 새로운 세상입니다."

"옳소! 옳소!"

사람들이 웅성댔다.

"저기 잡혀오는 사람이 누구여?"

"김영선 면장인가? 그 사람 같긴 한데!"

"벌써 한 달째 보이지 안았는디 어데 숨었었지?"

"숨을 데가 어디 있겠어? 대나무 숲이겠지."

"거긴 아무나 못 들어가. 대나무 자른 밑둥아리가 뾰족뾰족하여 그것을 밟았다가는 다치기 십상이라네. 습지라서 뱀도 우굴대는 곳이야."

"꼴 좋다 저 놈! 제가 면장이라고 안하무인처럼 굴더니 죄인으로 잡혀왔네."

"독일산 셰퍼드도 남의 집에서 빼앗아 끌고 왔다며?"

"내가 듣기로는 백 위원장 아버님 소유였대."

"저런 나쁜 놈. 지가 무슨 군수가 되겠다고 나불대더니만 오늘 당장 죽게 생겼네! 그려."

공산당 간부가 보고를 했다.

"위원장 동무! 반동분자 김영선을 잡아왔습니다."

백성민은 김영선에게 확인 질문을 했다.

"당신이 김영선이오?"

"예."

"당신은 지금까지 일본 사람 하수인으로 일하면서 힘없는 약자와 여인들을 농락하고 자기 마음에 드는 물건이 있으면 마음대로 빼앗아 가고 고리대금업을 통해 부를 축적한 인민의 적이오. 오늘 공개재판을 하려 하니 하고 싶은 말이 있으면 말해보시오."

아무리 인민재판이라 해도 최후 변론의 기회는 주었다.

"나는 지금까지 공직생활을 30여 년간 해오면서 잘못한 것이 없습니다. 내 지위를 이용하여 죄를 지은 적이 전혀 없었습니다. 떳떳합니다."

백성민은 더 이상 참을 수가 없었다.

"김영선! 내가 백성민이다. 백석진 그분이 누구 때문에 공산주의자로 몰려 죽었는지 생각해 본 적이 있느냐? 그것도 한꺼번에 100여 명이 공산주의자로 몰려 김제 황방산에 매장되어 사람들의 시체를 찾지도 못했다. 죽은 영혼들이 갈 곳을 찾지 못해 지금도 구천에서 떠돌고 있어! 이 말종 같은 나쁜 쌍깐나새끼야!"

백성민의 입에서 입에 담지 못할 쌍욕이 튀어나왔다.

"나는 불순한 사상을 가진 사람들을 색출하여 신고한 것뿐이네. 나는 잘못한 것이 없어. 내 지위를 이용하여 아직까지 죄를 지은 적이 한 번도 없었다."

"좋습니다. 그러면 인민의 의견을 묻습니다. 김영선을 어떻게 해야 하겠습니까?"

여성동맹위원장인 월선이가 외쳤다.

"김영선은 인민의 적이며 악질 반동분자입니다. 즉결 처분합시다!"

"저 사람이 우리 동네 사람들 식량이 떨어지는 춘궁기 때 장기 이자를 내어 주고 가을에 추수하면 두 배나 가져가서 본인은 치부(致富)하여 많은 사람들이 피해를 봤소."

"옳소! 옳소! 사람들의 등골을 빼먹는 이런 사람은 살려두지 말고 즉결 처분하시오!"

곳곳에서 즉결 처분하라는 소리가 울려 퍼졌고, 심지어 박수 소리까지 들렸다.

백 위원장은 즉결 처분 명령을 했다.

"인민 여러분! 인민의 뜻대로 김영선은 즉결 처분 대상이오. 자신의 지위를 이용하여 무고한 사람들을 죽음으로 내몰았고, 국가의 녹을 받아 먹는 사람으로서 고리대금업을 통해 가난한 농민들의 재산을 착취했으며, 많은 부녀자들을 농락하고 울린 죄가 너무 크며 자신의 마음에 드는 것은 무엇이든지 빼앗아 가는 전형적인 악질 지주이기에 즉결 총살형에 처합니다."

처형문은 전혀 흠결이 없었다.

"저기 동네 입구 빈터에 세워둔 나무 기둥에 단단히 묶으시오. 그리고 눈을 가리시오!"

완장을 찬 자경단 동네 머슴들이 자신들의 면장이자 주인이었던 김영선을 끌고 가서 기둥에 단단히 묶고 눈을 가렸다.

"인민 여러분! 이번 일은 이 지역에서 처음 있는 인민재판인 즉, 위원장인 제가 직접 즉결 처분하겠습니다!"

백 위원장은 속으로 울부짖었다.

"아버님, 제가 오늘 드디어 원수를 갚아 드리겠습니다. 이제 더 이상 구천을 떠돌지 마시고 편히 눈을 감으소서."

백 위원장은 징을 울리라고 했다. 그리고 세 번째 징이 울릴 때 즉결 처분하겠다고 했다.

"지잉~"

"지잉~"

"지잉~"

"탕 탕 탕!"

김영선의 머리와 가슴과 배쪽에서 붉은 피가 흘러내렸다. 그 붉은 피는 공산당의 깃발색이었다. 그들의 깃발이 흩날릴 때마다 총성이 들려왔다. 김영선의 고개가 툭 떨어졌다.

백 위원장은 뜨거운 눈물을 흘렸다. 아버지가 사살 당했던 서쪽 황방산을 향해 무릎을 꿇고 중얼거렸다.

"아버님 제가 오늘 드디어 원수를 갚았습니다. 이제는 편히 눈을 감으소서."

그리고 고백했다.

"저놈이 아버지를 공산주의자로 몰아 돌아가시게 해서 제가 공산당에 입당했습니다. 추대를 받아 지역 위원장이 되었지만 저는 공산주의자가 아닙니다. 아버님 때문에 공산주의자가 됐습니다. 우리 가족은 뿔뿔이 흩어졌습니다. 저는 오늘 철천지 원수 김영선을 사살하기 위해 공산당에 입당한 것뿐입니다."

사실 백성민은 공산당이 좋아서 입당한 것이 아니었다. 군산상업전문학교를 나왔기 때문에 그런 판단은 이미 할 수 있었다. 그는 이승만 대통령의 공산당 비판 이론을 적극 지지했다. 오직 아버지의 억울한 원수를 갚기 위해 공산당원이 된 것이었다. 김영선은 자신이 살던 마을 입구에서 인민의 적으로 본보기가 되어 사살되었다. 그는 더 이상 산 사람이 아니었다. 공산당원 보초를 세워 3일간은 아무도 서 있는 시체에 접근하지 못하도록 했다. 부패하기 시작하는 시체 주위로 개들과 까마귀들이 모여들었다. 이 일을 계기로 인민재판이 시작되었으며 완주 지역에 공산주의가 자리 잡기 시작했다.

마을회관 곳곳에 인공기가 걸렸고, 공공기관은 인민군에 의해 접수되었다.

공산주의는 원래 상부의 명령만 있을 뿐, 다른 의견이 있을 수 없었다. 이것이 맹점이었다. 사람들은 서로 말조심하고 눈치를 보고 가급적이면 사람들을 만나려 하지 않았다. 신고하면 잡혀가고 공산당이 요구하면 집에 있는 것을 다 내어 놓아야 했다. 살기 좋은 인민의 나라, 인민의 국가 건설은 요원했고, 있는 사람들의 것을 강제로 빼앗아다가 나누는 그런 정도였다.

남로당이 세운 정책은 사회주의가 섞인 공산주의였다.

공산주의는 카를 마르크스와 프리드리히 엥겔스가 발전시킨 정치 및 경제 이념으로 모든 재산과 생산 수단이 공동 소유되고, 계급 없는 사회를 지향했다. 공산주의 사회에서는 정부가 필요 없으며, 모든 사람이 평등하게 재화를 분배받고, 필요에 따라 자원을 사용할 수 있었다. 이는 궁극적으로 계급 차별과 착취가 없는 사회를 목표로 했다.

모든 사람이 평등하며 계급이 존재하지 않는 무계급 사회, 생산 수단과 자원을 공동으로 소유하는 공동 소유 사회, 궁극적으로 정부나 국가가 존재하지 않는 각자의 필요에 따라 자원을 분배하는 사회를 꿈꾸었다. 이는 이상적이었지만 실상은 달랐다.

사회주의는 공산주의와 달리, 정부가 주요 산업과 자원을 소유하고 관리하는 체제였다. 공산사회에서는 개인 소유가 일부 허용되나 주요 경제 부문은 공공의 이익을 위해 정부가 통제했다. 사회주의의 목표는 경제적 평등을 증진시키고, 부의 재분배를 통해 사회적 불평등을 줄이는 것이었다. 주요 산업과 자원을 정부가 소유하고 관리하여 부의 재분배를 통해 사회적 불평등을 줄이며 사회 안전망인 의료, 교육, 주거 등 기본 서비스를 정부가 제공함으로써 시장 경제와 계획 경제가 혼합된 형태를 갖도록 했다.

3. 비오는 날의 우산

비가 오는 날에는 우산이 필요하다.

6·25가 터지자 7월 초순에 갑자기 밀어닥친 인민군의 등장은 완주 지역에 큰 소용돌이를 몰고 왔다. 곳곳에서 인민재판이 일어났고, 마을마다 그들이 규정한 반동분자가 시범적으로 제거되었다. 지역에 남아 있던 사람들의 유형은 첫째는 환영형으로 적기를 흔들며 북한군의 앞잡이 노릇을 했고, 둘째는 북한군에 무관심한 자세인 은둔 도피형 그리고 셋째는 피신하지 못한 군인과 경찰관 등 잠행형으로 분류된다. 중도층인 회색분자들의 경우는 북한 쪽에 붙었다가 국군의 서울 수복 전에 북한으로 강제 북송되었다. 한 사람 한 사람을 총알받이로 사용할 수도 있고, 이들은 어떤 목적에서든 자원이고 무기였다. 그러고 보면 모두 다 살기 위해 전전긍긍하는 모습이었다.

완주 지역의 군인과 경찰관, 공무원 및 그 가족들은 비밀리에 백성민 위원장을 만나려 했다.

6·25 당시 초가집의 담은 대부분 싸릿대를 엮어서 만들었다. 백 위원장이 거주하던 집에는 언제나 자경단들이 경호하며 보초를 섰는데 그곳에 경찰에 근무하다가 도피 중인 고모 아들인 고

종사촌이 찾아왔다.

"성민이 오래만이네."

"어떻게 지내십니까? 고모님과 고모부님은 잘 계시고요?"

"잘 계시는데 시국이 하도 어수선해서…."

"요즘 어떻게 지내십니까?"

"나는 불안해서 도저히 살 수가 없네. 아무리 깊은 산속에 숨어지낸다고 해도 내 신분이 밝혀지는 것은 시간 문제이니 내가 어떻게 하면 좋을지 도움을 청하러 왔네. 제발 살려만 주소."

"그럼 제 이름이 들어간 신분증을 만들어 드릴 테니 가급적이면 완주 신원리 산골 연안 이씨 종중 제각으로 가서 농사를 지으며 조용히 숨어지내십시오. 거기는 첩첩산중이라서 사람들의 왕래가 뜸하니 안전할 겁니다."

"그것이 가능하겠는가?"

"완주 지역은 제가 맡은 지역이니 그렇게 하시면 됩니다."

"정말 고맙네. 이제 발 뻗고 잘 수 있을 것 같네."

백성민은 처남 동우를 불렀다.

"처남, 이분 신분증을 만들어 드리게."

그리고 동우가 준비한 신분증에 도장을 찍었다.

신분증 이순원

위 사람은 검증을 통해 사상과 행동이 공산당에 협조적이며 부합되기에 이 증을 발행함.

1950년 7월 10일
완주 임실 지역 위원장 백성민

"자, 이 신분증을 갖고 다니시면 검문 검색을 통과할 수 있지만 가급적이면 외출을 삼가세요. 우리도 초창기이기 때문에 경황이 없습니다. 세계 최강인 미군이 언제 한국에 들어올지 알 수 없으니 시국이 안정되면 제가 사람을 보내서 알려드리겠습니다."

"동생! 정말 감사하네. 이 은혜 잊지 않겠네."

백성민은 대인관계가 원만한 사람이다. 그래서 완주군 위원장으로 절대적인 추대를 받았으며 사람들이 그의 주위로 몰려들었고, 임실지역까지 책임을 맡게 되었다.

백성민은 넷째 동생 성량과 일본 유학에서 돌아온 처남 동우를 곁에 두고 온갖 행정을 맡아 처리하도록 지시했다.

한국은 정치적으로 비가 많이 내렸다. 이 지역을 위해 우산이 필요했다. 백성민은 그때마다 우산이 되어 억울하게 피해 보는 사람이 없도록 살폈다.

그는 레닌이 말하는 부르주아를 타파하고 강제로 그들의 재산을 몰수하여 프롤레타리아에게 분배하는 그런 혁명적 공산주의자가 아니었다.

정치는 타오르는 불이 아니라 모든 것을 포용하고 감싸주는 마중물이라는 것을 이미 터득하고 있었다. 그래서 완주 지역 위원장인 백성민의 주위에 사람들이 많았다.

"백 위원장님은 대단한 분이셔. 자신의 가족은 다 팽겨쳐 버리고 오직 혁명 과업을 이루시기 위해 저렇게 일을 하시다니!"

실제로 백성민은 가정을 버렸다. 전혀 새로운 조직을 만들어야 하고 파죽지세로 남하하는 인민군들과 함께 전 국토를 점령하기 위해 남으로 남으로 이동해야 하는 일은 고된 일이었다. 혁명 과업을 달성하기 위해서는 버릴 것이 많았다.

백 위원장의 기세는 대단했다. 전주를 둘러싸고 있는 완주군의 넓은 지역을 다 관장했다. 일제의 지배 시기가 끝나면서 제반 행정은 통째로 공산당에게 넘어가 버렸다. 초근목피로 근근이 살아온 주민들은 허리를 제대로 펴지도 못하고 살아가고 있었고, 백 위원장은 이 사정을 잘 알고 있었다.

그는 공산당이 남로당을 넘어서서 남한에 굳건한 뿌리를 내릴 때까지 자신의 직계 가족은 아예 잊기로 했다. 자신의 지위를 이용하여 치부를 한다든지, 부를 축적하여 벌어지는 정치적인 잡음과 그로 인한 숙청을 미리 배제한 처사였다.

한편, 여산으로 피신한 덕주 역시 남편이 자신을 찾아오리라고는 아예 기대도 하지 않았다. 다만 윗집, 아랫집에 사는 시누이 성자와 안부를 묻고 지낼 뿐이다.

"새언니, 요즘 보따리 장사는 잘 되우?"

"그럭저럭 두 식구 먹고살 만은 해."

"식이를 집에 혼자 놔 두고 다니려니 마음이 편치 않지요?"

"며칠간 식이를 혼자 집에 두고 다녀 봤는데 두세 살 짜리가 하루 종일 혼자 집에 있어선 안 될 것 같아. 집에 오면 늦게 왔다고 투정까지 부리네."

"제가 식이를 좀 더 챙겨야 하는데 시댁 식구들 눈치가 보여서 새언니에게 도움이 되지 못하네요. 시댁의 상실이와 춘우와 잘 놀긴 해요. 어데 맡기실 데 없지요?"

"그렇지 않아도 칠보 발전소에서 친정 올케가 유치원을 운영하고 있는데 그곳에 맡기려고."

"큰오빠는 무심도 하셔유. 무슨 큰일을 한다고 이렇게 가족을 내팽개쳐 놓고 연락도 없이 지낸다우?"

"오빠는 자기가 계획하는 일이 어느 정도 성취되면 분명히 우리를 찾아올 거야."

"그래도 우리 동네에 인민군들이 들락날락하지 않는 것이 이상해요."

백 위원장은 자신의 수하들을 통해 간간이 가족들의 소식을 듣고 있었다. 언제나 처가댁이 마음에 걸렸다.

그래서 모처럼 저녁에 시간을 내서 수하들과 함께 삼천동 처형집을 찾았다. 우마차에는 양식이 잔뜩 실려 있었다.

"형님! 안녕하십니까?"

"아니, 자네가 어떻게 우리 집을 다 찾아왔나?"

"형님이 일본에 징용으로 끌려가셔서 고생도 많이 하셨는데 지금은 어떻게 사시는지 궁금해 왔습니다."

영특한 환이가 인사를 했다.

"이모부님 오셨어요?"

"환이 많이 컸구나. 잘 있었니?"

"이모부님이 높은 사람이 되셨네요."

"그래! 너도 크면 높은 사람이 되거라."

울타리 밖에는 많은 군인들이 정렬해 있었고, 대문 앞에는 우마차에 쌀가마 등이 잔뜩 실려 있었다.

식이 이모부인 장광용이 물었다.

"그런데 저것들은 무엇인가?"

"쌀과 보리 그리고 고기입니다."

"감사하네만 그것을 우리 집에 한 톨도 들여놓지 말게나."

"왜 그러십니까?"

"나는 징용에 끌려가 일본에서 이미 미국의 힘을 경험한 사람이네. 미국이 버티고 있는 한 공산당이 이 땅에 발붙이기는 어려워. 그런데 만일 내가 이것을 받아먹은 다음 나중에라도 공산당이 물러가면 우리 가족은 다 죽네. 그러니 제발 나와 우리 가족을 위한다면 다 가져가시게."

장광용은 단호했다.

그의 오른쪽 팔에는 불을 뿜어내는 청룡 한 마리가 새겨져 있었다.

성민이는 형님의 마음을 이해했다. 다만, 이렇게 해서라도 여산 한 모퉁이에서 숨죽여 살고 있을 아내 덕주와 어린 식이에게 자신이 아직 살아 있음을 간접적으로나마 알리고 싶었다.

환이는 대문 밖에서 인민군과 이야기를 하고 있었다.

"아저씨들! 백성민 대장님이 우리 이모부세요. 나도 크면 씩씩한 대한민국 군인이 되고 싶어요!"

"이놈 봐라!"

"우리는 인민군이야!"

"인민군도 군인 아닙니까?"

"군인은 군인이지!"

환이는 둥그런 통이 달린 총에 관심이 있었다. 소련이 제2차 세계대전중에 개발한 기관단총인 따발총이었다.

조선공산당 수뇌부는 낙동강 전투에서 승리하여 미군이 한반도에 아예 발을 붙이지 못하게 하기까지는 조선을 완전한 해방구역이라 말할 수 없었다. 그래서 그들은 매우 불안해했고, 주민들 중 깨인 사람들은 공산당이 남한을 점령하지 못할 것을 예견하고 있었다.

백 위원장은 형님의 진심을 알고 작별 인사를 했다.

"형님 알겠습니다. 안녕히 계십시오. 가기 전에 조용히 처형 좀 만나게 해주세요."

"알겠네. 내 말 서운하게 생각하지 말게. 잘 가게나."

성민은 처형을 집 한쪽 귀퉁이에서 만났다.

"처형! 집사람은 잘 있지요?"

"그럼요. 여산 성자 동생이 있는 방아다리라는 곳에 피난 가서 잘 지내고 있어요."

"저도 소식은 가끔 낭산이나 옥금동에 사는 대원들을 통해 듣고는 있습니다."

"공산당이 미군을 물리칠 수 있을까요?"

"해보긴 해봐야죠. 그러나 원자탄으로 일본까지 굴복시킨 미국이 워낙 강해서…."

"낙동강 전투가 실패하면 어려울 거라는데 혹시라도 잘못되면 자수하세요."

"그래야지요."

"아이들을 봐서라도 그렇게 하세요. 식이와 숙이는 잘 지내고 있어요."

"이 곡식과 고기는 어떻게 할까요?"

"내 생각에는 이 동네에는 날마다 끼니 걱정하는 사람들이 많아요. 그 사람들에게 나눠 주면 어떨까요?"

"그럼 그렇게 하세요. 사람들에게 물건 담을 가마니나 삼태기, 포대 등을 갖고 지금 모정으로 모이라 하세요."

"그렇게 하지요."

사람들이 모정에 모이자 백 위원장이 말했다.

"여러분 이것은 여러분에게 무상으로 나눠 주는 것입니다. 그저 여러분을 위해서 주는 것이라고만 알고 받아가십시오."

"감사합니다. 위원장 동무."

사람들이 워낙 많아서 늦은 밤까지 곡식과 고기를 분배했다.

이 소식은 입소문을 타고 널리널리 퍼져 나갔다.

"백성민 위원장 만세! 백성민 위원장 만세!"

그러나 이 곡식과 고기가 어떤 이유로 자기들에게 차례가 갔는지 아는 사람은 없었다.

식이가 나중에 알게 된 것은, 결국 이 모두가 이념 싸움이 아니라 생존 투쟁이었다는 점이다.

먹고살기 위한 싸움 그 이상은 사치며 허울이다. 인간은 살기 위해 먹지만 결국 먹기 위해 산다는 논리다.

성민은 우마차를 타고 회문산으로 돌아왔다.

앞에서 재규 대원이 소를 몰았다. 소가 딴전을 부리면 재규가 채찍을 내리친다.

"어이! 재규! 자네는 왜 남로당에 가입했나?"

"날이면 날마다 부잣집에 끌려가 머슴처럼 일해야 하고, 일 년에 받는 세경으로는 겨우 가족들 입에 풀칠이나 하고 사니까 그게 싫어서 도망 나왔지요."

"집이 어데인가?"

"완주입니다."

"완주 어데?"

"고산입니다."

"고산은 곶감으로 유명하지?"

"예, 그렇습니다. 고산 곶감은 조선시대에 임금님께 바치던 진상품이었지요."

"다시 집에 가고 싶은 마음은 있는가?"

"그럼요. 언젠가는 돌아가야지요."

"백 위원장님은 왜 가족을 나몰라라 하십니까? 듣기로 사모님과 남매가 힘들게 살고 있다고 하던데…."

백 위원장은 남이 장군의「북정가(北征歌)」시로 답을 주었다.

"남아이십미평국(男兒二十未平國)이면 후세수칭대장부(後世誰稱大丈夫)랴!"

당시 대원들은 대부분 머슴이나 소작농, 백정 등의 하층 계급 사람들이었기 때문에 그가 하는 말을 알아듣지 못했다.

"위원장님은 정말 대단하신 것 같아요. 우리는 전혀 알아듣지 못하지만…."

"이 시는 누가 지었나요?"

"이 시를 지은 사람은 남이 장군이야. 그분이 이시애의 난을 토벌한 후 백두산에 올라가서 지었다는「북정가」라는 걸세. 그때 그분의 나이가 20대였다네."

"그 시는 어떤 의미를 가졌나요?"

성민은 지그시 눈을 감고 시를 천천히, 그러나 힘을 주면서 다시 읊조렸다.

"남아이십미평국(男兒二十未平國)이면 후세수칭대장부(後世誰稱大丈夫)랴! '남자가 20세에 나라를 평정하지 못하면 누가 후세에 대장부라 칭하리요'라는 뜻이라네."

"아 그래요? 남이 장군은 20대에 장군이 되어 반란군을 토벌하고 공을 세웠으니 대단한 사람이네요."

"역사에 길이 남을 장군이시지. 예종 때 유자광이 남이가 역모를 꾀한다고 모함하여 결국은 처형을 당하셨어. 개탄스러운 일이었지."

이렇게 말하면서 성민의 마음은 찢어질 듯 아팠다. 여기서 성민이가 의미하는 '나라의 평정'은 억울하게 죽어 구천을 떠돌던 아버지의 원수를 갚는 일이었다. 그래서 반란군이 되었고, 가족도 버렸다. 그들을 살리기 위해서는 아예 모르는 체해야 한다. 모든 것을 잃었다. 자신이 지켜야 할 조국도 잃어버렸다. 오늘따라 철저히 혼자라는 생각이 엄습해 왔다. 저절로 한숨이 나왔다.

"위원장님 몸이 불편하신가요? 어데 아프십니까?"

"글쎄 저녁을 급히 먹어서 체했나?"

"위원장님 체한 데는 소금이 만병통치약입니다. 물하고 드셔 보세요. 그러면 체한 것이 쑤욱 내려갑니다."

"고맙네."

성민은 한 대원이 주는 소금을 입에 털어 넣고 물을 꿀꺽 삼켰다.

사실은 체한 것이 아니었다. 형님과 처형과 자신이 판단하고 있는 전시 상황 때문이었다. 낙동강 전투와 인천상륙작전이 자신을 포함한 공산당을 모두 빨치산으로 만들어 버렸기 때문이다. 그것을 오늘 더 확실히 느꼈다.

"아, 내게는 사랑의 불씨가 말라 버렸구나. 사랑의 불씨가 다 사라져 버렸어."

생명을 유지시키는 사랑의 불씨, 우리 모두를 앞으로 나아가게 하는 원동력인 사랑의 불씨가 없으면 어찌 숨을 쉴 수 있으랴!

숨이 막히면 피가 돌지 않는다. 피가 돌지 않으면 다 멈춘다. 멈추면 끝이다. 끝은 죽음이다. 죽음은 고요함이다.

아무것도 움직이지 않는 적막한 죽음!

두렵다. 외롭다. 무섭다. 죽을 것만 같다. 이미 죽었는데 다시 죽다니! 그럼 살았다는 말인가?

갑자기 성민은 웃음이 났다. 바보 같이 웃었다.

"하하하하 우하하하. 하하하하 우하하하."

웃음소리가 어찌나 크던지 목소리가 메아리쳐 왔다.

"하하하하아 우하하하아. 하하하하아 우하하하아."

"위원장님 갑자기 왜 웃으십니까?"

깜짝놀란 대원들이 물었다.

"우리는 양쪽이 다 서로 웃기고 있지 않은가? 남이 장군은 20대에 백두산에 올라 「북정가」를 읊었는데."

"…."

"그런데 그분은 역적으로 몰려 죽었어. 우리는 지금 뭐지? 우마차를 타고 무엇인가에 쫓기듯이 회문산을 향해 남쪽으로 남쪽으로 가고 있으니 말일세."

"그래도 우리는 오늘 배고픈 사람들에게 먹을 것을 나눠 주는 좋은 일들을 했습니다. 제가 노란 완장을 차고 집을 뛰쳐 나온 이후 위원장님 덕분에 구제사업을 한 것은 오늘이 처음이라서 평생 잊지 못할 겁니다."

"그래요. 가난은 임금님도 못 막는다고 하지만 백성들 등 따습고 배 부르게 하고 비가 오면 우산 챙겨주는 것이 우리가 해야 할일 아닌가요?"

"맞네! 맞아! 자네들의 말이 백 번 옳아!"

"하하하하 우하하하. 하하하하 우하하하. 하하하하아 우하하하아. 하하하하아 우하하하아."

회문산에 이르렀다.

"이제 전열을 정비하세. 지금까지 한 모든 말과 일들은 일체 함구하소. 우리는 상부의 지시만 따를 뿐이네."

"잘 알겠습니다."

백 위원장은 그들에게 신적인 존재였다. 다만, 대원들에게 풀리지 않은 수수께끼는 "왜 위원장 동지가 가족을 모른 체하고 있느냐?"는 것이었다.

덕주에게도 남편은 까마득하게 잊혀진 사람이 되어 있었다.

6·25 전쟁이 끝났다고 하지만 여전히 빨치산은 여기저기서 활동을 전개하고 있었다. 맥아더 장군의 인천상륙작전으로 이승만 정권이 수복된 서울에 입성하여 국가가 안정권에 들어섰고, 미군의 도움을 받아 전열을 정비한 국군이 토벌을 시작했다. 여기

저기서 빨치산과 국군과 순경이 충돌했다.

특히 남로당원들이 집결해 있는 전남은 더 심했다. 그곳은 지리산이 시작하는 곳이라서 더했다. 6·25 전쟁 이후 노란 완장을 차고 돌아다니면서 위세를 부리던 사람들은 반공청년단에 의해 잡혀가기 시작했다. 잡혀가지 않으려면 산속으로 들어가는 방법밖에 없었다.

한번씩 순경을 앞세우고 새로 결성된 반공청년단이 의심 가는 집들을 방문하면서 부역자들을 색출하기 시작했다.

식이 이모님댁에 사람들이 들이닥쳤다. 반공청년단 대원 두 명은 몽둥이를 들고 순경 한 명은 총을 들고 싸릿대로 허술하게 만든 대문 앞에서 소리를 질렀다.

"거 누구 계십니까?"

"누구시오?"

"여기가 장광용 씨 댁인가요?"

"그렇소만! 무슨 일이시오?"

순경이 총을 탁탁거리며 위협적으로 말했다.

"장광용 씨에게 물어볼 것이 있어 왔습니다."

"들어오시게."

사람들이 마루에 걸터앉았다.

반공애국청년단원들은 마당에 서서 감시라도 하는 듯 몽둥이를 매만지면서 담배를 연신 피워대며 소곤거렸다.

"듣자하니 이 집이 백 위원장의 처가와 연관이 있는 집이라고 하던데?"

"아니, 그 유명한 백 위원장? 그분이 공산당이라고?"

"그분이 여기를 여러 번 다녀갔다는 제보를 받았대."

"그래서 그분이 여기 와서 사람들을 죽였나?"

"그건 아냐! 오히려 그 반대야. 가난한 사람들을 적극적으로 도왔다는 말도 있고."

"그럼 그렇지. 내가 들은 백 위원장은 사리가 분명하여 사람들을 해치지 않아!"

마루에 걸터 앉은 순경은 다짜고짜 큰소리로 말했다.

"장광용 씨! 당신은 부역자요!"

그런 소리에 주눅 들 장광용 씨가 아니었다.

"무슨 소리요?"

장광용 씨는 오른팔을 치켜 세우면서 순경에게 버럭 화를 냈다.

"순경이면 다요? 나는 부역자가 아니란 말이오!"

"이런 제기랄! 부역자 주제에 순경 앞에서 왜 큰소리를 치시오!"

장광용 씨가 오른팔에 힘을 주자 그 모습이 마치 청룡이 불을 뿜어내며 날카로운 발톱을 치켜 세우는 듯했다. 그러자 순경은 눈을 질끈 감았다.

총만 없었다면 순경은 장광용 씨에게 한 주먹감도 못되었다. 이미 개골창(작은 도랑)에 처박혔을 것이다. 순경은 아차 싶었다.

우선 안심을 시켜야 했다.

"진정하세요. 그게 아니라 이 집에 백성민 위원장이 다녀갔다는 제보가 들어왔어요."

"그래요! 왔었소. 내 동서니까 제 발로 찾아왔소. 그래서 어쨌다는 거요?"

순경은 말문이 막혀서 더 이상 말을 잇지 못했다.

자칫하면 일본으로 징용에 끌려가서도 야쿠자를 상대했던 전력이 있는 사람을 함부로 대했다가는 무슨 일을 당할지 몰랐기 때문이다.

"저어~ 다름이 아니라 우리는 제보가 들어온 이상 그 내용을 조사하여 상부에 보고해야 해서 그러니 몇 가지만 대답해 주세요."

"좋소."

"백성민 위원장이 언젠가 저녁에 우마차에 짐을 가득 싣고 댁을 방문했다던데요?"

"그건 사실이오."

"그래서 그 짐을 받아 챙겼습니까?"

"내가 어린애요? 그런 것 아예 거절해 버렸소. 문전박대했다 그 말이오. 나는 일본에 징용을 갔다온 사람으로 일본에서 산전수전 다 겪은 사람이오. 그때 그것을 덥석 받았다면 내가 여기 이렇게 남아 있겠소. 이미 도망갔을 것이오."

"그럼 그 많은 곡식을 어떻게 처리했나요?"

"그 많은 곡식이라니요?"

"그 곡식은 빨치산들이 밤에 내려와서 경찰서와 면사무소를 습격하여 창고에서 빼앗아 간 정부미입니다."

"그래서 한 톨도 받지 않았고, 오히려 자수하라고 권했소. 미국이 일본을 패망시켰는데 어찌 감히 공산당이 미국을 상대할 수 있겠소?"

"그럼 그 쌀을 어떻게 했나요?"

"내 안사람에게 물어보시오. 여보! 당신이 답변해 보소."

"아주머님, 그날 쌀을 어떻게 했나요?"

"우리 동네에 사는 가난한 이들에게 나눠 주었는데요."

"곡식을 받은 사람들이 누구인지 알 수 있을까요?"

"임실댁, 진안댁, 소금장사 천동이댁, 백정… 수없이 많아요. 우리 집만 빼고 전부 다일 걸요."

"알았습니다. 어이! 해도 저물고 했으니 오늘은 이만 돌아가세! 늦기 전에 소장님께 보고 드려야 하네. 가기 전에 한 가지 부탁 좀 드릴게요. 백성민 오면 자수하라고 권해 주세요!"

"그런 일은 걱정 마시게."

순경과 반공애국청년단은 돌아갔다. 순경은 조사하는 사람이고, 반공애국청년단은 행동대원이었다.

그들은 순경이 '가자!' 하면 가고, '잡아라!' 하면 잡고, '두들겨 패라!' 하면 두들겨 패는 순경의 하수인들인 것이다. 아니, 순경의 손발이었다.

오늘도 자칫했으면 큰 싸움이 날 뻔했다.

다행히 장광용 씨가 일제 강점기 때 징용에 끌려가서 산전수전을 다 겪은 사람이라서 위기를 모면했지, 여느 사람 같았으면 행동대원의 모진 몽둥이 세례를 받았을 것이다.

감자 한 톨, 밥 한 공기만 공산당에게 주었어도 매타작 감이었다.

옆 동네 김 집사가 교회당에 배가 고파 찾아온 공산당 청년에게 '밥 한 그릇을 국에 말아 주었다'는 것이 접수되어 반공애국청년단에게 죽도록 얻어 맞았다.

반공애국청년단은 말로만 애국청년단이지 대부분 무식한 농민들로 이루어져 있다.

오늘은 다행이었다.

중평리 식구들은 대전 유성에서 피난살이를 끝내고 다시 집으로 돌아왔다. 피난생활로 인해 2~3년간 비운 집은 엉망이었다. 다행스럽게도 피난을 가지 않은 옆집 바우네와 윤팽산과 삼돌이 등이 집 관리를 해주어서 집 골격은 온전했다.

마당에는 잡초가 무성했다. 삼돌이가 소식을 듣고 맨 처음 달려왔다. 삼돌이는 집안 먼 친척이었다.

"할머니 오셨어요?"

"그래, 그간 다들 잘 있었나?"

"예. 큰 마님은 함께 오시지 않으셨네요!"

"큰 마님과 식이는 성자가 사는 여산에 정착하기로 했네. 방아다리라 하는 곳에 군 부대(훈련소) 생겼다고 해."

"오셨으니 이제 농사일을 시작하셔야겠지요?"

"그래, 내가 돌아왔으니 차츰 농사일을 시작해야지."

삼돌이는 아직 미혼으로 여동생, 남동생과 셋이서 살고 있다. 남동생 하나는 서울에 가 있다.

"어데서부터 시작할까요?"

"우선 마당의 풀을 제거해라. 여기 곡식값과 생활에 필요한 돈이 있으니 내일 전주장에 가서 이것저것 니가 알아서 사오니라. 너희들 생활비로도 쓰고…."

"예! 여동생 상숙이와 함께 다녀오겠습니다."

옛 주인이 돌아오니 집에 생기가 돌았다.

마당의 풀도 제거하고 부엌에 밥을 끓일 나무도 주섬주섬 모아놓고 걸레로 마루를 깨끗이 닦았다.

다섯살인 숙이는 엄마 품을 떠나 할머니, 작은아버지와 함께 살기로 했다. 엄마가 장사를 하려면 두 명을 데리고 있기가 벅찼다.

숙이는 날마다 엄마 소식을 물었다.

"할머니! 엄마 언제 와?"

"내일 모레 와."

"내일 모레 정말로 와?"

"그럼, 두 밤만 자면 온다고 했어."

"정말? 할머니! 나하고 약속해!"

"그래 약속하자."

"우선 새끼손가락을 걸고 나서 엄지로 도장을 찍어야 약속이야."

숙이는 엄마와 떨어져 살았다. 날마다 엄마가 오기를 기다렸다. 그러나 엄마는 오지 않았다. 어쩌다가 엄마가 와도 남만 같았다. 어린 숙이에게 혼란이 왔다.

"엄마, 정말 내 엄마야?"

"엄마라면서! 엄마가 아니면 왜 나에게 엄마라고 하는 거야?"

"엄마라면서 왜 나를 여기에 내버려두는 건데? 내가 딸은 맞는 거야?"

식이도 마찬가지였다. 누나가 있다는데 누나는 남이었다. 오직 엄마만 있었다. 그래서 세살 때부터 엄마를 졸라댔다.

"엄마! 엄마도 다른 집처럼 애기를 많이 많이 낳아! 내게는 형과 누나가 많이 많이 필요해!"

"엄마 혼자는 애기를 못낳아."

"그럼 어디서든 데려와!"

이런 얼토당토 않은 말을 해댄 적도 있었다.

식이 엄마 덕주는 그저 하나님께 간절히 기도했다.

"하나님 아버지, 이 아이들은 하나님께서 제게 주신 값진 선물입니다. 무엇과도 바꿀 수 없는 귀하고 값진 선물입니다. 우리 숙이는 전주 큰 집에 할머니와 함께 있습니다. 엄마와 떨어져 있어서 나를 엄마가 아니라 동네 아주머니 정도로 어색하게 생각합니다. 내가 숙이의 엄마인 것을 알게 해주십시요. 식이는 나와 함께 있으나 형제 자매가 없다고 투정하니 이를 어찌하오리까? 하나님이 이들의 영원하신 아버지가 되어 주셔서 더 많은 형제 자매들을 갖고 있음을 일깨워주소서."

덕주는 애가 타서 입술이 바짝바짝 말랐다.
"아니! 전생에 무슨 죄가 그리 많아서 20대에 혼자 된 걸까!"
하지만 하나님이 언제나 옆에 계셨다.
"임마누엘의 하나님, 항상 내 옆에 계시는 하나님! 그분이 내 아버지시며 나는 이미 예수님과 결혼을 했어. 예수님이 나의 영원한 남편이야!"
그렇게 믿으니 마음이 진정되었다. 더 이상 세상적인 것을 생각하지 않기로 했다.

4. 너 죽고 나 살자!

'사바사바'는 뒷거래를 통해 은밀하게 일을 조작하는 행위를 속되게 표현하는 순수한 우리말이다. 비밀스럽고 떳떳하지 못한 방법으로 일을 처리하는 상황에 사용된다. 우리 사회의 어두운 면을 보여주는 거울과 같은 말이다.

'사바사바'는 첫째, 불교의 '속세'를 의미하는 '사바'(娑婆)에서 왔다. 둘째, '고등어'를 의미하는 '사바'(鯖, さば)설이 있다. 일본 순사에게 형사사건을 청탁할 때 비싼 고등어 두 마리를 가져가면 순사가 웃으면서 "아! 사바! 사바!"라 했다는 것이다. 셋째, 일본어 관용구 중에 '고등어를 세다'라는 의미의 '사바(鯖, さば) 오(を) 요무(よむ)'가 있다. 고등어 수를 세는 체하고 수량을 속여 이익을 얻으려고 하는 데서 '사바'를 떼어 사용했다. 넷째, 우리말 순화어인데 군수 지위를 얻으려던 김영선에게는 사바사바였다.

김영선은 철저한 반공주의자 이승만 정부에 공로를 세워 호감도를 높여 나가고 있었다. 처음 발단은 술자리에서 벌어진 여자 문제와 셰파드 개로 시작되었다.

김영선과 백석진은 절친이었다.

"백상, 일본이 패망한 지 벌써 5년이 되어가고 있네. 그동안 축

재한 것 있으며 다 토해내시오."

"일본이 패망하여 한국이 독립한 것을 나도 환영한 바네. 독립이 되었으니 더 이상 일본을 위해 일할 것도 없고 자네와 나는 이제 자유인이 되었네. 미군정에서 가끔 요청이 오면 군인들 통역하는 일 외에는 하는 일이 없는데 내어 놓을 것이 뭐 있겠는가?"

"좋아! 나는 면장을, 자네는 주재소에 근무하면서 치안을 담당했었지. 그런데 일본놈들은 면장 말보다 자네 말을 더 신임하지 않았었나?"

"그거야 행정은 자네 말을, 치안은 내 말을 신뢰하려 했겠지!"

"아냐 백상! 자네는 내 것을 다 빼앗아 갔어!"

"그게 무슨 말인가?"

"월선이란 년이 원래 나를 좋아했었는데 백상이 채가지 않았나?"

"나는 근무지를 옮기면서 그저 한두 번 만난 것뿐이라네. 그 이상도 그 이하두 아닐세."

"거짓말 마! 그럼 왜 일본놈 우치무라가 갈 때 남겨둔 셰퍼드 개를 백상이 가져갔지?"

"김상! 그것은 우치무라상이 순사견을 잘 키우라고 내게 개인적으로 준 것일세. 그래서 내가 집으로 올 때 데려온 거고."

옆에 있던 월선이와 기생들이 말을 거들었다.

"두 분이 오랜만에 만나셨는데 왜들 이러세요?"

"월선아! 나에게 술 한 잔 따라 보거라! 김 빠진 맥주 같은 내 마누라보다 튕기는 맛이 있는 네가 더 좋단다!"

"예, 잘 알지요. 면장님이 저를 귀여워해 주셔서 지금까지 살아 있습니다. 호호호 호호호."

"그런데 네 년이 왜 백상을 따라 삼례로 갔느냐 그 말이다."

"면장님, 저는 술장사 하는 년입니다. 백상 같은 분이 옆에서 도와주지 않으면 건달들에게 시달려요. 일본놈들은 우리를 사람으로 여기지도 않고, 그저 노리개 취급하니 할 수 없이 삼례로 갔어요."

"빠가야로! 이 멍청이 같은 년아!"

면장은 욕설을 퍼부었다.

"김상! 보시오. 월선이는 술장사 하러 삼례로 왔다고 하지 않나. 내 사촌동생 석봉이도 삼례로 이사 와서 양조장을 지어서 합법적으로 곡주를 만들어 팔았다네."

사실, 김영선 면장은 작심하고 술자리를 만든 것이었다.

일본이 패망한 지 4~5년이 지났지만 그는 아직도 과거에 묶여 있었다. 자신이 면에서 말단 공무원으로 근무할 때 불이익을 받았다고 생각하며 오직 군수로 승진하고 싶은 마음뿐이었다. 절친일지라도 자기 승진에 걸림돌이라 생각되면 친일파나 공산주의자로 몰아갔다. 훈장이라도 받으면 그 공로를 인정받아 높은 자리로 올라갈 수 있다고 생각한 것이었다. 그 첫 번째 대상이 자신의 친구이자 동료였던 백석진이었다. 그를 희생양으로 정하고 꼬투리를 잡기 위해 음흉하게 마련한 자리였다.

"그건 그렇다 치고 셰퍼드 개 얘기를 해보세. 그건 일본놈들이 남겨놓고 간 적산물품이니 국가 거니까 당장 나에게 넘기시게!"

"김상! 다시 말하겠네. 그것은 우치무라상이 잘 키우라고 준 것일세. 그래서 내가 중평리 집으로 올 때 가져와서 잘 키우고 있네."

"자네는 친일파 중에 친일파야! 일본놈들 밑에서 치안 담당을 하지 않았나?"

"그 말이 맞네. 허나 나는 한국인 편에 서서 일을 해왔네. 그러는 자네도 행정을 담당하지 않았나?"

술이 거나하게 올라오면서 김 면장의 말이 거칠어지기 시작했다.

"주재소에서 일하던 놈들은 빠짐없이 일본놈들 충견들이야. 그래서 ○새끼들이야. ○새끼들."

백석진은 김 면장의 거친 말이 약간 부담되기 시작했다.

"김상, 말이 지나치네! 그럼 일본을 위해 말단에서 시작하여 함께 행정과 치안을 담당하던 자네는 그럼 소새끼인가?"

"나? 나는 오른팔이고, 자네는 왼팔이었지! 자넨 순사 ○새끼야. 그러니까 셰퍼드 새끼를 가져갔지? ○새끼!"

오랜만에 만난 술자리가 시간이 지날수록 개판이 되어 버렸다. 백석진은 기가 막혔다. 결국, 월선이가 나서서 상황을 진정시켰다.

"면장님! 백 소장님은 가는 곳곳마다 한국 사람들 편에 서서 도움을 주셨어요! 저도 도움을 받았고요. 그런데 왜 이러세요?"

"이년이 지금도 백상, 백상하며 지랄발광을 하네 그려. 네 까짓 것이 뭘 안다고 지랄이냐?"

백석진은 오랫만에 만난 친구가 시비를 거는 것이 답답하고 씁쓸하기까지 했다. 그러나 참고 또 참았다.

'자고 이래로 양반은 언행심사(言行心事) 체통을 지켜야 한다.'

한자로 인(忍)자는 마음속의 칼날을 부러뜨리는 것이라는 것을 이미 잘 알고 있었다.

김 면장은 계속 날을 세우며 공격해 들어왔다. 레프트 훅, 라이트 훅으로 공격하다가 어퍼 컷이 들어왔다.

"한 가지 더! 자네 삼례에 근무하면서 세컨드 얻었었지? 왜 그랬나? 주재소 순사면 다냐? 자네 같은 사람은 일본놈들과 함께 죽어야 돼! 죽어!"

김 면장은 화를 내면서 소리 소리 질렀다. 이유는 모르지만 그의 악의에 찬 눈빛이 섬뜩했다.

듣다듣다 못한 월선이가 소리를 질렀다.

"면장님, 정신 좀 차리세요! 백 소장님이 본가를 떠나 삼례에 근무하면서 첩을 얻었다는 것은 매우 사적인 일입니다. 그렇지 않아도 그 일 때문에 바깥 출입을 삼가고 집에서 자중하고 계세요. 그 일은 이미 끝난 일이고, 상대분은 지금 행복하게 잘 살고 계세요."

"이것 봐라? 월선이 이게 백 소장 편만 드네."

김 면장은 몸을 제대로 가누지도 못하면서 백석진과 월선이에게 욕설을 퍼부으며 혀꼬부라진 목소리로 뜬금없이 노래를 불렀다.

황성 옛터에 밤이 되니 월색만 고요해
폐허에 서린 회포를 말하여 주노라
아아 외로운 저 나그네 홀로이 잠 못 이뤄
구슬픈 벌레소리에 말없이 눈물져요

성은 허물어져 빈터인데 방초만 푸르러
세상이 허무한 것을 말하여 주노라
아아 가엾다 이 내 몸은 그 무엇 찾으려
끝이 없는 꿈의 거리를 헤매어 있노라

나는 가리로다 끝이 없이 이 발길 닿는 곳
산을 넘고 물을 건너서 정처가 없이도
아아 한없는 이 설움을 가슴 속 깊이 안고
이 몸은 흘러서 가노니 옛터야 잘 있거라

김영선은 사실 외로웠다. 일본 사람들과 함께 일하던 지난 36년 동안에는 모든 것이 잘 돌아갔으나 일본이 패망하고 해방이 되었는데도 행정은 잘 돌아가지 않고 많은 어려움이 있었다.

월선이를 비롯하여 옆에 있는 기생들이 장단을 맞추며 함께 노래를 불렀다.

"오늘 자네 너무 취했네. 취하면 무슨 말을 못하겠나? 오해를 푸소. 심성이 좋은 내 아내도 첩 얻은 일로 마음이 상하여 유성 친정으로 가버려서 내가 장인, 장모님께 무릎 꿇고 빌고 사죄하여 겨우 데려왔네. 이 모두 다 집을 떠나 삼례 주재소에 혼자 근무하면서 생긴 일이네. 다시는 그런 허튼 짓을 하지 않겠다고 약속하고 정리했네."

김 면장은 술이 거나하게 취했다. 오직 그에게는 백석진을 고발한 대가로 훈장을 받아 군수가 되는 일 외에는 관심이 없었다. 그래도 일말의 양심이 남아 있었던지 최후 통첩을 월선이를 증인 삼아 한 것이었다.

밤이 깊어서 둘은 각자 인력거를 타고 집으로 돌아갔다.

"백가 네 놈이 아무리 아니라고 부정해 봤자 소용없어. 내가 갖고 있는 가짜 물증으로도 너 같은 놈 하나 정도는 날려버릴 수 있다고."

며칠 후 백석진의 집에 순경 두 명이 자전거를 타고 들이닥쳤다.

"얘들아! 여기 백석진 영감댁이 어데냐?"

"순사일을 하셨던 식이 할아버지를 말하는 건가요?"

"그래, 순사 노릇을 했던 백석진 영감님 집 말이다."

"저기 동네 입구 왼쪽 두 번째 집이에요."

"얘들아 고맙다."

"이 집이 백석진 씨 댁 맞습니까? 백석진 씨 안에 계십니까?"

"누구신지요?"

백석진의 아내되는 유성댁이 나왔다.

"우리는 전주경찰서 본서에서 왔습니다. 우전면에서 신고가 들어왔어요. 백석진 영감님은 어데 계신지요?"

"잠깐 개하고 동네 앞 방천으로 산책을 가셨어요. 곧 돌아오실 거예요."

"아, 고발한 셰퍼드 개 맞구먼! 맞아."

"그래, 그분이 우리에게까지 거짓말을 하겠어? 셰퍼드 개를 이 영감이 빼앗아 갔다고 했지?"

김 면장의 각본대로 일이 착착 돌아갔다. 그러나 유성댁은 그들이 말하는 '그분'이 누구인지 전혀 알 길이 없었다.

"더운데 들어오셔서 차 한 잔이라도 하시지요."

"차보다는 시원한 냉수 있으면 한 잔 주세요."

유성댁은 샘에서 냉수를 길어 정성껏 대접했다. 그러는 사이에 개와 산책을 나갔던 백석진이 돌아왔다.

개는 외형이 화려하고 튼튼하여 보기에 정말 좋았다. 꼿꼿하게 세워진 귀하며 날씬하고 날렵한 몸매를 갖고 있었다. 등 부분은 새까맣고, 배 부분은 노란색을 띤 전형적인 셰퍼드였다. 셰퍼드는 늑대보다 잘생긴 독일산 개로 주인에게 절대 복종한다고 한다. 주인의 말을 다 알아듣는 듯한데 일본을 통해 들어왔다고 한다. 가격도 비싸 황소 두세 마리하고도 바꾸기 어려울 정도라고 한다.

줄에 묶인 개가 쌕쌕거리면서 백석진 앞에 서서 들어왔다. 이런 개가 집에 있으면 도둑이 얼씬거리지 못할 것이다.

여느 개 같으면 낯선 사람을 보고 으르렁거리며 짖었겠지만 백석진이 "쫑! 앉아!" 명령을 하니까 얌전히 그 자리에 앉았다. 충견이었다.

"안녕하십니까? 저희는 전주경찰서 본서에서 나왔습니다."

"수고하시오. 어쩐 일로 오셨나요?"

"영감님을 대상으로 고소, 고발장이 여러 개 접수되었습니다."

"영장 가져오셨나요?"

"예. 여기 있습니다."

"보여주시오."

백석진은 출석 요구서를 보았다.

출석요구서. 백석진.

귀하는 친일 앞잡이로서 사상이 불손하며 아래 고소인과 고발인들에게 물적, 인적 손해와 위해를 가하였기에 조사할 것이 있으니 명일 오전 9시까지 전주 지방 경찰서에 출석하여 조사를 받기 바람.

완산부 지방경찰청. 이상 끝.

출석 요구서에서 고소인과 고발인들 이름은 이미 새카맣게 먹으로 칠해져 있었다.

"자, 그럼 우리는 문서를 전달했으니 갑니다. 내일 경찰서로 늦지 않게 나오시오."

"알았소. 잘 가시오."

경찰들이 돌아간 후 아내 유성댁이 물었다.

"여보, 그게 뭐라요?"

"별것 아니네. 내일 오전 9시까지 전주 지방 경찰서에 출두하라는 문서네."

"아이고머니나 어쩐다요? 요즘 꿈자리도 사납고 내 예감이 심상치가 않아요. 여기저기서 지금도 친일파를 공산당으로 몰아 척결한다고 난리들인데 당신까지 그 대상이 되는 거 아닐까요? 이 일을 어쩐다우?"

"나는 죄지은 것이 없어! 한국인 편에서 치안일을 담당했었지. 내가 주위 사람들에게 해코지한 것이 없으니 걱정하지 마소."

"드디어 올 것이 왔으니 큰 사달이 났네요. 당장에 전보를 치든지 전화를 해서 성민이에게 이 일을 알려야 되지 않겠수?"

"그럴 필요 없어. 내가 다른 사람들과 척지는 일을 한 적이 없으니, 나는 죄지은 것이 없네."

"아니에요. 그동안 일본 지주놈들에게 억압받던 사람들은 강도나 자객으로 복면 쓰고 그 사람들과 협조한 자들을 밝혀내 죽이기까지 한다던데요!"

"그것은 평소에 원한을 사서 그럴 것이오."

"내가 내일 새벽에 일어나 정안수 떠놓고 천지신명께 빌어야 겠어요. 그리고 오전에는 우리 집안이 세운 독정리 절에 쌀 두 말 이고 가서 영산 스님도 만나뵙고, 불공도 드려야겠네요."

사실 백석진도 겁이 났다. 분위기가 심상치 않았다. 36년간 억압받던 사람들이 여기저기서 분연히 일어난 것이다. 그동안 일본놈들로부터 받은 억압과 압박, 나라 없는 설움과 멸시, 천대를 해소할 희생양을 찾고 있었다. 그 희생양을 찾을 때 자신의 영달과 안위를 취하며 겉으로는 애국지사나 독립군 행세를 하는 사람도 있었다. 김 면장이 그랬다. 함께 일본 사람 밑에서 일했던 면장이 이제는 원수가 되었다. 그리고 이미 지난 술자리에서 최후 통첩을 한 바 있다.

백석진은 김 면장이 콕 집어서 문제 제기한 월선이와 셰퍼드, 첩 사건으로 불안해졌다. 잠을 이룰 수가 없었다.

백석진은 주재소 근무를 시작하기 전, 서울에 가서 시험을 보았다. 1차 시험은 일본어, 날조된 한국사, 헌법, 일반상식, 영어였다. 2차 시험은 체력 검증이었다.

어렵게 어렵게 시험에 합격하여 벌써 20여 년간 근무를 했고 소장까지 했었는데 한국인을 위해 일한 것이 결국 고소, 고발로 이어지다니 기가 찼다. 더구나 행정을 담당하던 동료 친구가 이렇게 사람들을 규합하여 고소, 고발까지 하리라고는 미처 상상하지 못했다. 뜬눈으로 밤을 지샜다.

아내 유성댁은 축시(1시 30분~3시 30분)인 3시경 샘에서 정안수를 뜬 후 장독대에 조그마한 제의 상을 차렸다. 그리고 죄인처럼 소복을 입고 무릎을 꿇고 앉아 천지신명께 축원 기도를 드렸다. 천지의 조화를 주재하는 온갖 천지신령(天地神靈)께 손을 비비면서 기도하면 조금 안심이 되었다. 동쪽을 향해 삼배를 하면서 축원 독송을 반복하기 시작했다.

"원아금치 지극정성 사바세계 하동 동양 대한민국 완산부 중평리에 거주하는 유석주 금일 열의 천 혼만 신령님 전에 엎드려 비나이다. 천황 옥황상제님과 일월성신 만 신령님들은 제자의 기도 발원에 감응하셔서 속히 강림하시어 명기 줄을 내려주시고 서기 줄도 내려주시고 글문 통신, 말문 통신을 골고루 내려주시어 남편 이름이 빛나게 하시고 제명나게 도우소서."

천지신명과의 대화란 결국 자신의 진실한 내면세계와 대화하는 것임을 유성댁은 알고 있었다.

조반을 들고 백석진은 경찰서로 갔다.

유성댁은 쌀 두 말을 머슴에게 등에 지게 하고 독정리 절로 떠났다. 절은 중평리에서 동쪽으로 마을 두세 개를 지나야 당도할 수 있었다. 농촌 마을 평지에서 절쪽을 바라보면 동쪽 산등성이가 병풍처럼 둘러쳐져 있는데 그 골짜기를 따라 맑은 물이 흐르는 곳에 있다. 자그마한 법당과 숙소가 딸린 암자다.

바람이 불면 처마 밑에 달린 물고기 모양의 풍경(風磬)이 소리를 낸다. 사찰 전유물인 풍경은 '소리'와 '형상'의 두 가지 요소가 묘하게 결합된 매력적인 건축 장식물이다. 범종을 축소한 형태로 만들어진 풍경의 은은한 소리는 고적한 사찰 분위기를 한층 더 고조시킨다. 종 안에 벽을 쳐 소리를 내는 물고기 모양의 탁설(鐸舌)은 물고기가 잘 때도 눈을 감지 않는 것처럼 수행자는 잠을 줄이고 항상 깨어 있어야 한다는 의미를 담고 있다.

풍경은 절의 처마 끝에 매다는 작은 종이지만 건물 크기에 따라 그 크기도 달라진다. 금속으로 만든 종 안에 추를 달아서 바람이 불 때마다 자연적으로 울리는 맑은 소리는 산사의 고요함과 조화를 잘 이루고 있다. 풍경을 '풍탁(風鐸)'이라고도 하는데 추를 매단 줄에는 붕어 모양의 장식을 단다. 풍경을 매다는 이유는 건물을 향해 날아드는 작은 새와 곤충들에게 사람이 오고가는 곳이니 주의하라는 뜻이다.

풍경(風磬)은 풍령(風鈴), 풍탁(風鐸), 첨마(檐馬)라고도 한다. 풍경의 방울에는 고기 모양의 얇은 금속판을 매달아 둔다.

옛날 어느 절에 덕이 높은 스님이 제자들을 가르치고 있었는데 그 중 한 제자가 수행을 게을리하고 잠자기를 좋아하여 뒷방에서 도둑 잠자기가 다반사이고, 스승의 가르침을 어기고 제멋대로 생활했다. 그러다 그 제자는 몹쓸병에 걸려 죽고 말았는데 아주 특이하게 생긴 물고기로 다시 태어났다.

어느 날, 스승 스님이 배를 타고 강을 건너려는데 등에 커다란 나무가 있는 물고기가 뱃전에 머리를 들이대고 슬피 우는 것이었다. 스님이 물고기의 전생을 살펴보니 바로 일찍 죽은 자신의 게으른 제자였다.

"스님, 평소에 수행을 잘하지 못한 과보로 미물로 태어났습니다. 옛 인연을 불쌍히 여기시고 저를 위해 해탈의 법문을 일러주십시오."

물고기는 눈물을 흘리고 있었다. 가여운 생각이 든 스승 스님은 제자를 위해 수륙 천도재를 지내 물고기의 몸에서 벗어나게 해주었다.

그날 밤, 스님의 꿈에 물고기가 되었던 제자가 나타나서 스승의 은혜에 감사하며 다음 생에는 열심히 공부할 것을 다짐했다.

"스님, 제 등에 난 나무를 베어서 물고기 모양으로 만들어 부처님 앞에 매달아 쳐 주십시오. 제 소리를 듣거나 제 모양을 보는 이들마다 좋은 교훈이 되어 열심히 정진할 것입니다. 그리고 강이나 바다에 사는 물고기들에게는 해탈할 수 있는 좋은 인연이 될 것입니다."

스님은 제자의 부탁대로 나무를 베어 물고기의 모양을 딴 목어(木魚)를 만들었다. 풍경에 매달린 물고기처럼 수행자는 잠을 줄이고 언제나 깨어 있어야 한다. 물고기는 잘 때도 눈을 감지 않는다. 풍경은 수행자의 자세가 이와 같아야 한다는 경책의 의미와 깨달음을 얻어 고통에서 벗어나게 해달라는 의미를 담고 있다.

절에서 쓰는 목탁도 목어에서 변형된 법구라 한다.

비슷한 듯하지만 각각의 해설마다 조금씩 의미가 다르다. 하지만 큰 범주에서 보면 풍경은 잠을 잘 때도 눈을 감지 않는 물고기처럼 불철주야 수행에 힘쓰라는 의미가 담겨 있다.

유성댁은 스님과 반갑게 인사를 나누었다.

"스님! 안녕하십니까?"

"불자님, 안녕하십니까? 보내주시는 공양미 잘 받고 있습니다. 세심히 살펴주시니 감사할 따름입니다. 나무관세음보살 나무아미타불. 톡톡톡 톡톡톡."

"오늘 제가 온 것은 집안에 일이 생겨서 부처님께 일천배 절을 드리러 왔어요."

유성댁은 입이 무거운 편이라서 남편 백석진의 일은 입밖에 꺼내지 않았다.

"예, 불자님! 부처님께 일천배의 절을 올리면 어지간한 일은 다 해결되지요. 지성이면 감천입니다. 나무관세음보살 나무아미타불. 톡톡톡 톡톡톡."

유성댁은 일천배의 큰절을 올릴 작정이다. 여자가 부처님께 큰절을 하려면 이마까지 두 손을 올린 다음 다소곳이 앉으면서 손바닥이 마룻바닥에 닿도록 머리를 숙여 절을 해야 한다. 절을 한 다음에는 머리를 땅에 댄 채 양 손바닥을 위로 올려 치켜 들어야 한다. 그 손바닥에 부처님이 내려주시는 은덕을 받아야 하기 때문이다 그것도 쉬운 일이 아니다. 한 동작으로 오전 내내 절을 하니 온몸에 땀이 났다. 한동안 남편의 외도 문제로 집을 나가 친정에서 머물던 기억이 났다. 그래도 미운 정, 고운 정이 든 남편이 경찰에 불려가는 어려움을 당했다 하니 눈물이 흘러내렸다. 심지어 경각간에 죽음의 위협이 느껴졌다. 더 정성을 다해 부처님께 큰절을 올리면서 빌고 또 빌었다. 이날 유성댁은 오전 내내 부처님께 일천배의 큰절을 올리는 데 시간을 보냈다.

한편, 전주경찰서에 불려간 백석진은 경찰서에 구류되어 날마다 조사를 받았다. 순경이 돌아가면서 잠을 재우지 않고 심문했다.

백석진의 죄목은 김 면장이 지적한 것들로부터 시작되었다. 경찰서의 죄수는 사람이 아니었다. 나이도 새파란 것들이 형사라면서 취조를 시작했다.

"백석진! 당신이 과거 일본의 주재소에 근무한 순사 ○새끼, 일본놈들 앞잡이로서 못된 짓은 다 골라서 했지?"

"형사 양반! 내가 순사 시험을 봐서 일본이 지배하던 한국에서 일을 한 것은 맞소만, 한국 사람들을 도와주려고 노력했소."

"고소한 사람이 기생 월선이와 셰퍼드 개를 강제로 빼앗아 갔다고 적시되어 있는데 어찌 그게 한국 사람을 도왔다는 거야?"

"고소인이 대체 누구요?"

"그건 당신이 알 바 아니야!"

"대질 심문을 합시다."

"대질 심문은 무슨 대질 심문? 우리가 그렇게 한가한 사람들인 줄 알아? 도처에서 공산당 놈들이 날뛰고 있어! 이런 놈들은 단칼에 척결하거나 총살시키지 않으면 무지막지한 공산당 놈들이 다시 내려와서 이들과 합세하는 것은 시간 문제야! 또 한 가지, 지금으로부터 5년 전 삼례 주재소에 근무할 때 당신은 첩도 얻었다던데?"

"그 일로 가정이 파탄날 지경까지 갔었는데 다행스럽게도 잘 해결되었소."

"해결? 무슨 놈의 해결?"

"그 여자분이 결혼을 하였소."

"그래? 어디 보자! 이 서류에는 당신이 가정을 파탄나게 했다고 적혀 있는데? 그게 사실이야?"

"그래서 대질 심문을 하자는 거요."

당시 형사들은 일제 치하에서 일한 사람들에게 적개심을 갖고 먼지 털기식 재판을 하고 있었다. 그들은 갑자기 주제를 바꾸었다.

"당신 재산이 얼마나 되나?"

"논 30여 마지기, 밭 500평, 산 5,000평과 집이 있습니다."

"그거 다 일본놈들 앞세워서 한국 사람들 등쳐 먹으며 부정한 방법으로 빼앗은 것 아니야?"

"아닙니다. 조상 대대로 물려받은 것입니다."

"그거야 토지 대장을 조사하면 되는 거고, 당신이 지금까지 일본 사람 협조자로서 하는 말투나 행동이 현 이승만 정부에 반하는 공산당임에 틀림이 없어!"

"나는 공산당의 '공'자도 모르는 사람이오!"

"본인이 아무리 부정을 해도 고소인과 고발인들이 다들 그렇게 말하고 있으니 당신은 공산당원이 분명해!"

"여기 보시오. 당신이 당신의 직속 상관인 우치무라에게 잘못 보고했기 때문에 한국 사람들이 잡혀가고 고문을 당하고 재산을 빼앗기고 그랬던 것이오! 그렇게 단정 짓지 말고 대면하도록 해 주시오."

"시끄러워! 우리는 그렇게 한가한 사람들이 아니라고 몇 번이나 말해야 하나! 멍청한 새끼! 빠가야로!"

취조하는 사람이 일제 통치 시대 순사보다 더 큰 모멸감을 주었다. 속전 속결로 처리 하기 위해서였다. 어쩌면 김 면장으로부터 뇌물을 잔뜩 받아 먹었는지도 모른다.

일본은 36년간 한국을 지배했다. 일제 강점기에는 약 10년을 주기(1910년대, 1920년대, 1930년대)로 통치 정책을 바꾸었다. 일본이 10년만 더 지배했더라면 한국은 지도상에서 아예 사라졌을지도 모른다.

제1기(1910~19년)는 무단통치, 헌병경찰통치였다. 경술국치부터 1919년까지로 민족자결주의 대두 및 3·1 운동의 영향으로 사이토 마코토가 조선 총독으로 부임하며 식민통치 이념이 달라졌다. 경제적으로는 토지조사사업과 회사령이 실시되었다. 조선인을 대상으로 태형을 실시하는 태형령이 공표되었고, 일본제국 육군 소속 헌병들이 치안 업무에 투입되는 헌병경찰제도가 운영되었으며, 군인과 공무원, 학교 선생님들이 칼을 차고 다녔다.

제2기(1920~30년)는 문화통치, 민족분열통치 기간이다. 일반적으로 제1기가 막을 내린 직후부터 세계 대공황이 발발한 1929년까지로 흔히 '문화통치기'라고 부른다. 경제적으로는 산미증식계획이 실시되었다. 헌병이 보통 경찰로 바뀌었고, 언론 및 출판의 자유가 제한적으로 허용되었으며, 회사령이 허가제에서 신고제로 전환되었다. 3·1 운동의 영향으로 억압보다는 회유책을 쓰던 시기라 이때 친일반민족행위자들이 대거 나오게 되었다.

제3기(1931~37년/1938~45년)는 황국신민화통치, 민족말살통치를 했다. 만주사변이 발발한 1931년부터를 전기로 보고, 다이쇼 데모크라시가 끝나고 1937년 발발한 중일 전쟁의 영향으로 1938년부터 1945년까지를 후기로 본다. 경제 정책으로는 전기는 남면북양, 후기는 국가총동원법이 발효된 병참기지화 정책을 폈다.

다른 피지배국들의 사례와 비교하면 조선은 늦게 시작하여 빨리 끝난 편이라고 할 수 있다. 대부분의 경우 19세기 후반이나 말엽에 식민지화가 이루어진 동시에 제2차 세계대전이 끝나고도 상당수의 국가가 승전국의 식민지였던 까닭에 짧게는 몇 년에서 길게는 몇십 년 후에 독립했으며, 심지어 어떤 나라의 경우에는 식민 피지배 기간이 100년을 넘기도 했다.

가쓰라·태프트 밀약(Katsura-Taft Agreement)은 미국의 필리핀에 대한 지배권과 일본제국의 대한제국에 대한 지배권을 상호 승인하는 문제를 놓고 1905년 7월 29일에 당시 미국 전쟁부 장관 윌리엄 하워드 태프트(W. H. Taft)와 일본제국 내각총리대신 가츠라 다로(桂太郎)가 도쿄에서 회담한 것이다.

비밀 협약의 주요 내용은 다음과 같다.

첫째, 일본은 필리핀에 대해 어떤 공격적 의도도 갖지 않으며, 필리핀 문제에 대해 전적으로 미국에 맡긴다.

둘째, 극동의 전반적인 평화 유지를 위해 영국, 미국, 일본 등 삼국 정부가 상호 양해한다.

셋째, 미국은 러일 전쟁의 귀결로 일본이 한국의 외교권을 제한할 수 있는 권한을 갖는 것에 동의한다.

이런 내용은 미일 양국이 모두 극비에 부쳤기 때문에 1924년까지 세상에 알려지지 않았다. 이 밀약에는 서명이 없고, 일본과 미국 간의 관계를 다룬 대화에 대한 각서(Memorandum)만 있었다.

일제는 미국과 협약을 맺은 직후인 1905년 8월에 다시 영국과 제2차 영일 동맹을 체결했다. 일제는 미국, 영국과 각기 체결한 이 두 협약을 통해 대한제국을 일제가 강제로 속국화하는 것에 동의한 것으로 간주하고, 1905년 11월 16일에 을사늑약을 강제하여 한국을 식민지 보호국으로 만들었다. 약소국의 설움이었다.

태평양 전쟁 후반인 1944년 미국은 소련에 도움을 청했다. 소련이 참전한 후 한 달도 되지 않은 1945년 8월 15일에 일본제국은 항복했다. 소련은 청진 등에서 일본제국과 전쟁을 계속하면서 자신들의 몫으로 한반도를 요구했다. 미국은 소련 세력의 팽창과 일본의 공산화를 우려하여 스탈린의 요구를 거절했다. 그러나 소련은 자신들도 엄연한 참전국이라며 소련군 사상자와 부상자의 존재를 내세워 한반도 통치를 요구했다.

얄타에서 루스벨트-처칠-스탈린이 한국을 일본과 전쟁이 끝날 때까지 소련의 영향 아래 두며, 미국과 영국은 한국에 대해 아무런 관여도 하지 않기로 했다. 이승만의 문제제기로 한반도 상황에 무관심했던 미국 정부에 의해 삼팔선이 그어졌다. 다시 말하면 미국의 개입으로 소련이 다 집어삼키려는 찰나에 '남한 반토막'이라도 구해냈던 것이다. 하마터면 남한도 동유럽처럼 스탈린의 '공산 식민지'가 되었을지도 모른다.

결국, 미국과 소련은 1945년 8월 25일에 북위 38도에서 한반도 분할 점령을 발표하고 미군의 한반도 상륙을 결정했다.

제2차 세계대전의 종식과 함께 찾아온 조선 해방의 기쁨은 잠시였다. 1945년 해방 때부터 1948년 대한민국 건국 때까지 3년 동안 삼팔선을 중심으로 남쪽은 미군이, 북쪽은 소련군이 주둔했다. 1945년 9월 9일부터 맥아더에 의해 미군정이 시작되었다. 미군정은 일제 강점기의 친일파를 공식적으로 관직에 복귀시켰다. 그래서 영어를 할 수 있었던 식이 할아버지 백석진은 미군들을 도와 일을 했다. 시간이 날 때마다 미군 통역사가 된 것이다. 이를 매우 못마땅하게 여긴 사람이 영산리에 사는 김 면장이었다.

1945년 11월, 국내파들이 종로 국일관에서 중국에서 귀국한 김구 등 임정요인들을 위한 환영회를 베풀었다. 그 환영 만찬장에서 "국내파는 모두 친일파"라는 발언이 나와 한바탕 공방전을 벌였다. 해외파는 "국내에서 잘 먹고 잘 살았던 사람들은 누가 뭐래도 일본총독부와 협력한 결과"였다고 주장했고, 국내파는 "해외에서 떠돈 사람들은 마음 편히 살았지만 국내에서 일본의 핍박과 싸우며 고생한 사람들이 진짜 독립운동을 했다"는 것이 요지였다.

하지만 이승만 박사가 피력한 견해는 차원이 달랐다.

"우리끼리 친일파 싸움을 벌일 때가 아니다. 따지고 보면 우리 3천만 동포 전체를 '친일파'로 만든 것은 대한제국 황제들이다. 그들과 매국 대신들이 없어진 마당에 피해자인 우리끼리는 부질없는 소모전을 접고 우선 독립 국가를 만들어 보자. 그런 후에 친일파를 가려내도 늦지 않다. 지금은 너나없이 모두 힘을 합칠 때다."

이때 나온 유명한 말이 "뭉치면 살고 흩어지면 죽는다"이다. 이승만은 가는 곳곳마다 이 말을 외쳤다.

다시 말하면 을사늑약의 고종황제와 한일병합조약의 순종황제 부자 그리고 그 부하들인 친일파 원흉들의 '매국' 결정에 따라 동포들은 친일파인 '일본식민'으로 살 수밖에 없었다는 말이다.

국치의 날일 8월 29일에 순종황제가 발표한 성명(칙어)이 그 사실을 말해준다.

순종은 "나 스스로 결단을 내려 한국의 통치권을 종전부터 친근하게 믿고 의지하던 이웃 나라 대일본 황제 폐하께 양여한다"고 선언하고, "대소 신민들은 국세(國勢)와 시의(時宜)를 깊이 살펴서 번거롭게 소란을 일으키지 말고 각기 자기 직업에 안주하여 일본제국의 문명한 새 정치에 복종하여 행복을 함께 받으라"

는 당부까지 잊지 않았다. 소란 금지, 즉 항일투쟁이나 독립운동을 처음부터 봉쇄한 황제의 마지막 어명이었다.

　피 한 방울 흘리지 않고 황제 손으로 다른 나라에 나라를 내준 그 나라 백성들의 앞날은 보나마나 뻔했다. 그날부터 백성들은 일본천황의 신민(臣民)이 되어 '살아남기 위해' 피땀을 흘려야 했다.

　그리고 6·25가 끝나 남한을 점령한 미국은 '친일 딱지'가 붙은 관료들과 순경 등을 미군정에 등용했다. '유능한 조선인'은 일본이 훈련시킨 그들뿐이라고 판단했기 때문이다. 광복 3년 후에 대한민국 정부가 수립되었다. 이승만이 초대 대통령이 되었다. 비로소 친일파를 청산할 때가 온 것이다. 정부가 해야 할 일은 친일파 청산과 공산주의자들을 이 땅에서 몰아내는 것이었다.

　이승만은 미국 프린스턴대학에서 「정치는 힘! 국제법은 없다」는 논문으로 정치학에서 국제법 박사학위를 받은 철저한 반공주의자. 1946년 2월부터 6주간 지방 순회를 하며 연설한 내용을 보면 잘 알 수 있다.

　"공산주의는 아름다운 이상을 가진 양의 가죽을 쓴 이리와 같다. 공산주의는 세계 정복을 꿈꾸는 야심가들에게 양의 가죽을 뒤집어 씌우고 소련의 앞잡이로 만들어 침투시켜 국가의 공업을 파괴하고 정부를 뒤엎고 사회를 혼란으로 몰아 소련의 위성국으로 만드는 콜레라와 같다. 한 사람이 공산주의자가 되면 거지가 되고 가족은 소련의 노예가 되는데 이것을 깨달았을 때는 이미 늦는다."

백석진은 얼마 전 김 면장과의 술자리가 퍼뜩 떠올랐다.

'혹시 나를 고소, 고발한 것이 김 면장의 수작 아닐까?'

백석진은 김영선의 세치 혀 끝에 놀아나 '반민족주의자'로 몰려 죽임을 당하게 되었다. 이런 죄명으로 100여 명을 싸잡아서 전주교도소에 수감한 후 곧바로 처형시켜 버렸던 것이다. 이는 이승만의 철저한 반공주의에 입각한 반공청년단의 과잉 충정과 애국심에서 나온 민족 분쟁의 불씨였다.

5. 산골짜기 다람쥐

　식이는 유치원에 갈 나이가 되었다. 엄마와 함께 버스를 타고 칠보로 갔다. 칠보로 가는 길은 멀었다. 여산에서 전주로 와서 하룻밤을 자고 칠보 가는 버스를 탔다. 칠보로 가는 버스는 하루에 아침 저녁 두 번 다닌다고 했다. 털털거리는 버스에 몸을 싣고 구이 저수지를 지나 산속으로 산속으로 들어갔다.
　신작로가 비포장이라서 버스가 지날 때마다 먼지가 뽀얗게 일었다. 신작로를 지나가던 사람들이 뽀얀 먼지를 피해 멀리 달아나기도 했다.
　한참을 달려서 드디어 칠보에 도착했다. 버스에서 내린 식이 눈에 가장 먼저 띈 것은 산 위에서 내려오는 길고 큰 기둥 모양의 물체였다.
　"엄마, 저 큰 기둥들은 무엇이에요?"
　"저것은 산 위에서 물이 내려오도록 만든 큰 물기둥 통이란다. 물이 쏟아지면서 그 물이 터빈을 돌리면 전기가 생겨!"
　식이에게는 신기했다.
　"전기가 생기는 발전소에 오다니!"
　경비실을 찾아가서 엄마가 노크를 했다.

"누구십니까?"

"예, 저는 유치원에 아이를 데리고 왔는데요."

"그러세요? 저 앞에 낮은 파란 건물이 유치원입니다.'"

"감사합니다."

식이는 엄마 손을 꼭 붙잡고 유치원으로 갔다. 밀창문을 열었다.

"안녕하십니까?"

"어떻게 오셨어요?"

"김숙희 원장님 찾아왔는데요. 제 올케예요."

"아 그러세요? 원장님은 원장실에 계세요. 따라오세요."

보모가 친절하게 안내해 주었다.

"원장님! 손님이 찾아오셨어요."

"응, 그래? 아니, 이게 누구세요? 새 언니! 반가워요."

"외숙모 안녕하셨어요?"

식이가 인사를 드렸다.

"그럼 잘 있었지! 그렇지 않아도 식이 오기를 기다리고 있었는데. 식이야 이리 오렴! 어디 우리 식이 한 번 안아보자!"

외숙모는 식이 볼 여기저기에 뽀뽀를 하더니 숨이 막힐 정도로 꼭 안아주었다.

"우리 식이 외숙모가 얼마나 보고 싶었는지 알아? 잘 왔다!"

외숙모는 식이 모자를 반갑게 맞아주었다.

"형님, 이 아이들은 대부분 칠보 발전소에서 근무하는 직원들의 자녀들이에요. 그리고 몇 명은 부모님들이 하도 사정사정해서 선생님들과 함께 읍내에서 오고 있어요."

"그간 잘 있었어? 남편 동우는 지금 어데 있어?"

"서울에 있어요."

"왜?"

"그놈의 연좌젠가 뭔가 하면서 형님이 조총련 간부라고 시도 때도 없이 경찰서로 오라 가라 하니 귀찮아서 견딜 수가 있어야지요. 그래서 저 혼자 여기로 왔어요."

"미안하네. 아마 식이 아빠와도 연관이 있을거야."

"그렇지 않아도 경찰서에 불려가면 첫 마디가 '언제 백성민을 만났느냐? 지금도 연락을 주고받고 있느냐?' 그것만 시계 태엽을 감아놓고 말하는 것처럼 묻는다고 해요. 할일 없는 나쁜 놈들이에요."

"내가 동생들에게 얼굴을 제대로 들기 민망하네. 면목이 없네. 다 내가 시집을 잘못 가서 벌어진 일이야. 용서하소. 다 내 죄야."

"형님! 그게 무슨 형님 죄예요? 시국을 잘못 만나서 그렇게 된 것이지요."

"올케가 유치원 원장이라고 해서 염치없지만 식이를 맡기려고 데려 왔네."

"예. 잘 오셨어요. 사실 따지고 보면 제가 여기 오게 된 것도 다 형님 덕분이에요. 발전소 이 소장님이 형님댁 친척이시더라고요."

"그건 그렇지만 올케가 똑똑하니까 안심하고 원장으로 뽑았겠지.”

"아참, 마침 오늘 식이가 왔으니 우선 아이들과 인사하게 하죠. 내일부터 칠보발전소 유치원 정규 학생이니까.”

"그렇게 하세.”

"보모 선생! 보모 선생! 아이들 정리정돈하고 한자리에 다 모이라고 해요! 새로운 학생이 왔어요.”

"예, 알겠습니다.”

"식이야! 나 따라오너라. 아이들과 인사하게. 그리고 내일부터 유치원에 다니자.”

식이는 외숙모를 따라 아이들 앞에 섰다. 20여 명의 아이들은 새로운 얼굴을 물끄러미 바라보았다.

"여러분 오늘 새 친구를 소개하겠습니다. 이름은 식이라고 해요. 다같이 박수!”

"짝 짝 짝 짝.”

"식이야, 네 소개해 봐! 그리고 노래도 한 곡 불러보도록 해! 할 수 있지?”

"예! 제 이름은 백영식입니다. 나이는 여섯 살이고요. 노래는 행군하는 군인 아저씨 노래를 부르겠습니다.”

"야아아~ 짝 짝 짝 짝 짝.”

식이가 갑자기 혼자 행군을 하기 시작했다. 옆에 꽂혀 있는 우산을 총 삼아 시작했다.

"열중 셔엇. 차렷. 앞으로 갓! 하나, 둘, 셋, 넷. 뒤로 돌아 갓. 하나, 둘, 셋, 넷!"

식이가 노래를 불렀다.

김영삼 작사, 김동진 작곡의「행군의 아침」이었다.

동이 트는 새벽 꿈에 고향을 본 후
외투 입고 투구 쓰면 맘이 새로워
거뜬히 총을 메고 나서는 아침
눈 들어 눈을 들어 앞을 보면서
물도 맑고 산도 고운 이 강산 위에
서광을 비추고자 행군이라네

노래를 부른 후 식이는 앞으로 뒤로 다니면서 멈출 줄을 몰랐다.
"하나, 둘, 셋, 넷. 앞으로 갓! 뒤로 돌아 갓. 하나, 둘, 셋, 넷! 하나, 둘, 셋, 넷!"

외숙모와 보모는 어안이 벙벙했다. 어린 꼬마가 와서 군인 아저씨 행세를 하다니!

외숙모가 박장대소를 하며 말했다.

"식이야! 어쩌면 이렇게 용감하고 씩씩해? 대한민국 국군 아저씨! 여러분! 식이에게 박수를 보냅시다. 아주 잘했어요. 아주 잘했어요."

이렇게 해서 식이는 칠보 발전소의 유치원 학생이 되었다. 그때가 1954년 3월이었다. 식이는 다섯 살이 되었다. 외숙모가 원장으로 있는 유치원에 다니느라고 엄마를 떠나 칠보에 잠깐 있었다.

"외숙모, 나 엄마에게 갈래!"

"여기 유치원 친구들도 좋지 않아? 그리고 외숙모가 맛있는 것 많이 많이 더 해줄게."

"그래도 엄마 보고 싶어."

"그래. 그러면 유치원 방학하면 곧바로 데려다 줄게. 그때까지만 더 여기에 있자. 알겠지?"

"예!"

"여러분 오늘은 새로운 노래를 배울 거예요. 제목은 「산골짜기 다람쥐」입니다."

산골짜기 다람쥐 아기 다람쥐
도토리 점심 가지고 소풍을 간다
다람쥐야 다~람쥐야 재주나 한 번 넘으렴
팔~딱 팔딱 팔딱 날도 참말 좋구나
산골짜기 다람쥐 아기 다람쥐
도토리 점심 가지고 소풍을 간다
다람쥐야 다~람쥐야 재주나 한 번 넘으렴
팔~딱 팔딱 팔딱 날도 참말 좋구나

다람쥐는 사람들로부터 귀염을 받는 쥐다. 알록달록한 것이

도토리나 밤 등을 먹을 때는 눈을 말똥말똥 뜨고 쳐다보면서 날렵하게 잘도 먹는다. 다람쥐에게 먹이를 주면서 쳇바퀴를 돌리면 얼마나 잘 도는지 장터에서는 구경거리였다.

식이는 방아다리 꿈을 꾸었다. 식이가 새가 되어 하사관학교를 비행기처럼 날아다녀 보았다. 눈 앞 100여 미터 떨어진 지점에는 하사관학교 울타리가 쳐 있고 위병이 왔다갔다 한다. 그 뒤로는 숙소 내무반과 교육장이 있었다. 중앙에는 넓은 운동장이 있는데 가끔 군인들이 모여 사단장님의 훈시를 듣는 곳이다. 동쪽으로 가면 위병소가 있다. 차들이 들어올 때마다 높은 사람이 들어오면 위병의 목소리가 더 커진다. 그때 구호는 '반공'이나 '단결!'이었다. 다시 서쪽으로 가면 식당이 있었다. 사람들의 먹거리를 책임지는 곳이다.

밥을 짓기 위해 취사병들이 부지런히 움직인다. 쌀을 씻고 배추 잎을 따내면서 자르고 무를 싹둑 싹둑 잘라 넣은 큰 가마솥에 국을 끓인다.

아침 8시가 되면 어김없이 군인들이 서쪽 후문을 통해 줄을 지어 야외 교육장으로 나간다.

식이가 부른 바로 그 노래를 부른다.

    백제의 옛터전에 계백의 정기 맑고,
    관창의 어린 뼈가 지하에 혼연하니,
    웅장한 호남무대 높이 우러러 서서,

대한의 건아들이

서로 모인 이곳이,

오오 젊은이의 자랑 제2훈련소

오후 5시가 되면 교육생들이 다시 들어온다. 또 그 노래를 부른다. 이렇게 식이는 자연스럽게 하사관학교 어린이 군인이 되어 버렸다. 집에 가고 싶었다. 엄마가 보고 싶었다. 그리고 씩씩하게 행군하는 군인 아저씨들이 보고 싶었다.

2장

아! 사랑이여

6. 사랑의 불씨

삼천 마을에 거주하던 덕주는 영민하고 똑똑했다. 일본어도 잘하고 가정 형편도 넉넉하여 여자 아이였지만 국민학교에서 계속 반장을 했다. 언니들이 4명 있는 막내여서 티가 났다. 덕주는 하얀색 윗도리와 멜빵으로 된 검정 치마 교복을 입고 있었다. 신고 있는 단화는 일본에 유학 간 둘째 오빠가 생일 선물로 보내온 것이었다. 2년 터울의 동우라는 남동생이 있었는데 동우도 아주 영민했다. 동우는 하얀색 윗도리와 멜빵으로 된 검정 바지 교복을 입고 있었다. 덕주와 동우는 집에서나 학교에서나 늘 붙어다녔다. 그 당시 아이들은 대부분 색이 바랜 흰색 바지나 검정 치마를 입고 신발은 짚세기를 신었다.

중평리에 사는 백성민은 공부도 잘 했거니와 키도 크고 신체 조건이 좋아 전교 회장이었다. 성민이는 덕주를 관심 있게 지켜보았다. 학교에서 3년 후배인 덕주와 자연스럽게 대화도 했다.

"와따시와 각고노 가이쬬데스."

"아나따노 나마에와 덕주데스까?"

"하이 소우데스"

"난넨 세이?"

"산넨 세이."

"도꼬니 슨데 이루노?"

"하그마 데 순데 이마스"

"나니가 앗따라 보쿠니 하나시데쿠레."

[난 학교 회장인데 덕주 맞지? 몇 학년이니? 하그마에 살고? 무슨 일이 있으면 나에게 말해라.]

성민이는 학교를 오가면서 삼천 마을 하그마를 지날 때마다 언니들이나 남동생과 어울려 다정스럽게 학교에 가는 덕주를 여러 번 보았다. 특히 덕주 옆에는 남동생 동우가 쫄랑쫄랑 호위 무사처럼 따라다녔다.

성민이는 군산상업학교로 진학했다. 성민이가 21살이 되었을 때 집안의 모든 결정권을 갖고 계신 할머니께서 혼례 의향을 물어보셨다. 아버지 석진 영감과 어머니 유성댁은 전주 읍내에 장날을 맞아 장에 가고 없었다.

"너 혹시 마음에 둔 사람이라도 있느냐?"

"예. 학교 가는 길목에 있는 삼천 마을 하그마에 천씨 집안이 있는데 그 중 다섯째 딸인 덕주를 마음에 두고 있습니다. 아가씨가 똑똑해서 반장도 했고 중간 키에 용모도 예쁘장합니다."

"그래? 그럼 네 어미하고 상의하여 고산댁을 통해 기별을 넣어보도록 하자."

성민이는 군산상업학교를 졸업한 후 바로 군산세관에 특채되어 근무 중에 있었다. 군산항을 통해 들고나는 수많은 물자들이 성민이의 손을 거치고 있었다. 체격 조건이 좋아 일본 제식 훈련 교관으로 선발되어 여기저기 다니면서 군사 훈련을 시키기도 했다.

고산댁이 삼천 마을 하그마를 방문했다. 덕주네 집 대문은 활짝 열려 있었고, 머슴이 마당을 쓸고 있었다.

"안부인 계시는가요?"

"뉘신데요?"

"저는 저 남쪽 중평 부락에서 온 고산댁이라 합니다. 중매 일로 심부름 왔습니다."

그 소리를 듣고 여자 종이 부엌에서 달려나왔다.

"잠깐 여기 계세요. 마님! 마님! 중평 부락에서 중매 일로 사람이 왔다네요."

"들어오시게 해라!"

"예~ 예~ 따라오시지요."

천씨 집은 식구도 많은 듯했고 마당도 꽤나 넓었다. 화단 옆으로 사슴 우리도 있었다.

인기척을 느꼈는지 김해 김씨 대부인이 밀창문을 연다. 소문에 의하면 이 집의 모든 결정권을 갖고 있다고 한다.

큰아들 내외는 머슴 아이와 함께 전주로 장을 보러 갔다. 며칠 후에 손님을 초대했기 때문이다.

"저는 중평 부락에서 온 고산댁이라 합니다. 손녀 따님에게 중매를 넣으러 심부름 왔습니다."

"아 그러시오. 수고가 많소. 손녀딸 네 명은 이미 출가하고 집에는 막내 손녀만 하나 남아 있수."

"혹시 덕주 아씨 아닌가요?"

"맞소만, 어떻게 내 손녀 아이의 이름을 아시오?"

"댁의 손녀 따님은 근동에서 똑똑하기로 소문이 자자합니다."

"별말씀을요. 그래 신랑감이 대체 뉘시오?"

"예. 중평 부락의 백씨 집안 성민이라 합니다."

"아, 그래요? 들어본 이름 같기도 하고. 우리 막내 손녀딸에게 의향을 물어볼까요?"

"예, 그러면 더 좋지요. 지금은 세상이 바뀌어 본인 의향도 중요하지요."

"신랑될 사람 나이는 몇이고 학교는 어데까지 나왔소?"

"예, 마님. 나이는 21살이고, 군산상업학교 졸업 후 군산세관에 근무 중입니다."

"세관이라면 우선 직장이 든든하구먼요."

대부인은 손녀딸 덕주를 불렀다.

"덕주야! 어데 있느냐?"

"예! 저 동우하고 일본어 공부하고 있어요."

"덕주는 안방으로 건너오너라. 손님이 오셨다."

"예, 할머님."

건넌방에서는 동우는 일본에 공부하러 가기 위해 덕주에게 일본어를 배우고 있었다. 덕주가 조심스럽게 문을 열고 들어온다. 기품이 있었다.

"거기 앉거라."

"예."

"동우는 일본어 잘 하니?"

"잘해요. 우리끼리 일본말로 대화가 돼요."

"그건 그렇고. 혹시 중평리 마을 백성민이라는 이름 들어본 적 있니?"

"예, 그분은 우전소학교 학생회장도 하시고 군산상업학교에 가셨단 말을 둘째 용주 언니를 통해 들었어요."

"아, 그렇구나. 그럼 아마 용주 언니와 동급생이었던 듯하구나."

"용주 언니 말이 소학교 동창 모임에서 내 안부를 묻더래요."

"알았다. 이제 나가 봐라."

"예."

고산댁은 덕주를 보면서 혼자서 중얼거렸다.

'이런 정도의 아가씨라면 성민 도련님과 잘 맞는 것 같네.'

대부인이 답변을 하셨다.

"고산댁! 손녀딸도 마음에 들어하는 눈치이니 맞선 볼 것 없이 혼례를 진행시켜 보세요. 거마비조로 우선 쌀 두세 말 드리리다."

"대부인님 그러지 않으셔도 되는데…. 감사합니다."

고산댁은 머슴이 내주는 쌀을 머리에 이고 중평리로 돌아왔다. 서둘러 백씨댁으로 갔다.

"마님! 고산댁입니다."

"벌써 삼천 마을에 다녀왔나?"

"그렇습죠."

"어떻든가?"

"워낙 도련님 평판이 좋아서 그댁 어르신이 좋다고 하십니다."

"그래서 그 집 막내 따님은 만나 봤나?"

"그러문요."

"어떻던가?"

"듣던 대로 예절 바르고 영민해 보였습니다."

"알았네. 성민이 에미 오면 상의해서 혼사를 진행해 보세. 오늘 자네 심부름 값일세."

백씨 대부인은 쌀 두어 말을 가득 담아 고산댁 머리에 이어준다.

"마님 이렇게 매번 챙겨주셔서 감사해요."

"괘념치 말게나. 우리 집은 땅도 넉넉히 있고 또 바깥 양반이 삼례 주재소에 근무하시지 않나?"

"성민이가 벌써 21살이니 금년 가을을 넘기지 않도록 바깥 양반과 이미 상의를 했네."

"도련님 의견도 들어야 하지 않을까요?"

"그래야지! 이번 주말에 우리 집안 남정네들이 다 모이니까 그때 물어보지 뭐."

그렇게 해서 삼천 마을 하그마에 사는 덕주와 중평리 마을 백성민의 혼인이 이루어지게 되었다.

사주가 서로 오갔다. 양쪽 집안에서는 대청 마루에 돗자리를 깐 후 정갈한 상을 앞에 놓고 정중하게 사주단자를 받았다. 사주에는 신랑, 신부의 이름과 주소, 태어난 일시, 가족 사항 등이 자세히 적혀 있었다. 일종의 호적 등본이 오간 셈이다. 사주단자는 청실홍실로 예쁘게 맸다. 백씨 집안의 사주단자에는 군산세관을 통해 들어온 일본 화과자 세박스와 남녀 생필품들이 가득 들어 있었고, 천씨 집안의 사주단자에는 집에서 손수 만든 인절미와 약과가 한 가득 들어 있었다.

보통 혼인할 때 궁합를 보는 것이 일반적이었으나 이미 개화된 두 집안에서는 궁합 보는 절차를 생략했다.

청혼이 성사되었음을 나타내기 위해 혼례 전에 신랑집에서 신붓집으로 혼수함을 보내는데 이를 납폐(納幣)라 했다. 혼수함에는 혼인을 약속하는 혼서, 청·홍색 비단, 사주단자, 오방 주머니 등을 넣었다. 함을 지고 가는 함진아비는 부부 금실이 좋은 사람으로 정하고, 잡귀를 막기 위해 얼굴에 검댕을 칠했다. 함진아비가 신붓집에 들어가기 전에 동네를 떠들썩하게 만드는 것은 즐거움을 함께 나누자는 의도다.

전통 혼례 시 신랑은 양이므로 동쪽에, 신부는 음이므로 서쪽에 선다. 폐백 때도 시아버지는 동쪽에, 시어머니는 서쪽에 앉는다.

7. 일편단심(一片丹心)

'혼인'(婚姻)은 남녀가 만나 가정을 이루며 사회적으로 인정받는 결합을 뜻한다. '혼'(婚)은 장가드는 것을, '인'(姻)은 시집가는 것을 의미하므로 가부장적 뉘앙스가 강한 '결혼'(結婚)보다는 '혼인'이라는 표현이 더 적절하다. 신랑이 신붓집에 가서 혼례를 치르고, 신부를 데려오는 것이다.

성민이는 장가드는 날 아침, 신붓집으로 와 혼례를 올렸다. 삼천 마을은 마을 앞을 흐르는 세 갈래의 내천에서 이름이 유래했다. 하나는 모악산 자락의 구이저수지에서 모인 물줄기로 남에서 북으로 흐르고, 다른 하나는 임실 운암에서 솟은 샘물이 운암 고개를 지나 남쪽으로는 섬진강, 북쪽으로는 고덕산을 지나 완주를 휘감으며 삼천 마을 앞에서 서로 만난다. 이 두 냇물이 합쳐지면 삼천천이 되는데 물이 불어나 동진강 상류를 이룬다. 두 냇물이 만난 동진강 상류가 마치 삼거리 같아서 삼천천이라 했다.

아침 일찍 사모관대를 갖춰 입은 신랑이 말을 타고 신붓집으로 결혼식을 하러 떠난다. 신랑의 모습은 마치 원님 행차를 방불케 했다. 삼돌이는 말고삐를 단단히 쥐고 앞장섰고, 신랑 성민은 늠름하게 말 등에 앉아 있었다.

신랑이 동네를 지나자 구경꾼들이 모여들었다.

"우전학교 학생회장하던 백성민 아니여?"

"맞아, 백성민이야. 공부도 잘 해서 군산상업학교 갔잖아."

"아버지는 삼례 주재소에서 일을 한다지."

흰옷을 입은 하인 서너 명이 함을 메고 신랑 뒤를 따르고 있었다.

한편, 신붓집에서는 신부가 단장을 마치고 신방에 앉아 신랑을 기다리고 있었다.

혼인 예식이 끝나면 신부는 중평리로 시집을 간다. 마당 한편에는 신부를 태울 가마가 대기하고 있었다. 신부의 가마를 메고 갈 하인 네 명은 곰방대에 부싯돌로 불을 붙이며, 이야기들을 나누었다.

"우리 아씨는 복도 많으셔. 국민학교 때부터 선생님의 귀여움을 독차지하면서 반장을 도맡아하더니 좋은 배필도 만나셨네 그려."

"신랑이 누군데? 인물은 좋대?"

"아랫 동네 백성민이래."

"그 백성민? 키 크고 공부도 잘하고 전교 학생회장하던?"

"그래, 바로 그 백성민이야."

"지금은 뭐 하는가?"

"듣자 하니 군산세관 검역관이라던데?"

"검역관이 뭔데?"

"군산세관을 드나드는 물건은 백성민 도장을 받아야 통과한다고 하던만?"

"대단한 분이시네."

마침내 신랑 백성민이 신붓집에 도착했다. 마당에는 강한 햇살을 가리기 위해 차일이 쳐져 있고, 부엌 옆 통풍이 잘 되도록 송판을 엇갈려 덧댄 광에는 대나무와 싸리로 만든 소쿠리들이 가지런히 놓여 있었다. 소쿠리마다 혼례 후 나눌 음식들이 가득 담겨 있었다. 잔칫집에는 무엇보다 먹을 것이 풍성해야 한다.

신랑이 도착하자 아이들부터 어른들까지 동네 사람들이 몰려들었다. 신랑 구경도 구경이지만 대부분은 예식 후 나눌 음식 때문이었다.

천씨네는 천석꾼 집안이다. 삼천 마을에서 이 집 땅을 밟지 않고는 걸어다닐 수 없고, 이 집 소작농이 되지 않고는 끼니를 잇기도 어려운 실정이었다.

막내딸 덕주는 든든한 신랑감을 만나게 되었다. 누구든 탐낼 만한 신랑감이 어릴 때부터 천씨집 덕주를 마음에 두고 있다가 인연이 맺어진 것이었다.

대부분 혼인 예식에서는 1년 이상 키운 돼지를 잡는다. 하지만 천씨댁에서는 소를 잡았다.

소를 잡는 것은 돼지를 잡는 것과 다르다. 돼지는 다리를 묶은 뒤 목을 찔러 피를 흘려 잡지만, 소는 무거운 망치로 소의 두 눈 사이 정중앙을 정확히 겨누어 단번에 내리친다. 그러면 소가 한

방에 쿵 하고 맥없이 쓰러진다.

이날 혼례 음식에는 앞다리 부위만 쓰기로 했다.

소머리로는 소고기 국밥을 만들고, 꽃등심, 살치살, 안창살, 채끝살은 길쭉하게 썰어 대나무 꼬챙이에 고추, 대파와 함께 꿰어 기름에 지져내면 그 맛이 일품이었다.

나머지 고기들은 두세 근씩 적당히 썰어 삼천 마을 하그마 동네 집집마다 한 집도 빠짐없이 골고루 나누어 주게 했다.

혼례에 쓰이는 모든 것은 음양의 조화를 고려하여 홍색과 청색이 중심이 되었다.

신부는 연두색 저고리에 다홍치마, 곧 녹의홍상(綠衣紅裳)의 혼례복을 갖춰 입었다. 그리고 청색 스란치마와 홍색 스란치마를 겹쳐 입고, 위에는 삼회장 노랑 저고리를 입었다. 마지막으로 활옷이나 원삼을 입고 활옷에는 화관, 원삼에는 족두리를 썼다. 활옷은 고려와 조선 시대 상류층 여성의 혼례복으로 다홍색 비단 바탕에 장수와 길복을 상징하는 십장생 문양이 화려하게 수놓아져 있었다. 홍색 비단 안에 청색 비단을 넣어 만드는데 이는 신랑과 신부의 화합을 뜻하는 것이었다.

신부가 두 손으로 소중하게 들고 있는 흰 천은 한삼(汗衫)이다. 여기에 신랑 신부가 오래도록 행복하게 살라는 의미로 '이성지합 수복지원'(二姓之合壽福之源)이라는 글자와 십장생 문양을 수놓았다.

신랑은 화려한 비단 저고리 위에 단령을 걸치고, 흑화라 불리는 검정색 가죽신을 신었다. 단령은 조선 시대 관복으로 깃이 둥글고 길이는 발뒤꿈치까지 내려올 정도로 길었다.

신랑 일행이 당도했다. 신랑 직계 가족과 친구들을 포함하여 30여 명이 넘었다. 큰 마당에 깔린 두꺼운 멍석 위에는 십장생이 그려진 열두 폭의 병풍이 세워져 있었다. 혼례는 인륜지대사(人倫之大事)다.

혼례 순서를 적은 홀기(忽記)를 양손으로 받들고 예식을 진행할 이는 신랑 측 고모부인 이갑영 어르신이었다. 한문과 시조에 조예가 깊다.

그분의 시조 읊는 소리는 길가를 지나는 이들에게 하루의 시작을 알리는 신호와도 같았다. 식이가 그분 집을 방문했을 때도 새벽부터 그분의 시조 읊는 소리를 들은 기억이 있다.

"태에~ 사아안이~ 노우읍다하되이~ 하아느으을 아래에 뫼잉이이로다아~

오르고오 또오오오오르며느은~ 모옷오를리~ 어업건마느은~

사아아람이~ 제아니니이 오오르고오~

뫼마안~ 노옵다아 하더리아아~."

이갑영 어르신의 소리는 곧 숨이 넘어갈 듯 간드러졌다. 깊은 한이 서려 있는 듯했다.

그 한이란 한국의 주권을 빼앗긴 슬픔이었다. 왕후는 폐위되고, 고종은 허수아비가 되었으며, 을사오적의 후손들이 일본의 앞잡이 노릇을 하며 나라를 농락하던 시절의 그 억울함과 분노가 담긴 목소리였다.

그 소리에는 젊은이들에게 체념하지 말고 분연히 일어나라는 호소가 깃들어 있었다.

식이는 그 소리에 담긴 뜻을 일찍 깨달았기 때문에 어렵고 힘든 일이 생길 때마다 그분의 소리 흉내를 내면서 일을 처리하는 습관이 생겼다. 양사언(1517~1584)의 높고 큰 산인 태산을 하늘 아래 뫼로 보는 남자다움과 강인함은 어려운 일이나 힘든 상황에 부딪혔을 때 쉽게 포기하거나 체념하지 말고 도전하라는 교훈을 준다. 나폴레옹 보나파르트(1769~1821)의 "내 사전에 불가능은 없다" 또한 '어떤 어려움이라도 이겨낼 수 있다'는 강한 자신감을 피력하는 말이라고 생각한다.

홀기(笏記)를 부르는 이갑영 어르신의 낭랑하고 장중한 목소리는 엄숙함이 느껴졌다. 초례청을 마주하고 둥그렇게 둘러선 하객들은 너나 할 것 없이 물을 끼얹은 듯 조용했다.

초례상은 동서로 향하게 설치되었고, 상 위에는 촛대 한 쌍, 송죽(소나무와 대나무)을 꽂은 병, 쌀 두 그릇, 밤, 대추, 곶감, 억새풀, 솜, 색실이 가지런히 놓여 있었다. 닭 한 쌍은 붉은색과 파란색 보자기에 각각 싸여 있었다.

쌀은 생명, 밤은 건강, 대추는 장수, 닭은 다산, 송죽은 절개, 촛불은 의례의 상징이었다. 또 물을 담은 세숫대야 2개와 수건, 술상도 준비되었다.

예식이 시작되며 신부는 신랑을 향해 부선재배(婦先再拜), 즉

두 번 절을 한다. 신부가 먼저 최대한의 예를 갖추는 이 절은, 오늘부터 성민이가 덕주의 남편이 되었음을 의미한다.

전통 혼례는 크게 전안례(奠雁禮), 교배례(交拜禮), 합근례(合巹禮)로 이루어진다.

전안례는 신랑이 나무 기러기 한 쌍을 들고 북쪽을 향해 두 번 절하며 혼인의 뜻을 전하는 예로 백년해로를 임금께 맹세하는 의미를 담고 있다.

교배례는 신랑 신부가 맞절하고, 세숫대야에 손을 씻는 절차다. 이는 처음 얼굴을 마주하는 두 사람이 앞으로 함께할 것을 서약하는 의식이다.

합근례는 잔을 주고받으며 서로의 사랑과 신뢰를 확인하는 절차다. 처음엔 술잔에 따르고, 다음엔 표주박에 따른다. 술을 따르기 전에는 절을 하고, 술은 땅에 조금 붓는 것으로 하늘과 조상께 예를 올린다. 이후 술잔을 바꾸어 마시면 하나가 된다는 의미다.

신부의 첫 번째 절은 "사랑합니다"는 고백의 절, 두 번째 절은 "무슨 일이 있어도 일편단심입니다"라는 각오의 절이다. 전통 혼례는 이처럼 신부의 사랑과 결의로 시작된다.

신부는 양쪽 수모의 부축을 받으며 한삼으로 얼굴을 가린 채 팔을 높이 들어 예를 올린다. 신부는 다홍치마를 입고 있었으며, 이마 중앙에는 선명한 붉은 곤지, 양 볼에는 서로 다른 붉은 연지를 찍었다. 이 모습은 갓 태어난 아기처럼 어여뻤다.

연지는 고대 동양권의 화장품으로 잇꽃(홍화)에서 추출한 붉은

색소로 귀신을 쫓는 의미가 담겨 있다.

곤지는 미간에 찍는 점이고, 연지는 볼이나 입술에 바른다.

신랑일배(新郞一拜)는 신랑이 한 번 절하는 것으로 신부의 사랑과 절개를 받아들이겠다는 서약이다.

신부가 부우재배(婦又再拜), 즉 다시 두 번 절하면, 신랑은 신랑일배, 즉 다시 한 번 절한다.

시자각침주(侍者各沈酒)는 시중 드는 이가 각각 술을 따르는 것으로 사랑과 절개, 언약의 술이다.

신랑상에는 밤, 신부상에는 대추가 수북 담겨 있다.

신부 측에서 흰 사기잔에 술을 부어 신랑에게 보내면, 신랑은 한 모금을 마시고 다시 신부에게 보낸다. 신부는 남김없이 다 마신다. 이어서 신랑 측에서 술잔을 보내면 신부가 입을 대고 다시 신랑에게 보낸다.

대례상 양 옆의 촛불은 활활 타오르고, 송죽은 화병에 꽂혀 바람결에 흔들린다.

암탉은 붉은 보자기, 수탉은 파란 부자기에 싸여 눈만 끔뻑이며 이 풍경을 지켜본다.

혼례는 대개 초롱불을 밝힌 저녁 무렵에 행해졌으며, 이는 음양의 조화를 상징했다. 대낮의 혼례에서는 청색과 홍색이 음양을 대신했다.

거배상호서상부하(擧盃相互婿上婦下), 즉 신랑이 위, 신부가 아래에 위치하여 푸른 실이 달린 표주박과 붉은 실이 달린 표주박을 맞바꿔 마신다.

이 표주박은 반으로 나눈 하나의 박을 나누어 가진 것으로 둘이 합쳐야 완전한 하나가 됨을 상징한다. 청실과 홍실이 하나가 되어 행복한 삶을 이루라는 뜻이 담겨 있다.

예필철상(禮畢撤床)은 예식이 끝났으니 상을 거두라는 것이고, 각종기소(各從其所)는 모두 제자리로 돌아가라는 의미다.

이갑영 어르신은 대례상에서 밤과 대추 한 움큼을 집어 신랑의 바지 주머니에 넣어 주셨다. 신랑과 신부는 각각 대반과 하님의 부축을 받으며 초례청을 떠났다.

마당 한편에서는 초청된 악사들이 가야금과 거문고를 켰다. 잔치가 본격적으로 시작되었다. 혼례를 마친 이갑영 어르신과 중평리 상객들은 사랑채로 향했고, 부인들은 안채로 들어갔다.

신랑과 신부는 신방에 들었다가 잔치가 끝난 뒤 중평리로 떠날 것이다.

말을 탄 신랑이 가마에 탄 신부를 데리고 신랑집으로 향하면, 본격적인 시집살이와 결혼 생활이 시작된다. 신붓집에서는 가까운 친척이나 가기를 원하는 이들이 우마차를 타고 함께 길을 나선다.

출발 전에 신랑 측과 신부 측의 함을 바꾸었다. 두 언니가 안방에서 가마 앞까지 덕주를 데리고 나왔다. 금지옥엽 귀하게 자란 덕주가 열아홉 해를 살아온 삼천 마을 집을 떠나려 한다. 동우는 눈물을 흘렸다.

"누님, 오늘 시집가면 다시는 못 보겠네."

"그게 무슨 소리야? 매형 따라 군산세관 관사로 가니까 언제든 놀러와."

덕주는 가마에 오르기 전에 조부모님과 부모님께 큰절을 올렸다.

"아들딸 많이 낳고 행복하게 잘 살겠습니다. 안녕히 계세요."

"그래, 아가. 똑똑한 우리 아가. 이제부터 너는 백씨 집안 귀신이다. 이 집 생각일랑 아예 하지 말고 잘 살거라."

"예, 명심하겠습니다."

가마에 오르려는데 동우가 덕주의 치맛자락을 붙잡고 울음을 터뜨렸다.

"누님! 우리 누님! 나랑 영원히 같이 살겠다고 약속했잖아! 그런데 왜 날 버리고 가는 거야!"

"동우야, 넌 곧 일본 유학을 갈 거잖아. 다른 세상에 가서 살다 보면 금세 날 잊을지도 몰라."

"마음씨 착한 우리 누님, 잘가. 많이 많이 보고 싶을 거야."

덕주도 어린 동생과의 이별이 아쉬워 꾹 참았던 눈물을 흘리고 말았다.

"잘 있어라, 동우야. 비록 몸은 떨어져 있지만 마음만은 언제나 네 곁에 있을 거야."

어린 시절 함께 학교에 다니던 기억, 조부모님과 부모님의 사랑을 듬뿍 받으며 자란 추억들이 주마등처럼 스쳐 지나간다. 함께 구구단을 외우고 일본어 쓰기를 연습하던 날들도 떠오른다.

백성민은 인사를 마치고 신부 천덕주가 가마에 오를 수 있도록 도와주었다. 신랑은 말을 타고 앞장 서고, 신부는 가마를 타고 뒤를 따랐다. 삼천 마을에서 중평리까지는 두어 시간 걸린다.

'친영'(親迎, 혼례 당일 신랑이 신붓집으로 가서 신부를 맞아 본가로 데려오는 전통 방식)을 하여 중평리에 있는 성민의 집에 도착하자 마당에는 이미 동네 사람들로 북적였다. 동네 청년들은 대문 입구 고샅길을 막아 놓고, 짚 한 단을 묶어 길목에 뉘어 놓았다. 신랑은 말에서 내려 그 짚단을 밟고 지나가야 한다. 신부 측에 값을 치는 통과의례였다.

신랑 측 삼돌이가 먼저 안주머니에서 돈뭉치를 꺼냈다. 길을 막고 있던 팽산이와 영구, 조기원 등이 길을 터주었다. 팽산이는 봉투를 손에 쥐고 만지작거리다 말을 꺼냈다.

"이 정도면 어떻소? 동네 청년들 몸보신도 하고, 마실 술값은 되겠지요?"

"그래, 이 정도면 충분해. 백서방이 오늘 함값 제대로 냈구먼."

신랑은 멍석 위 오른편, 신부는 가마에서 내려 왼편에 섰다. 두 사람은 서로 마주보되, 신부는 고개를 들지 않은 채 있다.

신랑과 신부 사이의 멍석 중앙에는 교자상이 놓여 있다. 그 위에는 분홍 보자기에 싸인 나무 원앙 한 쌍이 머리를 내밀고 있고, 옆에서는 다리를 묶인 암탉과 수탉이 꼬꼬댁 소리를 낸다. 이 닭들은 혼례가 끝나면 풀어줄 것이다.

토방에는 혼례를 진행할 연안 이씨 할아버지가 상투를 틀고 갓을 쓰신 채 서 계셨다. 교자상 앞에서 간략한 혼례 신고가 이어 졌다.

멍석 앞에 놓인 방석 위에는 대부인과 아버지 천씨, 어머니 이 씨 부인이 앉아 따뜻한 눈웃음으로 신부를 맞았다.

신랑은 세 분께 큰절을 올렸다. 그런 다음 신부는 신방에 들어 가 좌정하고, 신랑은 손님들과 어울려 음식을 나누고 술을 마셨 다. 온 동네가 들썩이는 잔치였다.

"성민이 형님! 어떻게 덕주 씨를 신부로 맞게 되었어요?"

"자네는 내 안사람을 어떻게 아나?"

"우전학교 다닐 때 여학생이 반장을 내내 하던 분이잖아요. 일 본인 선생님들도 덕주를 자기 반으로 데려가려고 했다니까요."

"내가 전체 회장할 때부터 눈여겨봤지."

"형님, 자아 축하주 한 잔 받으시죠."

"고맙네. 오늘 벌써 몇 잔째인지 몰라. 신방에 들어갈 신랑이 이래도 되려나! 하하!"

"형님도 참!"

"자, 이제 난 그만 마시려네. 많이들 드시게나!"

"형님, 다시 한 번 축하드려요!"

술판이 무르익자 어디선가 노랫소리가 흥겹게 울려 퍼졌다.

노세노세 젊어서 노세 늙어지며는 못노나니

화무는 십일홍이요 달도 차면 기우나니라

얼시구 절시구 차차차(차차차)

지화자 좋구나 차차차(차차차)

화란춘성 만화방창 아니노지는 못하리라

차차차(차차차) 차차차(차차차)

가세가세 산천경계로 늙기나 전에 구경가세

인생은 일장의 춘몽 둥글둥글 살아나가자

얼시구 절시구 차차차(차차차)

지화자 좋구나 차차차(차차차)

춘풍화류 호시절에 아니노지는 못하리라

차차차(차차차) 차차차(차차차)

8. 수호신

아침부터 하루 종일 분주했다. 오전에는 처가댁에서 결혼 예식을 치르고 오후에는 자기 집에서 동네 사람들을 모시고 잔치를 했기에 몹시 피곤했다. 마침내 밤 10시가 되어서야 성민과 덕주 둘만의 시간을 가질 수 있게 되었다. 신방은 동쪽으로 창문이 난 동아실방에 차렸다. 신부는 여전히 예식 때 모습 그대로 쪽두리를 쓴 채 윗목에 앉아 있었다.

신랑이 동아실방에 들어가는 것을 보고 짓궂은 청년들은 동쪽으로 난 창문에 귀를 대고 숨을 죽이고 엿듣고 있었다.

그 방은 북쪽으로 길어서 창호지 문을 뚫어서 방안을 볼 수 없다. 그래서 창문에 쥐죽은 듯이 귀를 대고서 엿듣고 있는 것이었다.

성민이 입을 열었다.

"오늘 긴 시간 수고했수."

"저야 뭐. 가만히 있기만 했는데요. 당신이 더 고생이 많았지요."

"내일은 감사 인사드려야 할 분들을 일일이 찾아봬야 하니 바쁠 거요."

"친정에도 하실 거지요?"

"물론이오! 처갓집에는 모레 감사 표시를 하면 되겠네. 명단을 적어서 줘 봐요."

"남자분들은 가죽 혁대나 구두, 신발, 지갑도 좋고, 여자분들은 향수나 구르무로 하면 어떨까요?"

"좋은 생각이오."

잠을 자기 위해 성민은 덕주의 머리에서 비녀를 빼낸 뒤에 조심스럽게 족두리를 들어 올리면서 빼냈다. '족두(簇兜)리'는 족아 또는 족관(簇冠)이라고 하는데 겉을 검은 비단으로 싼 여섯 모가 난 모자 형태로 위가 넓고 아래로 내려갈수록 좁았다. 위는 대략 여섯 모가 지고 아래는 둥글다. 챙이 없는 작은 모자처럼 생겨 비녀를 질러 고정시켰다. 족두리는 붉은 색으로 하고, 겉을 검은 비단으로 하여 패물로 화려하게 장식했다. 속에는 솜이 들어 있고 그 가운데를 비게 하여 머리 위에 올려놓았다. 족두리라는 말은 고려 때 원나라에서 왕비에게 준 고고리(古古里)가 와전된 것으로 추정된다. 이 족두리가 사용되기 시작한 것은 원나라와 혼인이 많았던 고려 시대 후기로 볼 수 있다.

그다음에는 저고리와 적삼, 치마를 벗겼다. 나머지는 덕주가 벗게 하고 성민은 자신의 옷을 벗기 시작했다.

신부가 작은 목소리로 촛불을 꺼달라고 했다.

밖에서는 귀를 창문에 바짝 대고 방안의 분위기를 살피고 있었다.

성민이 신부와 입을 맞추려는 순간, 천장에서 '쉬익 쉬익' 소리가 났다.

"잠깐! 이게 무슨 소리에요? 천장에서 '쉬익 쉬익' 하는 소리가 나요!"

밖에서도 두 사람의 말소리가 들렸다.

"쉬잇! 아니 천장에서 무슨 소리가 난다네! 도대체 뭔 소릴까?"

성민은 조심스럽게 일어나서 천장에 귀를 대고 소리를 들어보았다.

분명히 '쉬익~ 쉬익~ 쉬익~' 소리가 났다.

"천장에서 뭔가 기어가는 듯한 소리가 나네."

"성냥 어데 있지? 촛불을 켜 봐요."

"여기 촛불!"

"당신은 저 아랫목으로 가서 이불을 뒤집어 쓰고 가만히 있어요!"

성민은 아버지로부터 물려받은 일본도를 칼집에서 꺼냈다. 일제 강점기 때 순사들과 군인들, 교사들이 착용하던 장검이었다.

천장을 자세히 올려다보니 뭔가가 소리내며 지나갈 때 천장이 낮게 처지는 듯한 모습이 보였다.

이불이 깔린 아랫목 천장에서 윗목 천장으로 분명 뭔가가 이동하고 있었다. 성민에게는 이건 쥐가 아니라 초가지붕을 타고 들어온 뱀이라는 판단이 섰다.

성민은 우선 아내를 아랫목으로 피신을 시키고, 일본 장검을 들고 그것을 따라갔다.

"여보, 이것은 내가 처리할 테니 이불을 다 개어 놓고 우선 이 방에서 나가서 어머님께 가 있으시오."

"예! 몸조심하세요."

신부는 황급히 주섬주섬 옷을 주워 입은 다음 이불을 개어 놓고 시어머니 방으로 갔다.

"어머님! 저예요."

"아가, 첫날밤에 이게 무슨 일이냐?"

"저도 잘 모르겠어요. 막 자려고 하는데 뭔가가 천장에서 기어가는 소리가 났어요."

"이런! 혹시 우리 집 수호신이 아닌지 모르겠네!"

"어머님! 집에 무슨 수호신이 있어요? 그거 미신이 아닌가요?"

"아냐! 아무리 문명이 발달하고 세상이 변해도 집집마다 수호신은 있는 법이야."

예로부터 인간에게 두려움을 주면서도 신비한 능력을 지닌 존재로 신성시되었던 동물이 있다. 초가집에 사는 가장 큰 뱀인 구렁이다. 조상들은 구렁이를 업(業)으로 여기며 집안의 부를 지켜주는 수호신으로 여겼다.

어른들과 생각이 전혀 다르기 때문에 덕주는 더 이상 자기 주장을 하여 말을 이어가기가 어려웠다.

창문 밖에서 신혼방을 엿보고 있던 사람들도 가슴이 두근거렸다.

 성민은 장검을 들고서 기어가는 물체를 따라 윗목으로 갔다. 그 물체가 멈추자 천장이 아래로 축 처지는 듯했다. 때는 이때다 싶어 칼을 위로 높이 치켜 올리면서 불룩 처진 부분을 찌르는 동시에 칼을 꺾어 내리쳤다.

 '쿵' 소리와 함께 구렁이 한 마리가 두 동강이 나서 방바닥으로 떨어졌다. 마치 고목나무가 쓰러지는 듯한 소리가 났다. 살려고 버둥거리는 구렁이를 보고 성민은 큰 수건과 천으로 덮어 버렸다.

 성민이 소리를 쳤다.

 "거기 아무도 없느냐?"

 창문에서 신혼방을 엿듣던 사람들이 쏜살같이 담장쪽으로 달려가서 아무 일도 없었다는 듯 큰 소리로 대답했다.

 "도련님, 왜 그러셔요?"

 "광에서 산태미(삼태기) 가져와서 이것을 치워버려라."

 삼돌이가 광으로 뛰어 가면서 소리쳤다.

 "예! 알겠습니다."

 성민이는 이렇게 첫날밤을 치르지 못하고 말았다.

 "어른들 말씀이 구렁이는 그 집을 지켜주는 수호신이라 하던데…."

 성민이 집안의 수호신을 요절을 내버렸으니 사뭇 자신의 앞날이 염려됐다.

 삼돌이가 산태미를 가져와서 두 동강 난 구렁이를 담아 들어

보니 묵직했다.

"도련님 매우 놀라셨겠네요. 더욱이 첫날밤을 구렁이 이 잡것이 망쳐 놓았으니 죽어 마땅하지요. 이것을 어떻게 처리할까요?"

"알아서 하소."

다행히 신부는 그것을 직접 목도하지 않았다.

성민 어머니가 동아실방으로 건너왔다.

"도대체 이게 무슨 일이라냐? 신방에 구렁이가 나타나다니! 사람들 말로는 구렁이가 그 집의 재산을 지켜주는 수호신이라고 하던데…."

"어머님 저도 그런 말을 듣긴 했습니다. 초가집은 구렁이가 쥐도 잡아먹고 살 조건이 돼서 가끔 발견되지만 일본식 유리창과 밀창이 달린 집에는 쥐도 없고 구렁이도 나오지 않습니다. 그런 것을 믿던 시대는 이미 지났으니 너무 염려 마세요."

"네 말이 옳긴 한데. 요즘 내 꿈자리가 영 사나워서…."

"어머님 걱정 마세요. 이 큰 아들이 떡 버티고 있으니. 우리도 조만간 집을 서양식으로 짓도록 하지요."

"알았다."

구렁이 사건 이후 동아실방은 더 이상 신방이 아니었다. 덕주는 이틀을 더 시어머님과 지내고 성민은 아버지와 한방에서 지냈다. 둘이는 첫날밤을 처갓집에서 보내기로 했다. 신혼여행은 나중에 휴가를 내서 일본으로 가기로 약속했다.

"발 없는 말이 천 리 길을 간다"더니 구렁이 이야기는 곧바로 처갓집에까지 알려졌다.

아침에 마당을 쓸던 하인이 말을 꺼냈다.

"주인장 어르신! 큰일이 났다네요?"

"무슨 일인가?"

"덕주 아씨 첫날밤에 먹구렁이가 신방 천장으로 올라와서 새서방님이 일본도로 내리치셔서 두동강을 내버렸다네요."

"그래 아씨는 어떻게 하고 있다냐?"

"신방을 군산세관 사택에 차리기로 했대요."

"새서방이 지혜롭게 잘 처리했네. 성경에서는 뱀이 하와를 유혹하던 사탄이거든? 하필이면 사탄이 우리 막내 덕주의 첫날밤을 망쳐 놓았을까? "

천씨 집안에서도 미신은 믿지 않았지만 뭔가 찜찜했다.

천대기 영감은 깊은 생각에 잠겼다.

9. 신랑 달기

　　결혼을 하면 '신랑 달기'라 하여 조선 후기 때부터 내려오는 아름다운 풍속이 있었다. '신랑 다루기'가 '신랑 달기'로 축약되었다. 신랑이 첫날밤을 치르고 신붓집에 왔을 때 신부 측의 젊은 일가 친척이나 마을 청년들이 신랑을 거꾸로 매달고 방망이로 발바닥을 때리며 곤욕스럽게 하는 일이다. 성민과 덕주는 사모관대와 족두리를 쓰고 전통 혼례를 치렀다.

　　원래 사모관대는 벼슬한 사람, 족두리는 왕비만 쓸 수 있었지만 특별히 결혼하는 날만은 일반인에게도 허용되었다. 혼례를 마치면 신부는 바로 신랑댁에 가서 잔치를 베풀고 그 집에서 첫날밤을 지내고 3일 후에는 반드시 신붓집으로 첫 나들이를 했다. 이때 신부의 친구들이 신랑을 납치하여 신랑 달기를 했다. 성민은 관례대로 결혼 3일째 되던 날 오후에 신부와 함께 하그마로 갔다. 먼 거리가 아니기에 인력거를 타고 갔다. 신붓집에서는 장모님과 신부의 언니들이 씨암탉을 잡아 손질하여 찹쌀과 대추, 온갖 약재를 넣고 가마솥에 삶으려고 준비중이었다.

　　"어머님, 오늘 덕주 몇 시쯤 온대요?"

　　"아마 서너 시쯤은 되지 않을까?"

"더 준비할 거 있어요?"

"감이 잘 익었으니 좀 따라고 할까?"

"돌쇠야!"

"예."

"오후에 작은 아씨하고 백서방이 온다 하니 동우 도련님 데리고 가서 뒤뜰 감나무에 달린 홍시를 여유 있게 좀 따오너라."

그 소리를 들은 동우가 나선다.

"어머님, 오늘이 누님 오시는 날인가요?"

"동우야! 감은 돌쇠에게 따라 하고 넌 절대로 감나무에 올라가면 안 된다! 감나무 올라갔다가 떨어져 다친 사람들이 많다고 하더라! 절대로 감나무에 올라가지 마라! 알겠니?"

"예, 알겠어요. 돌쇠야! 감 따러 뒤안으로 가자!"

"예, 도련님!"

돌쇠는 나이 마흔에 힘이 장사고 일도 잘한다. 두 사람 몫을 혼자 해내는 상일꾼이다. 그래도 신분이 낮아서 나이 어린 동우가 하대를 한다. 여태껏 돌쇠는 총각이다. 돌쇠에게 시집 오겠다고 하는 처자가 없어서 그동안 장가를 못가고 있었으나 마님이 아랫마을 정씨네 머슴의 딸인 서운이와 내년 봄에 혼례를 할 수 있게 정해 놓았다. 돌쇠는 내년 봄에 장가갈 욕심으로 더 열심히 일을 했다.

"그런데 마님! 감을 얼마나 딸까요?"

"여기서 식구들과 먹고 덕주 시댁에도 보낼 정도는 돼야 하니 중간 소쿠리 하나 정도는 따야 할 것 같다."

"예, 알았시유."

동우와 돌쇠가 감을 한 소쿠리 따다가 그늘진 장독대에 놓았다.

오후 서너 시경 성민과 덕주가 인력거를 타고 하그마에 도착했다. 인력거꾼은 연신 땀을 닦았다.

"손님 다 왔습니다."

"수고했소."

성민이가 삯 외에 웃돈을 얹어 주었다.

"내일 오후 2시경에 다시 하그마로 와 주시오!"

"예, 잘 알겠습니다."

인력거꾼이 떠나자 덕주가 앞장을 서서 대문으로 들어서며 안방을 향해 소리를 질렀다.

"할머님, 저 왔어요."

덕주는 할머니부터 찾았다.

"아, 우리 이쁜 손녀딸 덕주 왔네."

동우가 달려왔다.

"누나 왔어? 매형은?"

"저기 뒤에 오고 계셔."

동우가 성민에게 허리를 굽혀 인사를 한다.

"매형! 안녕하셨어요?"

"처남, 그간 잘 있었나? 일본 갈 준비는 잘하고 있고?"

"예, 비자를 신청해 놨으니 곧 가게 될 거예요."

성민은 덕주와 함께 할머님, 장인 어른, 장모님께 큰절을 올렸다.

"할머님 강령하십시오!"

"고맙네! 자네도 건강하게나."

"듣자하니 신혼 첫날밤에 구렁이가 집안 천장으로 올라왔다고 하더구먼?"

"어찌 그걸 아셨어요?"

"옛말에 '발 없는 말이 천 리 길을 간다' 하지 않았나?"

"아, 네."

"너무 괘념치 말게! 흔히들 구렁이가 집안의 수호신(守護神)이라고 하나 그건 무속 신앙에서 나온 말일세."

"저도 그렇게 생각합니다."

"장인 어른, 장모님 건강하시고 오래오래 사세요."

"덕주와 아들딸 낳고 행복하게 오래오래 잘 살게나."

"예, 명심하겠습니다."

이윽고 음식상이 들어오고 시집간 언니들도 함께 둘러앉았다.

장모님이 부엌일을 하는 순이를 불렀다.

"순이야! 씨암탉을 큰그릇에 담아 가져오거라. 신랑 신부가 닭고기 먹기 편하게 내가 발라 주려고 한다."

천씨 부인은 닭고기 다리를 떼어 신랑에게 먼저 주었다.

"백서방! 이 통통한 다리 하나 뜯어 보소. 그리고 이 닭처럼 종아리가 튼튼하고 건강한 자손을 많이 낳으소."

성민은 민망하여 우선 할머님과 장인 어른께 먼저 드리라고 사양했다.

"백서방! 오늘은 자네가 주인공이네. 체면 차리지 말고 어서 들게나. 어르신들은 내가 다 알아서 챙길 것이네. 여기 두세 마리 더 있으니 아무 염려마시게!"

성민은 씨암탉을 맛있게 먹으며 비로소 자기가 이 집안의 사위가 되었음을 실감했다. 씨암탉을 잡아 대접하는 것은 사위를 가족의 일원으로 받아들이는 일종의 통과의례였다.

저녁 식사 후에 동네 청년들이 천씨네 사랑방으로 하나둘 모여들었다. 족히 7~8명은 되었다. 신랑 달기를 하기 위해서다.

"오늘 신랑 달기는 볼만하겠는데."

"그 유명한 백성민이 우리 동네 청년들의 달기 먹잇감이 되다니!"

"우리 동네 신랑 달기가 얼마나 쎈지 보여줍시다!"

"이번에 하그마 전통을 똑바로 세우세."

신랑 달기는 결혼 후 신랑이 처가댁을 처음 방문할 때 이루어지는 것으로 처가댁 마을 청장년들이 저녁 7시 무렵부터 밤 11시인 삼경 전까지 동네 사랑방에서 행했다. 옛날 시골 동네에서는 부잣집 사랑채가 동네 사랑방이었다. 신랑 달기를 할 때는 신붓집에서 신랑을 동네 사랑방까지 업고 가서 했다. 사랑방에 도착하면 2미터 정도의 긴 띠로 신랑의 다리를 묶어 한 사람이 어깨에 둘러맸다. 그러면 신랑의 다리는 위쪽에, 머리는 아래로 가서 거꾸로 매달린 것처럼 된다.

'신랑 달기'는 원래 조혼에서 비롯되었다. 옛날에는 10대에도 결혼을 했기 때문에 어린 신랑들이 있었다. 그래서 조상들은 신랑 달기를 통해 어린 신랑에게 '효와 인내심, 삶의 지혜'를 심어주고, 처가댁 식구 및 그 마을 사람들과 친분을 쌓을 수 있도록 했다. 이를 동상례(東床禮)라 하는데 신랑을 달아매고 괴롭히는 일종의 놀이였다.

신랑 달기를 하려면 먼저 신랑의 발을 묶은 다음 건장한 청년이 신랑 발을 어깨에 메고 상좌의 명령에 따라 사령이 방망이로 신랑의 발바닥을 때린다. 이때 상좌는 혼인을 한 마을 청장년 중에 인품과 덕을 갖춘 사람을 뽑으며 상석에 앉는다. 상좌는 신랑에게 하는 질문에 풍자가 섞이도록 하여 신랑을 전전긍긍하게 만들어야 한다. 그래야 신랑 답변이 소홀하다거나 답변이 신통치 않다는 구실로 원하는 답변이 나올 때까지 신랑 발바닥을 방망이로 때릴 수 있기 때문이다.

오늘 신랑 발을 어깨에 둘러맬 사람은 강수이고, 상좌는 성민의 3년 선배인 현택이었다. 방망이를 휘두르는 사령은 덕구가 맡았다.

상좌 현택이가 말했다.

"강수야 동우하고 가서 새신랑을 업고 나오너라. 신랑 신발은 동우가 잘 들고 와! 알았지? 신랑이 도망가지 못하도록 달기가 끝날 때까지 신발을 감추어야 돼."

강수가 신랑을 업고 오자 사람들이 환영의 박수를 쳤다. 신부 덕주와 장모님도 동석했다.

달기가 시작되었다. 서로 잘 아는 사이지만 안면몰수했다.

"새신랑 이름은 무엇인가?"

"백성민입니다."

"나는 알아들었는데 여러분도 다 알아들었소?"

"백 뭐라고 했는디 잘 모르겠습니다."

상좌인 현택이가 명령했다.

"어이 덕구 사령! 새신랑이 기력이 쇠한 것 같으니 보약 삼아 양 발바닥을 두 대만 힘차게 내려치거라."

"예이~."

사령을 맡은 덕구가 성민의 발바닥 정중앙을 겨누어 두 대를 연속해서 내려쳤다.

"퍼억! 퍼억!"

방망이 매는 상당히 아팠다. 그도 그럴 것이 다다미를 두들기는 방망이 아니던가? 그것도 대추나무로 만든 방망이였다.

성민의 눈에서 별이 번쩍 했다. 그래 오늘은 기쁜 날이니 참자. 성민은 입을 꾹다물고 참아냈다.

"대역 죄인 백성민은 들거라. 네놈이 우리 덕주 아가씨를 우리 허락도 없이 데려갔으니 한 대 더 맞거라!"

이때만큼은 신랑이 죄인이기에 무슨 험한 말을 해도 이해가 되었다.

강수가 성민의 발목을 위로 치켜올리자 사령 덕구가 양 발바닥을 다시 힘차게 내려쳤다.

"퍼억~딱!"

"아이구구 아이구우!"

눈물이 핑 돌 정도로 아팠다.

"덕구 사령! 그 정도로 해서 되겠나? 지금부터 제대로 죄인에게 맛을 보여줘야 고분고분 우리네 말을 들을 걸세."

"백성민! 이제 네 죄를 알렸다!"

"예. 잘 알겠습니다."

"무슨 죄인지 아나? 그럼 이실직고해 보라!"

"예. 덕주 아씨와 혼인한 죄입니다."

"이놈 봐라! 우리 동네에서 가장 영특하고 곱디 고운 덕주 아씨를 우리 허락없이 데려간 죄니라! 다시 말해 봐라!"

"덕주 아씨를 허락없이 데려간 죄입니다!"

"이 정도면 됐다! 덕구 사령! 발바닥 때리는 것은 이만하고 신랑 다리에서 끈을 풀어라. 그런 다음 신랑 신부를 등을 맞대고 앉힌 후 그대로 꽁꽁 묶어라."

"예."

성민과 덕주는 등을 댄 채 꽁꽁 묶였다.

상좌 현택이가 판가름을 한다.

"두 사람은 이로써 한몸이 되었다. 찰떡 인절미 한 개를 신부 입에 물려줄 테니 신랑 신부가 고개만 돌려서 떡을 사이좋게 나누어 먹도록 해라. 더 많이 먹는 사람이 이긴다. 진 사람은 벌금을 톡톡히 내야 한다. 알았나?"

"예!"

"다시 한번! 알았나?"

"예!"

신랑 신부는 찰떡을 나누어 먹었는데 신부가 더 많이 먹었다. 상좌가 판가름을 했다.

"그러면 그렇지. 신부가 더 많이 먹을 줄 알았지. 신랑이 졌으니 한턱 단단히 내시오!"

"사령! 이제 두 사람을 묶은 끈을 풀어주게. 그리고 두 사람은 우리 앞에서 정확히 1분간 입을 맞추도록 하게. 실시!"

"현택이 오빠 부끄러워요!"

"덕주 신부, 그게 무슨 말이오? 바로 실시!"

성민은 덕주와 입을 포갰다.

"1차 합격! 하나 더 남아있네. 두 사람이 노래 한 곡 부르시오. 제목은「오빠 생각」이오."

뜸북 뜸북 뜸북새 논에서 울고
뻐꾹 뻐꾹 뻐꾹새 숲에서 울제
우리 오빠 말 타고 서울 가시면
비단 구두 사가지고 오신다더니

기럭 기럭 기러기 북에서 오고
귀뚤 귀뚤 귀뚜라미 슬피 울건만

서울 가신 오빠는 소식도 없고

나뭇잎만 우수수 떨어집니다

이 노래는 1925년 11월 『어린이』 잡지에 동요 입선작(최순애, 1914~1998)으로 뽑힌 곡으로 5년 뒤 작곡가 박태준이 노래로 만들어 국민 동요가 되었다.

이로써 관례인 신랑 달기가 끝났다.

"성민이 고생이 많았네."

"현택이 형님 수고하셨습니다."

"몇 대 더 때려주고 싶었으나 우리가 양보했네."

덕구가 한마디 거들었다.

"오늘 내가 때린 매는 아마 중급 정도 될 거예요. 작정하고 내려치면 며칠간 문밖 출입 못할 걸요."

"아! 감사하네. 그래도 상당히 아프던 걸?"

술 파티가 이어졌다. 한국 사람들은 술을 마시면 자연스럽게 노래가 나온다.

오동추야 달이 밝아 오동동이냐

동동주 술타령이 오동동이냐

아니요 아니요 궂은 비 오는 밤 낙숫물 소리

오동동 오동동 그침이 없어

독수공방 타는 간장 오동동이요 -「오동동 타령」

'오동추야'(梧桐秋夜)는 오동잎 지는 가을밤을 뜻한다. 바람도 잔잔한 달밝은 가을밤에 오동잎 하나가 동선을 그리며 바닥으로 툭 떨어지는 장면을 오동동(梧桐動)이라고 표현한 것 같다.

성민과 덕주는 처갓집에서 첫날밤을 보내게 되었다. 목화솜으로 넣은 두꺼운 요에 부드러운 청홍이 드리운 비단 이불이 넓게 펼쳐져 있었다. 신랑 신부를 위해 준비한 원앙금침이었다.

원앙은 함께 살다가 한 마리가 죽으면 따라서 같이 죽을 만큼 금슬이 좋다고 한다. 그래서 원앙을 닮으라는 부모님의 애틋한 마음이 원앙금침에 담겨 있다.

다음날 아침에 일어나서 두 사람은 할머님께 문안 인사를 드렸다.

"할머님 평안히 주무셨어요?"

"그래. 너희들도 편안히 잘 잤느냐?"

"예."

"학교 다닐 때부터 덕주를 마음에 두고 있었다며?"

"예. 제가 찜해 두었죠."

"사람에겐 인연이라는 것이 있어서 만날 사람은 만나지더라."

"서로 맞춰서 잘 살겠습니다."

두 사람은 할머님께 큰절을 올렸다. 성민은 안주머니에서 노란 봉투를 꺼냈다.

"할머님, 용돈입니다. 맛있는 것 사 잡수세요."

노란 봉투 안에는 빳빳한 백환짜리 지폐가 가득 들어있었다.

"이 늙은이가 이렇게 많은 돈을 어데 쓰겠느냐? 너희들 신혼여행가서 쓰면 좋을 텐데…."

할머니는 이렇게 많은 용돈을 받아보는 것이 처음이라서 극구 사양하셨다.

"저희는 배를 타고 가니 돈이 많이 들지 않습니다. 그냥 받아주세요."

"고맙다."

성민은 장인 어른과 겸상을 하고, 덕주는 식구들과 함께 식사를 했다. 당시는 식사할 때도 남녀가 따로 앉아 식사하는 문화가 여전히 남아 있었다.

"언제부터 출근하나?"

"오늘 오후 2시에 인력거가 오면 본가에 들렀다가 그 인력거를 타고 바로 전주로 가야 합니다. 거기서 기차를 타고 군산에 가서 내일부터 출근합니다."

"집은 어디에?"

"세관 관사에서 살 겁니다. 신혼살림을 새로 들여놓았으니 불편함이 없을 겁니다."

"난 자네만 믿네."

다른 밥상에서 누이와 함께 밥을 먹던 동우가 입을 열었다.

"매형, 나 군산에 놀러 가도 돼요?"

"그럼, 언제든지 오소. 군산에는 영화관도 있고 특히 영화당 아이스케키와 앙꼬 빵은 아주 유명하다네."

덕주가 맞장구를 쳤다.

"동우야 언제든지 와! 우편국에 가서 군산세관으로 전보를 치든지, 아니면 직접 군산세관으로 전화를 신청하면 교환원이 바꿔줄 거야."

성민은 그날 오후 군산으로 돌아왔다. 세관의 관사는 일본식 목조 건물이었다. 두 사람이 살기에 불편하지 않았다. 덕주는 하루하루가 그저 행복했다.

10. 술멕이 잔칫날

조선은 자그마한 반도의 나라다. 거대한 장닭같이 생긴 청나라와 검은 곰 러시아가 경쟁적으로 자신들의 속국으로 삼으려 했다. 땅이 그들의 일부에 맞닿아 있다는 이유에서였다.

섬나라 일본은 메이지 유신을 통해 영주와 사무라이 중심의 막부를 타도하고 중앙집권체제로 변모하여 국제화를 이루기 위한 개혁을 시도 중이었다. 일본도 호시탐탐 넘겨다 보았다.

조선은 대륙의 거대한 두 나라와 바다 건너 일본에 끼어 다리 역할을 하고 있었다.

일본은 조선을 속국으로 삼기 위해 군침을 흘렸다. 동학농민운동을 빌미로 현대식 무기를 갖춘 일본군이 청나라를 물리치고, 러일 전쟁에서도 승리한 후 조선을 식민 지배하기 위한 본격적인 작업에 들어갔다. 조선의 법을 손 안에 쥐고 있던 대법원 판사들을 회유하기 위해 이들의 가슴에 어른 주먹 크기만한 훈장을 하사하고, 유럽의 제도를 도입하여 만든 후작, 백작, 자작, 남작 등의 지위를 부여했다.

일제는 이들을 돈과 땅으로 회유했다. 이들은 양반들로 일본 천황을 위해 희생할 각오가 되어 있는 사람들이었다. 대표적으로 1905년 일제에게 나라를 팔아먹은 친일파 매국노인 을사오적이 있다. 이완용은 후작, 이지용은 백작, 이근택, 박제순, 권중현은 자작으로 일제에 충성을 맹세했다.

허위는 고종에게 '논시사소'(論時事疏)라는 상소문을 통해 을사오적을 주살하여 그 목을 거리에 매달아 백성들의 분노를 풀어달라고 주청했다. 그러나 뜻대로 되지 않자 의병활동을 하게 되었다.

1910년 8월 29일은 한일병합조약을 체결한 날로 조선의 국권이 상실된 경술국치일(庚戌國恥日)이다. 일본은 조선의 문화와 언어, 역사를 말살하려 했다. 조선인을 황국신민으로 만들기 위해 온갖 수단 방법을 다 동원했다. 조선은 1945년까지 36년간 나라를 잃고 칠흑같이 어두운 시대를 살았다.

일본은 조선의 학교와 공공기관에서 조선어 사용을 금지했고 곳곳에 신사를 만들어 일왕에 대한 충성을 강요했다. 공공 시설은 일본인들이 차지했고 영화도 일본어로 제작되었다. 허가받지 않은 교재로 역사를 가르치는 것은 범죄였다. 일제는 20만 권이 넘는 귀중한 역사적 자료들을 불태워버렸다.

창씨개명까지 강요당했다. 이에 응하지 않은 사람들은 우편물 수신이 제한되거나 배급에서 배제되었다.

일본은 점령 기간 동안 토지개혁이라는 명분으로 조선인들의 땅을 빼앗아 일본인들에게 나누어 주었다. 그들은 땅을 제공받아 조선에 정착했다. 그 후 군산을 통해 김제평야의 쌀들이 일본으로 건너갔다. 일본은 조선의 토종 나무들을 잘라버린 후 외래종 식물들을 심어 풍경을 바꿔버렸다. 대표되는 것으로 아카시아 꽃이 있다.

이런 때 성민은 보통학교를 다녔다.

성민은 완주군 중평 부락에 살았다. 방문을 열면 남쪽으로 모악산이 마치 어머니의 품처럼 두 팔을 벌리고 있고, 모악산 왼쪽에는 고덕산 자락이 자리를 잡아 중평리를 감싸고 있다. 그 사이에 난 길로 계속 내려가면 순창과 광주에 이른다. 모악산 오른쪽에는 김제평야가 쭉 뻗어 있다. 그리로는 솜리를 거쳐 강경과 군산에 이를 수 있다. 서양 선교사들은 군산항을 통해 전주나 완주로 왔다.

성민네 집은 중평리 본뜸 중앙으로부터 시작하면 고샅 끝집이지만 전주 읍내에서는 본뜸이 시작되는 첫째 집이다. 그곳에서 오른쪽으로 중평리 고샅을 따라 동네를 좌우로 너댓집 지나면 앞이 확 트인다. 건너편에 10여 가구가 옹기종기 모여 있다. 그곳을 중평리 건너뜸이라 부른다. 중평리는 이렇게 본뜸과 건너뜸으로 이루어진 논 가운데 위치한 평화로운 마을이다.

사람들은 대부분 농사를 지어 먹고살았다. 거의 소작농이었다. 농사철이나 추수 때가 되면 품앗이를 했다. 중평리는 여느 동네보다 두레정신이 더 강한 마을이었다.

김매기가 끝나면 어김없이 동네 잔치인 술멕이가 시작되었다. 김매기 후에는 나락에 꽃이 피는데 이때 사람이 논에 들어가면 나락이 열매맺지 않는다고 한다. 이런 이유로 며칠간 짬이 생기게 되는데 이때 동네의 남녀노소가 어울려 풍악놀이를 한다. 이는 풍년을 기원하며 집집마다 있다고 믿는 동네의 잡귀들을 쫓아내는 축제다.

이 기간에 동네 회의가 모정에서 열렸다. 사람들은 모정 지지대에 기대앉거나 가운데 앉아 있거나 서서 회의를 지켜보았다.

이장 황호선이 회의를 진행했다.

"지금부터 중평 부락 회의를 시작하겠습니다. 여러분들을 이렇게 모이라고 한 것은 금년도 술멕이에 대해 상의하기 위해서입니다. 질문이 있으면 하세요."

"이장님, 술멕이 기간은 언제부터요?"

"음력 칠월 십오일 백중부터 3일간입니다."

"어떤 것들을 준비해야 하나요?"

"우선 돼지 한 마리 잡고, 쌀 한 가마, 떡 할 찹쌀 다섯 말, 술 하루에 열 말씩 서른 말, 안주로는 마른 오징어, 북어, 센베이(과자), 사탕, 과일로는 수박 10통, 참외 100개 정도면 될 것 같소. 그 외에 전주에 나가서 풍물 손질하고 동네 깃대, 깃발 수선비로 쌀 다섯 말은 필요할 것 같은데."

성민의 어머니 유성댁이 말했다.

"금년에도 돼지 한 마리는 우리 집에서 내지요. 남편이 근무 중이라 참석 못한다고 저한테 그렇게 전해달라고 하셨어요."

"어유~ 매번 감사하구먼요."

"술 서른말은 이장인 내가 맡고, 쌀은 회계 보는 기봉 씨와 서기 보는 석구 씨 두 사람이 반반 맡고, 감사 인우 씨는 안주를 맡아주세요. 나머지 과일은 여자분들이 상의하셔서 준비해 주세요. 그리고 필요한 물건을 사러 백중 전 전주 장날에 몇 분이 같이 가야 합니다. 살 물건이 많아서 우마차가 필요할 것이니 삼돌이도 가야 할 것 같아요."

회의는 간단히 끝이 났다.

어느 이른 아침에 백정 사봉이가 백씨댁을 방문했다.

누런 똥개가 으르렁거렸지만 백정 사봉이가 살기등등한 눈으로 노려보자 꼬리를 내리고 슬쩍 피해버렸다.

사봉이는 괜한 화풀이를 누렁이에게 했다. 누렁이는 사봉이를 피해 구석으로 가더니 아예 누워버렸다.

방문이 열리며 인자한 유성댁이 나오자 사봉이는 정중하게 인사를 했다.

"유성댁 아주머니, 그간 평안하셨지요? 일전에 말씀하신 동네 술멕이 돼지를 잡으러 왔습니다."

"알았네. 날 따라오소. 돼지가 잘 먹더니 많이 컸어. 뭐 내가 준비할 것은 따로 없나?"

유성댁이 묻자 사봉이는 자신감이 한껏 달아올랐다.

"돼지 피를 받으려면 큰 다라이 하나가 필요합죠. 다른 것은 제가 다 준비해 왔습죠. 백정일을 학교도 못 가고 어릴 때부터 했으니까 벌써 30년이 넘었네요."

유성댁은 사봉이를 추어주며 가족 안부까지 물었다.

"식구들은 잘 있고? 자네가 이런 일을 하느라 고생이 많았지? 그래 돈은 좀 모았나?"

"돈요? 백정일을 해서 돈을 벌 수만 있다면 다 백정일을 하겠지요. 그저 입에 풀칠하는 정도라서 자식들에게는 절대 이 일을 시키지 않으려고 학교에 보내고 있습니다. 백정일은 예나 지금이나 천한 일이니까요."

"그런 말 말게나. 지금은 세상이 변해서 돈 있는 사람이 양반 아닌가? 어찌됐든 잘했네. 잘했어. 애들은 가르쳐야 해. 여기가 우리 돼지 우리네. 저기 가장 큰 돼지인데 알아서 잘 처리하소. 고기가 얼마나 나올까?"

"아마 200근은 족히 나올 것 같습니다."

"작년처럼 각 집에 식구 수대로 나누어 줄 수 있겠지!"

"예, 그럼요. 한 사람당 한 근씩 계산하면 한 집에 대여섯근씩은 돌아갈 것 같은데요."

사봉이는 돼지의 다리를 꽁꽁 묶었다. 이런 날은 막걸리 한 잔을 꼭 먼저 걸쳐야 한다. 동네 아이들이 돼지 잡는다는 소식을 듣고 사봉이 주위로 몰려들었다.

유성댁은 딸 성자에게 우물에서 물을 길어 항아리에 가득 채우라 하고 동수에게 막걸리 심부름을 시켰다.

동수는 막걸리를 받아 돌아오는 길에 안주로 산 오징어 다리를 한두 개 떼어서 우물우물 씹었다. 그러고는 주전자 꼭지에 입을 대고 막걸리를 빨아먹었다. 막걸리 맛은 떨떠름하면서도 꿀맛이었다. 이런 재미로 아이들은 막걸리 심부름을 서로 하고 싶어했다. 막걸리에는 퀘퀘한 꼬랑내와 비린내가 한꺼번에 나는 오징어가 제격이다.

"마님! 술 받아 왔어요."

"수고했다."

유성댁은 성자에게 술상을 차리라 했다. 술상이라고 해야 소반에 김치 담긴 접시와 수저, 젓가락, 술대접이 다였다.

"사봉아! 먼저 막걸리 한 잔 들고 하거라!"

"예 마님, 감사하구먼요!"

사봉이는 주전자째 들고 막걸리를 들이켰다.

"아, 꿀맛이다. 동수야 막걸리 사오느라 수고했는데 너도 한 잔 할테냐?"

"아~ 아니요오. 애들이 무슨 술을…?"

"그래 맞다. 네 말이 맞아. 하지만 우리가 얼마나 힘이 들면 지금도 술멕이를 하겠느냐?"

사봉이의 자조적인 신세 한탄을 듣다 유성댁이 나섰다.

"사봉아, 이제 돼지를 잡아 동네 사람들과 나누자!"

"아이쿠 죄송합니다, 마님. 제가 술김에 그만…."

사봉은 동수를 불렀다.

"동수야! 칼 일루 줘 봐! 넌 돼지 다리를 새끼줄로 단단히 묶은 다음 돼지가 움직이지 못하도록 꽉 잡고 있어야 해! 그러면 내가 돼지 목을 칼로 찌를 거야! 난 돼지를 일본 악질 순사놈이라고 생각하거든."

"사봉아! 누가 들을라. 말조심해라!"

"예! 잘 알겠습니다."

사봉이가 술김에 소리를 지른다.

"대한독립 만세! 대한독립 만세! 대한독립 만세!"

동수가 돼지의 다리를 모아 새끼줄로 꽁꽁 묶은 다음 꽉 잡고 있자 사봉이가 통통한 돼지 위에 올라타서 예리한 칼로 돼지의 목을 찔렀다. 돼지는 동네가 떠나갈 듯 죽어라 소리를 질렀다. 돼지의 목에서 붉은 피가 쏟아져 나왔다. 피는 준비해 놓은 다라이에 받았다.

"동수 이놈아! 다라이를 돼지 목 밑으로 더 바짝 대라!"

돼지는 명줄이 끊어질 때까지 소리를 질렀다. 그 소리에 아이들이 얼굴을 찌뿌리며 귀를 꽉 막았다.

돼지의 목을 타고 피가 쏟아져 나왔다. 땅바닥에 쓰러진 돼지는 몸을 꿈틀대며 땅에서 튀어 오르기를 수없이 반복하더니 서서히 움직임이 사라졌다.

"사봉이 아저씨! 다 끝났어요?"

"아냐! 아냐! 아직도 명줄이 붙어 있으니 다라이를 끝까지 잘 대고 있거라."

아니나 다를까 갑자기 돼지가 "아악 아악" 하면서 마지막 발악을 했다.

피가 다시 다라이로 쏟아졌다. 그러더니 돼지가 미동을 안 한다. 그 모습을 본 사봉이가 허망가(虛妄歌)인「희망가」를 불렀다.

이 풍진 세상을 만났으니 너의 희망이 무엇이냐
부귀와 영화를 누렸으면 희망이 족할까
푸른 하늘 밝은 달 아래 곰곰이 생각하니
세상만사가 춘몽 중에 또다시 꿈 같도다.

이 풍진 세상을 만났으니 너의 희망이 무엇이냐
부귀와 영화를 누렸으면 희망이 족할까
담소화락에 엄벙덤벙 주색잡기에 침몰하랴
세상만사를 잊었으면 희망이 족할까

이 노래는 창작곡이 아니라 번안곡이다. 영국의 제레미아 잉갈스(Jeremiah Ingalls)가 만든「우리가 집으로 돌아올 때」가 일본에서「새하얀 후지산 기슭」이라 노래로 불렸고, 이를 번안한 것이다. 1920년대에 이 곡이 우리나라에서 유행할 때는「희망가」,「청년자탄가」등으로 불렸다.

교회에서 널리 불리던 이성봉 목사님(1900~65)의「허사가(虛事歌)」도 있었다.「허사가」는 서울신학대학교 초대 교장이었던 이명직(李明稙, 1890~1973) 목사가 작사했는데 일본 해군 군가인「용감한 수병(勇敢なる水兵)」의 멜로디에 가사만 바꾸어 놓은 것이다.

한국의 '무디'라고 일컬어지는 세계적 부흥사인 이성봉 목사가 애창하여 더욱 유명해진 곡으로 당시 성도들의 신앙관을 엿볼 수 있다. 다소 허무주의적인 색깔이 배어 있으나 인간은 영적인 존재이기에 누구나 일생에 한 번은 인생의 허무함을 느끼게 되는 법이다. 생존 경쟁이 치열한 때 잠시 후에 가야 할 영원한 세계를 바라는 것이야말로 진정한 삶의 지혜일 것이다.

세상만사 살피니 참 헛되구나
부귀공명 장수는 무엇하리요
고대광실 높은 집 문전옥답도
우리 한 번 죽으면 일장의 춘몽

인생일귀 북망산
불귀객 되니
일배황토 가련코 가이없구나
솔로몬의 큰 영광 옛말이 되니
부귀영화 어디가 자랑해 볼까
추초 중에 만월대
영웅의 자취
석양천에 지닌 객
회고의 눈물
반월산성 무너져 여우집 되고

자고새가 울 줄을 뉘 알았으랴
인생 백년 산대도 슬픈 탄식뿐
우리 생명 무언가 운무로구나
그 헛됨은 그림자 지남 같으니
부생랑사 헛되고 또 헛되구나

홍안 소년 미인들아 자랑치 말고
영웅호걸 열사들 뽐내지 마라
유수 같은 세월은 널 재촉하고
저 적막한 공동묘지 널 기다린다

모든 육체 풀같이 썩어버리고
그의 영광 꽃같이 쇠잔하리라
모든 학문 지식도 그러하리니
인간 일생 경영이 바람잡이뿐

우리 희망 무언가 뜬 세상영화
분토같이 버리고 주님 따라가
천국 낙원 영광 중 평화의 생애
영원무궁하도록 누리리로다

사봉이는 오늘따라 마음이 뒤숭숭했다. 나이가 들어서일까?

돼지 잡는 것도 더 이상 못할 짓이라는 생각이 들었다. 과연 만사가 다 헛된 것일까?

집에서 아이들이 열심히 외던 성경 구절이 생각났다.

"헛되고 헛되며 헛되고 헛되니 모든 것이 헛되도다. 사람이 해 아래에서 수고하는 모든 수고가(세상에서 아무리 수고한들) 사람에게 무엇이 유익한가."(전 1:2-3)

이장 황호선이 왔다.

"사봉이 수고했네. 동네가 떠나가도록 돼지가 소리를 질러서 자전거를 타고 달려왔지. 이제 고기를 나누세."

사봉이는 돼지를 샘물가로 옮겨 배를 갈랐다. 사봉이는 돼지의 장기를 전부 꺼냈다. 그런 다음 칼질을 했다.

"동수야! 돼지 오줌보 가져가라. 바람을 넣어서 차면 좋은 축구공이야."

"저도 알아요."

돼지의 오줌보는 맨발 축구에 적격이다. 모두가 가난하던 시절, 아이들에게 운동화는커녕 짚신 한 켤레 신는 일도 사치였다. 또 마땅히 갖고 놀만한 것도 없던 시절에 돼지 오줌보는 그야말로 최고의 장난감이었다. 적당한 크기로 바람을 채우면 탄력이 좋아 말랑말랑하면서도 잘 터지지 않았다.

이장이 유성댁에게 감사 인사를 했다.

"유성댁 마님! 매년 감사드립니다. 오랜만에 동네 사람들이 실컷 고기 맛을 보게 됐어요. 삼례에 계시는 백 경감님은 술멕이 날 오시겠지요?"

"오다 마다요! 이 돼지도 그 영감이 내시는 걸세."

"자제분도 오시나요?"

"바쁘다고 하지만 기별을 넣어보겠네. 그러면 부친과 함께 오지 않을까 싶네만."

동네 사람들이 모여들었다. 이름과 식구 수를 대고 고기를 받아갔다. 중평 부락은 대략 30호에 150여 명이 살고 있다. 고기가 가가호호 배급되는 동안 아이들의 축구 차기에 재미와 열기가 더해갔다.

술멕이 날은 글자 그대로 '술을 멕이는 날'이다. 동네 유지들이 낸 후원금으로 술과 음식을 장만한 후 이틀간 집집마다 방문하면서 풍악을 울렸다. 태평소부터 꽹과리, 북, 장구, 징, 소고까지 동원하여 10여 명이 신명나게 풍악을 울리면서 가가호호를 돌면 집에 있는 악귀들이 놀라서 도망간다고 한다. 각종 악귀들이 잡신들을 데리고 떠날 때 그 집에 있던 우환과 걱정 근심이 사라진다고 동네 사람들은 굳게 믿었다.

그래서 풍악대들은 각 집의 마당에서 한 판 풍악을 울린다. 그런 뒤에 집을 한 바퀴 돌면서 부엌과 창고, 헛간 등 음의 기운이 강한 곳에 이어지는 풍악을 통해 양의 기운으로 가득 채웠다.

그때마다 아낙들은 정성껏 차린 음식과 술을 제공하여 흥을 돋우었다. 그날만은 풍악대를 따라다니는 아이들에게도 어른들이 내미는 음식과 술을 받아먹고 마시는 것이 허용되었다. 어떤 아이들은 술에 취해 비틀거리다 동네의 놀림감이 되기도 했다.

외지에서 직장 생활을 하던 사람들은 이장에게 마을의 화합과 단결을 위해 사용하라면서 성금을 건네기도 했다.

"아이 저봐. 성철이란 놈이 어른들이 주는 술을 따북따북 받아 처먹더니 고주망태가 되어 버렸네. 이를 어쩐담!"

"임실댁! 임실댁! 빨리 와서 성철이 좀 업어가소."

"아, 누가 아이에게 이렇게 술을 많이 먹였는감?"

"아주머니, 성철이가 아직 어리지만 술먹고 길바닥에 누워 보기도 해야 남자다워집니다."

"야 이놈아! 무슨 술을 이렇게 많이 처먹었냐? 네 애비는 공산당인가 지랄인가 한다고 나가서 소식도 없고 아들 하나 있는 것은 술 처먹고 길바닥에 누워 있으니 네 신세가 가련하구나!"

임실댁은 성철을 업고서 집으로 갔다. 아이들이 몰려왔다.

"아주머니, 성철이 깨어났어요?"

"아니, 저기 방바닥에 누워 있다."

"이거 물에 타서 주세요."

"그게 뭐냐?"

"단물을 내는 사카린이에요. 이걸 물에 타서 마시고 한숨 자고 나면 술이 깬대요."

아이들에게서 술냄새가 나고 얼굴이 다들 빨갰다.

"너희들도 술 마셨냐?"

"네. 오늘은 동네 사람들이 함께 술을 마시는 날이래요."

임실댁은 안심이 되었다. 풍악 소리가 임실댁 집쪽으로 가까워진다.

"꽤갱 꽤갱 징징 풍닥꿍 풍닥 풍닥 풍닥 쿵 징징 풍닥꿍."

"물러가라 악귀야! 잡신들아 썩 물러가라."

술멕이의 절정은 마지막 날에 오른다. 이웃 동네에서 깃대 싸움 신청이 들어온다. 두세 명의 청년들이 무거운 깃대를 들고 마을 중간 지점에 가서 깃대와 깃대를 서로 비비면서 마주치게 하는 싸움이다.

이 싸움은 기마전과 비슷한데 이 싸움에서 이기려면 우선 깃대를 든 기수가 힘이 세야 했다. 깃대를 배 중앙에서 주머니 같은 것으로 튼튼하게 받치면서 두 손을 사용하여 자유 자재로 깃대를 흔들어야 하기 때문이다.

중평리의 깃발은 중앙을 수호하는 황룡, 문정리는 청룡, 용안리는 백룡, 시평리는 적룡, 장교리는 흑룡으로 하여 동서남북을 지키도록 했다. 네 개의 깃발 모두 날카로운 발톱을 가진 비상하는 용이 새겨져 있었다. 깃발은 어지간한 집의 지붕만큼 컸다. 입에서 불을 뿜어내는 용의 모습을 수놓아 치장하기도 한다. 비록 깃대는 1년에 한 번 술멕이 때 사용하지만 동네의 자랑거리로 여겼다.

용은 농경 시대에 비, 바람, 천둥, 번개, 구름을 관장하여 농사를 풍요롭게 하는 신성한 동물로서 인간의 길흉화복을 주관한다고 믿었다. 민간 신앙에서 비롯된 것이다. 그래서 용은 동네를 지키고 주민들에게 도움을 주는 신성한 동물이라고 생각했다.

중평리는 신평리와 용안리 중간에 위치해 있었다. 중평리, 신평리, 용안리 앞으로는 병풍을 친 듯한 모악산에서 흘러 내려오는 물이 냇가를 이루어 흐르고 있었다. 여름이면 동네 아이들과 남자들이 냇가에서 미역을 감고, 여자들은 달밤에 무리를 이루어 목욕을 했다. 그 물은 농사에도 사용했다.

술멕이 마지막 날은 동네 청년들이 힘을 자랑하는 날이기도 했다. 젊은이들이 작은 모정에 모여 80킬로그램은 됨직한 둥그런 돌을 어깨 위까지 들어올리는 시합을 했다. 그 시합을 통해 힘센 장사를 뽑았다.

10시경에 큰 모정에서 깃대 싸움을 했다. 올해는 용안리에서 깃대 싸움을 신청해 왔다.

중평리에서는 힘깨나 쓰는 강수가 깃대를 들었다. 용안리에서는 키도 크고 체격이 좋은 재웅이가 깃대를 잡았다.

드디어 중평리와 용안리의 중간 지점에서 깃대를 든 강수와 재웅이가 조우했다. 중평리의 황룡과 용안리의 백룡이 만난 것이다.

양쪽 동네에서 풍악이 울려퍼지고, 자기 마을을 응원하는 구경꾼들이 자기네 마을 깃대 뒤로 몰려들었다.

풍악은 대개 꽹매기로 시작하는데 태평소가 그 흥을 돋구어 주었다.

"꽤갱 꽤갱 꽤갱 꽤갱 징 징 쿵 닥쿵. 꽤갱 꽤갱 꽤갱 꽤갱 징 징 쿵 닥쿵."

"삐리 삐리 삐리리 삐리 삐리 삐리리."

발가락이 일곱 개 달린 황룡은 오행에서 중앙을 수호한다. 백룡은 엄청 빨라 백호를 연상시킨다.

황룡 깃대를 든 강수가 외쳤다.

"황룡이 나가신다. 머리를 조아려라!"

백룡 깃대를 든 재웅이가 대꾸했다.

"백룡이야말로 날라다니는 속도가 얼마나 빠른데 누구에게 머리를 조아리라는 말이냐?"

그러더니 두 깃대가 어울려 비벼대기 시작했다. 기수인 강수와 재웅은 서로 밀리지 않으려 버텨섰고 서너명의 청년들은 기수를 떠받쳐 주었다. 양쪽에서 풍악이 울리고 있고 기수들은 한 발도 밀리지 않으려고 깃발을 휘날리며 깃대를 비벼댔다. 마치 두 마리의 용이 짝짓기를 하는 것처럼 보였다. 황룡이 자기 모정으로 돌아가고, 그 깃발 뒤를 중평리의 풍악단이 따랐다. 백룡이 그 뒤를 잇고, 용안리의 풍악단이 깃대를 따르면서 풍악을 울렸다.

"꽤갱 꽤갱 꽤갱 꽤갱 징 징 쿵 닥쿵. 꽤갱 꽤갱 꽤갱 꽤갱 징 징 쿵 닥쿵."

"삐리 삐리 삐리리 삐리 삐리 삐리리."

두 마을 젊은이들이 작은 모정에 모였다. 깃대를 한쪽에 받치고 서로 술을 나눈다.

중평리 기수 강수가 막걸리 잔에 술을 가득 채워 영안리 기수 재웅에게 준다.

"재웅아 한 잔 마셔라. 백룡 모시느라고 수고했다."

재웅이 꿀꺽 꿀꺽 막걸리를 들이켰다.

"아! 시원하네. 이 술은 양조장 술이 아닌 듯한데?"

"술멕이를 위해 이장님댁에서 찹쌀로 빚은 특별한 술이라네."

"어쩐지 맛이 다르더라!"

"오늘은 술멕이 날이니까 마음껏 드소."

"아까 보니 강수가 깃대를 한 손으로 들고 오던데. 그거 엄청 무거울 텐데."

"그야 평소에 체력 단련을 열심히 한 덕분이라네. 자네 저 돌을 집어올려 뒤쪽으로 던져 보겠나?"

마침 근처에 80킬로그램 정도는 됨직한 둥근 돌이 있었다.

"한 번 해보지 뭐."

재웅이는 앉은 자세로 돌을 가슴에 안은 다음 들어올려 어깨 너머로 던져버렸다.

돌은 재웅이 뒤 1미터 정도에 쿵하고 떨어졌다. 그 주위에서 구경하던 사람들이 박수를 쳤다.

구경꾼들의 성화에 못이겨 강수도 그 돌을 집어던졌다.

두 마을 젊은이들과 구경 나온 사람들이 기분좋게 술과 음식을 나누어 먹었다. 이런 것이 술멕이의 묘미다.

"꽤갱 꽤갱 꽤갱 꽤갱 징 징 쿵 닥쿵. 꽤갱 꽤갱 꽤갱 꽤갱 징 징 쿵 닥쿵."

"삐리 삐리 삐리리 삐리 삐리 삐리리."

풍악단 소리와 함께 용안리 사람들이 마을로 돌아갔다. 멀어지는 그들을 바라보며 중평리 풍악단이 마지막 풍물을 울렸다.

"꽤갱 꽤갱 꽤갱 꽤갱 징 징 쿵 닥쿵. 꽤갱 꽤갱 꽤갱 꽤갱 징 징 쿵 닥쿵."

"삐리 삐리 삐리리 삐리 삐리 삐리리."

어느덧 해가 저물고 중평리 사람들은 꽹과리, 장구, 징, 북, 태평소를 챙겼다. 입었던 풍물옷과 꽃이 달린 고깔모자, 채까지 모아서 이장댁으로 가져갔다. 그리고 깃발은 잘 접어서 큰 모종의 지붕 밑에 잘 걸어놓으며 내년을 기약했다.

"황룡아 잘 있어! 금년 농사가 잘되도록 우리 동네를 지켜줘."

11. 사랑의 찬가

사랑은 멜로디다.

도미솔도~ 도솔미도~ 이때는 좋다. 단숨에 부를 수 있다.

하지만 도레미파솔라시도~ 도시라솔파미레도~는 단숨에 부르지 않는 것이 좋다. 한 음마다 숨을 쉬면서 불러야 음들이 구분되고 운치가 있다.

반주자가 피아노 건반을 양손으로 움직여 도레미파솔라시도~ 도시라솔파미레도~를 두루룩 두루룩 하면 한 옥타브가 시원하게 소리를 내준다.

사람의 목소리는 이와 다르다. 기계음이 아니라서 숨을 내쉬면서 감정을 섞어야 제대로 난다.

장성한 사람의 사랑의 종소리는 막 태어나는 아기에게서 나온다.

고무신을 나가는 방향으로 돌려놓고 해산하러 안방에 들어가는 엄마는 새 생명에 목숨을 건다.

"내가 살아나와 이 신을 신도록 살아계신 하나님께 간곡히 기원하나이다."

덕주는 해산 기미가 보여 친정어머니의 부축을 받아 불편한 몸을 뉘였다. 오른손으로는 친정어머니의 손을, 왼손으로는 시어머니의 손을 꽉 부여잡았다.

"애야! 정신 차려라~!"

"아랫배에 힘을 더 더 주고."

"숨을 가쁘게 쉬어 보거라."

"애기 머리가 보이니 아랫배에 힘을 세게 주거라!"

"한 번 더, 한 번 더 아랫배에 힘을 주거라!"

친정어머니와 시어머니가 양쪽에서 줄다리기를 하는 것 같다. 친정어머니는 백군 응원단장, 시어머니는 청군 응원단장이다.

산모의 귀에는 "청군 이겨라! 백군 이겨라!" 소리로 들렸다.

시아버지와 남편을 비롯하여 모든 식구들이 응원하고 있다.

덕주는 죽을 힘을 다해 눈을 부릅뜨며 아랫배에 다시 힘을 주었다.

"애야, 잘한다. 잘혀."

"아가, 옳지 옳지! 한 번만 더 힘을 줘 보거라!"

덕주는 마지막 힘을 다 쏟았다.

"나왔다! 나왔어! 꼬추가 달렸네!"

애기는 산파 고산댁의 손에 안겼다.

"서운아, 이쪽으로 따뜻한 물을 가져오니라!"

"예 마님."

"꼬추 달고 나왔으니 경사났네. 경사났어!"

드디어 새 생명이 세상에 나왔다.

건너뜸 고산댁은 소독해 둔 가위로 탯줄을 잘랐다.

그러고는 애기를 거꾸로 매달면서 애기 궁둥이를 냅다 "찰싹! 찰싹! 찰싹!" 세 번 내리쳤다.

'이놈 눈을 보니 한 자리 하겠구먼!'

그러자 애기가 죽는다고 크게 소리를 질렀다.

"응애~응애~응애~응애~응애~응애~응애~응애~."

애기가 운다. 서러워하는 울음소리가 아니라 새로운 사랑을 찾아야 한다는 신호음이다.

이제부터 사랑의 멜로디가 시작된다. 사랑의 웅장한 멜로디다. 이 멜로디는 오케스트라가 되기도 한다.

피아노는 엄마가 치고 친척들과 친구들은 바이올린, 첼로, 트럼펫, 호른으로 연주를 한다. 아기는 아기 천사가 되어 지휘봉을 휘두르면, 모두의 하모니를 이루는 그 연주에 청중들을 열광하게 할 것이다. 청중들은 기립 박수로 환호할 것이다.

새 생명의 탄생은 그만큼 성대한 것이다.

갑자기 고산댁이 소리쳤다.

"아이고머니나. 형님들! 애기 무릎 좀 봐봐요! 이게 뭐이랑가? 푸르스름한 점인데 호랑이 비슷한 것으로 보이네유."

시어머니 유성댁이 아기 다리를 유심히 살펴본다. 분명 호랑이 비슷했다.

"맞아요! 사부인! 호랑이 비슷하네요."

친정어머니가 맞장구를 쳤다.

"애야! 수고 많았다. 아기도 건강하고 너도 무탈하니 그저 천지신명께 감사할 뿐이다."

이 집 남자들은 안방에서 장손이 나오기를 목이 빠져라 기다리고 있었다. 성자와 성민의 딸 숙이도 있었다.

유성댁이 아들을 소리쳐 부른다.

"성민아! 성민아! 동아실방으로 건너오너라."

"예! 어머님 순산인가요?"

"그래. 건강한 옥동자를 낳았다. 아버지 태몽이 딱 맞았어! 네 아버지도 모시고 건너오려무나."

"예, 알았어요."

"숙이야! 네 남자 동생이 생겼어!"

"엄마가 애기 낳은 거야?"

"그래! 엄마가 사내 애기를 낳았대."

"그럼 고추 달린 거네."

"그럼 고추 달고 나왔지."

성민의 동생이 유성댁의 호들갑스러운 반응을 보고 놀라 물었다.

"형수님이 아들을 낳았다고 그러는 기요?"

유성댁은 둘째 아들이 장가가서 아들을 낳았을 때는 이렇게 유별을 떨지 않았었다. 가문의 대를 이어줄 장손이 태어나고 보니 가문에 대한 의무를 다했다는 안도감이 유성댁을 들뜨게 한 것 같다.

"어디 보자. 요놈, 제 아빠 닮아서 똘똘하니 잘도 생겼네."

"여보, 무릎을 보세요. 호랑이 모습이 있어요. 요 밑의 작은 점은 호랑이가 똥을 싼 것 같지 않아요?"

"그래? 어디 한 번 무릎 좀 볼까!"

"이게 호랑이라면 이름을 '호랑이 호'자에 항렬을 따라 '호식'이라고 지을까?"

덕주가 얼른 말했다.

"애 이름은 아버님이 정해 주세요."

백 영감이 애기 무릎의 점을 자세히 살펴보더니 무릎을 치며 감탄을 했다.

"여보! 이건 호랑이가 아니라 조선 지도일세 그려! 이 작은 점은 제주도야! 제주도!"

"당신 말을 듣고 보니 그런 것 같네요. 제주도까지 있는 완벽한 조선 지도네요!"

"자. 이 아이의 이름을 호식이로 할까? 아니면 통식이? 그것도 아니면 점식이는 어때? 너희들 생각은 어떠냐?"

성민이 대답했다.

"호식이나 통식이보단 부르기 쉽게 점식이가 좋을 듯합니다."

덕주도 의견을 말했다.

"그럼 아버님! 호식이, 통식이, 점식이에서 공통으로 있는 글자만 떼어서 '식'이라고 하면 어떨지요?"

"좋은 생각이다. 그렇게 하자. 식이라 부르자!"

덕주는 만족스러운 미소를 지었다.

아기 이름은 그렇게 식이가 되었다.

잘자라 우리 아가

앞뜰과 뒷동산에

새들도 아가 양도 다들 자는데

달님은 영창으로

은구슬 금구슬을 보내는 이 한밤

잘자라 우리 아가 잘 자거라 -「잘자라 우리아가」

식이는 태어난 날부터 주위 사람들에 의해 악단과 합창단의 지휘자 감으로 낙점되었다. 카라얀이나 백건우 정도는 아니지만 그래도 그 집안의 명지휘자 감이 되었다.

사랑은 바람이다.

바람의 종류는 여러 가지다.

봄바람, 여름바람, 가을바람, 겨울바람, 산들바람, 시원한 바람, 서늘한 바람, 매섭게 살을 에이는 차가운 바람이다.

남풍은 훈풍이오, 북풍은 한풍이다.

사랑이 바람이라면 사랑도 바람만큼 종류가 많다. 사람들이 인지하지 못하고 있을 뿐, 특히 인간의 사랑은 그 종류가 더 많다.

단지, 사랑을 바람이라고 노래부를 뿐이다.

별처럼 아름다운 사랑이여

꿈처럼 행복했던 사랑이여

머물고 간 바람처럼

기약없이 멀어져간 내 사랑아

한 송이 꽃으로 피어나라

지지않는 사랑의 꽃으로

다시 한 번 내 가슴에

돌아오라 사랑이여 내 사랑아

아 사랑은 타버린 불꽃

아 사랑은 한 줄기 바람인 것을

아 까맣게 잊으려 해도

왜 나는 너를 잊지 못하나

오 내 사랑

오 내 사랑

영원토록

못잊어 못잊어 -「사랑이여」

    사랑이 어찌 바람뿐이겠는가? 이 노래에도 사랑을 별, 꿈, 꽃, 불꽃으로 표현했다.

    식이는 '바람의 사랑' 속에서 살아왔다. 가고 싶은 곳으로 마음 대로 부는 사랑! 아무리 손을 벌려 잡으려 해도 잡히지 않는다. 그래서 사랑은 잡는 것이 아니라 그저 주는 것이다. 주어도 받지 못하는 사랑, 받아도 주지 못하는 사랑, 그 사랑은 죽은 사랑이다.

바람은 앞이 막히면 돌아가고, 막지 않으면 스쳐 지나간다.

때로는 새악시 손처럼 부드럽게, 때로는 투박한 노동자의 손처럼 세차게. 때로는 강력한 힘으로 모든 것을 파괴시켜 버린다.

그래서 성경은 "사랑은 죽음같이 강하다"고 말하고 있다.(아 8:6)

부드러운 사랑은 스쳐 지나가고, 투박한 사랑은 흔적을 남긴다. 강력한 사랑의 바람은 상처를 남긴다. 상처가 크면 지울 수 없는 낙인이 될 수도 있다.

사랑의 전주곡이다.

사랑은 비, 바람, 물, 불의 계절이다.

보슬보슬 내리는 비, 잔잔한 바람, 넘실거리는 물, 살랑거리는 불! 봄, 여름, 가을 속에 사랑이 깃든다.

비가 내리면 대지가 물을 품고서 농부의 땀방울로 토해낸다. 씨앗이 터지라고 세찬 비가 두들겨 팬다.

바람이 여행한다. 이리지리 사방팔방, 가지 말아야 할 곳까지.

불이 새까매진다. 119가 시동을 건다. 물을 흠뻑 뒤집어쓴다.

병아리들이 봄을 반긴다. 물속을 누비는 새끼 오리떼, 마른 나뭇잎으로 가득한 가을, 북극의 흰곰이 먹이를 찾는다.

사랑은 두 주먹을 불끈 쥔다. 손바닥을 넓게 편다. 두 팔로 기지개를 편다. 내가 그 안에 있다. 옆에도 있다. 나보다 더 가까이에.

3장

못 잊을 내 고장

12. 여산은 옛고을

1번 국도가 지나는 여산은 호남의 첫 고을이다. 익산에 위치하고 있는 여산의 '여'는 '숫돌 려'(礪)자를 쓴다. 천호산(天壺山, 501미터)에서 숫돌이 나오기 때문이다. 그래서 이 지역을 '여산'이라 했다.

일본은 일제 강점기에 여산에 설치되었던 여산부(礪山府) 건물을 헐고, 그 자리에 여산초등학교를 세웠다.

여산 동쪽으로는 천호산이 둘러싸고 있고, 서쪽으로는 강경으로 향하는 포구 길이 나 있다. 남서쪽으로는 미륵산이 태풍을 막아주고, 북쪽으로는 황산벌이 자리 잡고 있다. 황산벌은 계백 장군이 나당연합군(羅唐 聯合軍)을 상대로 최후의 결전을 벌인 곳이다.

과거에 숫돌은 매우 요긴한 물건이었다. 다듬잇돌을 만들거나 칼을 가는 데 사용했다.

숫돌에는 자연 숫돌과 인공 숫돌이 있다. 자연 숫돌은 퇴적암의 일종인 사암(Sandstone)으로 암석 입자가 물의 침식에 의해 수천 년 동안 퇴적되어 단단해진 것이다. 인공 숫돌은 공업용으로 제작되며, 양쪽 면의 거칠기가 다르다. 따라서 한쪽 면으로는 거칠게, 다른 쪽 면으로는 부드럽게 마무리할 수 있다. 자연 숫돌은

이 두 가지 기능을 모두 갖추고 있다.

　전쟁 때는 숫돌을 무기를 갈고 닦는 데 사용했고, 평상시에는 농부들이 농기구를 날카롭게 하는 데 사용했다.

　식이는 여산에서 나고 자란 것을 자랑스럽게 생각했다. 그가 졸업한 초등학교는 1907년 3월 1일 김영진에 의해 설립(당시 여산호산학교)되었고, 1946년 5월 31일 여산국민학교로 개칭되었으며, 1996년 3월 1일에 여산초등학교로 이름이 바뀌어 오늘에 이르고 있다. 2025년 2월 기준으로 9,800여 명이 그 학교를 졸업했다.

　여산에서 만난 친구들은 조건 없이 자신이 가진 것을 나누고 싶은, 동반자 같은 존재들이다.

　식이가 방아다리에서 여산에 있는 학교로 가는 길은 만만치 않았다. 낭산면 끝 마을인 방아다리에서 나와 대여섯 채의 건물이 있는 동네를 지나 직진하면 왼쪽에는 군대 훈련장과 두여리 교회로 가는 길이 있고, 학교는 오른쪽으로 여산하사관학교를 끼고 가면 된다. 고개 너머에는 옥금동 호수가 있고, 그 호수를 따라 걸으면 공동묘지가 나온다. 한때 하사관학교와 공동묘지 사이에 잠시 공병부대가 있었다. 공동묘지 끝자락에서 이따금 빗물에 유실된 유골이 나오기도 했는데 죽은 이의 뼈를 보는 일은 어린 눈에 무척 생경했다. 그래서 밤 늦게나 흐린 날 혼자 공동묘지를 지나노라면 머리털이 곤두섰다.

　잊을 만하면 호수에 사람들이 빠져 죽었다. 대부분 남녀 문제

때문이었다. 그럴 때마다 무당들이 와서 굿판을 벌이고 위령제를 지냈다. '진혼제'(鎭魂祭)라 하여 '영혼을 위로하고 망자의 넋을 달래는 굿'이었다. 무속 신앙에서는 사람이 죽어 삶에 미련이 남으면 영혼이 저승에 가지 못하고 이승에서 떠돈다고 믿었다. 그래서 원귀가 되지 않도록 한(恨)풀이가 필요하다고 생각했다.

식이는 종종 위령제를 구경하곤 했다. 서양 선교사들이 들어와 학교와 교회, 병원을 세우고, 서양 문물이 자리를 잡아가던 시기였지만 여전히 무속 신앙이 사람들의 삶을 지배하고 있었다.

장날도 5일장으로 1일, 6일에 섰고, 집안에 못 박는 것조차 손 없는 날에 했다. 집집마다 기둥이나 대들보에 부적을 붙였고, 문 있는 쪽 구석 천장에도 있었다.

이런 시기에 식이는 교회를 다녔다. 식이는 특히 시편 23편의 성경 말씀을 좋아했다. 식이는 하나님이 자신을 푸른 초장과 맑은 물가로 인도하신다고 굳게 믿었다.

학교는 6킬로미터 정도 걸어가야 했다. 방아다리에 사는 친구들과 무리를 지어 다녔다. 키가 크고 힘이 센 춘우, 상실이가 늘 함께였다.

공동묘지를 지나면 들판과 신작로가 나왔다. 학교를 향해 가기 위해선 왕춘이네 집 뒤의 좁은 길을 지나가야 했는데 그곳에는 왕춘이네 뒤란에서 떨어진 밤과 도토리가 아주 많았다. 식이는 그것들을 주워서 밤은 까먹고, 도토리로는 팽이를 만들었다. 도토리 뒷부분을 칼로 베어내고 성냥개비를 찔러 넣어 돌리는 작은 팽이였다.

여산 입구에는 오른쪽 언덕 위에 교회가 있었다. 식이는 여자 부흥사 현신애 권사님이 오실 때마다 그 교회 예배에 참석했다. 교회에는 외사촌 형인 석이가 통신강좌로 중학교 과정을 배우던 여산공민학교도 있었다. 교회가 야학을 개설하여 가정 형편이 어려운 사람들에게 배움의 기회를 제공했다.

여산에 들어서면 여산천을 가로지르는 다리가 있었다. 여름이면 아이들이 그 다리에서 다이빙을 하며 미역을 감았다. 하지만 식이는 엄마와 약속을 했기 때문에 그곳에서 미역을 감지 않았다.

가끔 건장한 농아 청년이 그곳에 나와 다이빙을 하곤 했는데 그가 "우워, 우워, 워워" 하고 소리를 지르면 아이들이 무서워서 도망갔다.

다리를 지나 오른쪽에 있는 여산양조장 근처에 가면 술냄새가 진동했다. 특이한 것은 양조장에서 술통을 나르는 당나귀의 몸집이 보통 말보다 두배나 더 커 보였다.

여산 중심가에는 온갖 물건을 파는 만물상이 있고, 건너편에는 '진흥루'라는 중국집도 있었다. 그 집 여자들은 매우 작은 신발을 신고 있었다. 어릴 때부터 발이 자라지 못하도록 전족을 했기 때문에 잘 걷지 못했다. 여자들에게 가혹한 풍습이었다.

여산의 중심 사거리에서는 남쪽으로 전주, 서쪽으로 강경, 북쪽으로 논산 가는 길이 갈라졌다. 중심가에는 파출소, 소방서, 우체국, 약국이 있고, 안쪽으로 들어가면 오른쪽에는 동헌 자리, 왼쪽에는 여산성당이 넓은 터를 차지하고 있었다.

식이는 왜 자신이 태어난 전주에서 살지 않고 여산으로 피난 와서 살아야 했는지 전혀 알지 못했다. 식이의 어머니는 그 이유에 대해 일절 말하지 않았다. 식이가 성장한 다음에 알게 된 사실이지만 어머니는 성과 이름까지 바꾸고 사셨다. 본래의 성과 이름을 버리고, 남편 성을 따라 '백정임'이라는 이름으로 살아오신 것이다. 결혼했으니 서양식으로 남편의 성을 따른 것인지는 모르겠지만 이름까지 바꾸신 것을 보면 말 못 할 속 사정이 있는 듯했다.

이 일은 식이 고모부인 남상익 씨가 면사무소에 드나들며 도와준 덕분에 가능했다. 식이 어머니는 이름을 바꾸고 도민증까지 만들 수 있었다. 그렇지 않았다면 어머니는 '사상범'으로 몰려 허구한 날 경찰서에 불려다니는 신세가 되었을 것이다.

식이는 고모에게 노래를 배웠다. 가사 내용은 잘 몰랐지만 둘은 축음기를 틀어놓고 함께 노래를 불렀다. 고모 또한 시집살이의 외로움을 달래려 어린 조카를 데리고 작은 전용 노래방을 연 것이었다.

당시의 축음기는 손목시계나 괘종시계처럼 태엽을 감아돌리는 방식으로 작동했다. 축음기의 태엽을 감을 때는 쇠막대를 구부려 만든 작은 크랭크를 축음기 옆면의 태엽 구멍에 맞춘 다음 상자 귀퉁이를 잡고 돌렸다.

"드르륵, 드르륵, 드르륵, 드르륵."

그러면 축음기가 돌아가고, 곧추선 바늘 아래 판이 빙글빙글 돌면서 가느다란 음성이 흘러나왔다. 참으로 신기했다. 축음기 바늘이 무뎌지면 숫돌에 갈기도 했다.

고모와 처음 배운 노래는 「내일이면 늦으리」였다.

오늘 밤 장미꽃이 시들기 전에
첫사랑 문을 열고 불러주어요
그대의 가슴 깊이 나 혼자만이
스며드는 그 비밀을 속삭여 주오
내일이면 늦으리, 내일이면 늦으리

오늘 밤 푸른 별이 꺼지기 전에
첫사랑 불길 타는 마음을 주어요
그대의 타는 순정 나 혼자만이
가져보는 그 열쇠를 나에게 주오
내일이면 늦으리, 내일이면 늦으리

고모는 시집살이 중에도 가끔 식이에게 국밥을 챙겨주며 살뜰히 보살펴주었다. 큰딸 자영을 낳았을 때는 식이를 부엌으로 불렀다.

"식이야, 어서 와서 미역국 한 그릇 먹고 학교 가."

고모는 첫딸을 낳았다. 당시 한국 사회에는 남아선호 사상이 강했다. 딸은 아들보다 못하다는 분위기였다.

부엌에서 '쌀밥'에 '미역국'을 얻어먹고 서둘러 학교에 갔다.

식이는 초등학교 3학년(1959년) 때 본교에서 약 1킬로미터 떨어진 별관에서 공부했다. 가끔 학교에서 비행기 공습에 대비한 방공 훈련을 했다. 전쟁에 대비한 훈련이었다.

기억나는 것은, 적기가 나타나면 뛰지 말고 가능한 한 빨리 하수구나 도랑 같은 낮은 곳으로 들어가 엎드린 채 움직이지 말라는 훈련 지침이었다. 어린 식이에게도 전쟁의 위협은 또 다른 공포였다.

방학 숙제는 쥐를 세 마리 이상 잡아서 그 증거로 쥐꼬리를 세 개씩 가져오는 것이었다. 학교에서는 쥐약도 나누어 주고, 쥐 잡는 법도 알려주었다.

사람 먹을 것도 모자란 마당에 쥐가 먹는 양이 어마어마했기 때문이다. 당시엔 식량 생산에 비해 인구도 많았거니와 쥐는 위생과도 관련이 있기에 꼭 잡아야 했다. 쥐의 배설물은 사람에게 전염병을 옮기는 매개체였고, 옷, 책, 가구, 건물 등을 날카로운 이빨로 닥치는 대로 갉아먹었다.

1960년대 여산초등학교는 어림잡아 계산해도 학생 수가 1,000명을 넘었다.

식이는 쥐를 잡아 쥐꼬리를 다섯 개 가져가서 두 개는 친구들에게 나누어 주었다.

어떤 아이들은 오징어를 사서 몸통은 먹고 다리에 검정 재를 묻혀 쥐꼬리라고 속여서 내기도 했다. 선생님은 일일이 확인을 하지 않기 때문에 대부분 통과되었다.

부족한 교실을 짓기 위해 학생들은 단체로 여산 냇가에 가서 모래를 퍼 날랐다. 집에서 보자기를 가져와 모래를 담아 나르며 교가를 불렀다.

여산은 옛고을, 호남의 첫 고을
그 역사 몇천 년 나리어 오면서
이렇다 할만한 자랑은 없으나
그래도 우리는 못 잊을 내 고향
동접하는 동무들아
잘 배우고 잘 익히자

학교에서는 영화를 보여준다며 단체로 농협 창고로 데려가기도 했다. 1950년대 영화 관람은 '움직이는 활동 사진'이라 하여 기대되고 설레는 기회였다. 영화 제목은 『산유화』, 부제는 「물새 우는 강 언덕」이었다. 영화관은 창고 문에 검은 천을 가려 답답하기가 이루 말할 수 없을 정도로 깜깜했다. 옆 친구 얼굴조차 분간하기 어려웠다. 300여 명의 학생들이 맨바닥에 앉아 땀을 뻘뻘 흘리며 영화를 관람했다.

남녀 간의 사랑 이야기를 다룬 영화였는데 노래를 부르며 이

별하는 장면이 서글펐다.

    불러도 대답 없는 님의 모습 찾아서
    외로이 가는 길엔 낙엽이 날립니다
    들국화 송이송이 그리운 마음
    사람은 말없구나 어드메 계시온지
    거니는 발자욱 자욱마다 넘치는 이 마음
    그리움을 내 어이 전하리까

    가까이 계시올 땐 그립기만 하던 님
    떠나고 안 계시면 서러움 사무치네
    소나무 가지마다 그리운 말씀
    호수도 잠자누나 어드메 계시온지
    그 날의 손길을 가슴속에 지니고
    이 목숨 다하도록 부르다가 오리다

  식이는 노래와 영화를 통해 정서적으로 많이 성장했고, 성경 말씀, 특히 시편을 통해 영혼이 건강해졌다.
  여산성당은 역사적으로 중요한 곳이다. 1866년 병인박해 때 전라도 지역의 천주교인 처형은 주로 전주, 여산, 나주 등지에서 이루어졌는데 특히 1866년에는 주로 전주, 1868년에는 여산에서 많이 집행됐다.

당시 전라도에는 다섯 곳의 진영(鎭營, 討捕營)이 있었다. 순천부의 전진영(前鎭營), 남원 운봉현의 좌진영, 나주목의 우진영, 여산현의 후진영, 전주의 중진영이 그것이다. 이들 진영에는 토포사가 영장을 겸직하며 사형 집행권을 갖고 있었다.

병인박해가 절정에 달했던 1868년(무진년), 여산에서도 많은 천주교인들이 체포되어 처형되었다. 동헌 앞 백지사터, 배다리 근처 옥터 교수대에서는 교수형이 집행되고, 시장과 인근 숲정이에서는 참수형이 집행되었다. 특히 동헌 앞에서는 죄인의 손을 뒤로 결박하고 얼굴에 물을 뿌린 뒤 백지를 여러 겹 붙여 질식시키는 '백지사형'(白紙死刑)이 자행되었다. 이때 김성첨, 김면언, 김정규 등 천주교인 23명이 순교했다. 기록에 남아 있지 않은 신자들까지 포함하면 실제 숫자는 훨씬 더 많을 것이다. 여산은 전주 숲정이에 이어 두 번째로 순교자가 많이 나온 지역이고, 전주에는 남원 가는 길목에 '치명자산'이라는 순교 성지가 있다.

1866년, 대원군의 쇄국 정책과 천주교 말살 정책으로 시작된 병인박해는 1868년에 극심했다. 현재 동헌 자리에 있는 경로당 마당에는 당시 박해의 흔적으로 대원군이 세운 척화비가 남아 있다.

식이 친구 형이는 초등학교 3학년 때부터 성당에서 신부님을 도와 복사일을 하며 신앙심을 키워 나갔다. 식이는 왠지 모르게 형이가 신부가 될 것이라 믿었다.

여산이 배출한 대표적인 인물로는 가람(嘉藍) 이병기(李秉岐,

1891~1968) 선생이 있다. 시조 시인이자 수많은 고전을 발굴하고 주해하는 데 큰 공을 세운 국문학자이다. 전주와 익산을 여행하다 보면 가람 선생의 유적과 시비를 만나게 된다. 부친 이채 선생은 호남을 대표한 학자로서 도산 안창호 선생, 장지연 등과 애국계몽운동을 펼쳤다. 여산을 벗어나 금마 쪽으로 가면 진사동 생가 옆에 가람문학관과 동상이 있다. 매년 가람문학제가 열린다.

가람 선생이 교사로 있던 여산초등학교에는 개교 100주년을 기념하여 선생의 '별' 시비가 세워졌다. 여산초등학교 교가는 가람이 제정하여 만들었다.

한동안 여산초등학교는 주산으로 유명하여 주산왕들이 탄생했다. 그들은 대부분 상업학교를 졸업한 후 은행원이 되었다.

식이는 여산으로 4살 때 엄마 따라 이주하여 초등학교와 중학교 1학년을 다녔다. 만 10년간 여산 사람이었다.

소꿉장난

식이 엄마는 시동생의 면회를 갔다. 6·25 전쟁의 상흔이 남아 있어 그런지 군대의 소중함을 누구나 절감하던 그런 시기였다. 지정된 장소에서 면회를 온 군인 가족들은 서로 얼싸안고 눈물을 보이기까지 했다. 그날 시동생의 친구인 육군 중사 군인을 수양동생으로 삼았다. 그는 수원 출신이었다. 박 중사 아저씨가 웃통을 벗으면 목에 점이 크게 있어서 식이는 자연스럽게 점백이 삼촌이라 불렀다. 엄마는 그 군인의 아버지와 어머니를 찾아뵙고 수양아버지, 수양어머니로 섬겼다. 그래서 덕주의 아들 식이는 수원에 자주 갔다. 수원역에서 내려 버스를 타고 동쪽으로 30여 분 가다가 영통정류장에서 내려 20여 분 비좁은 시골 산길을 따라 고개를 넘으면 조그마한 동네가 앞에 펼쳐져 있었다. 그곳에 가면 수염이 가득하신 할아버지와 부지런하신 할머니가 식이를 반갑게 맞아주셨다. 둘째와 막내 삼촌이 식이에게 그물로 새를 잡아 구워주기도 했고, 할머니는 손수 호박엿을 만들어 주시기까지 했다. 식이 엄마는 그 집안의 유일한 따님이라 식이는 외손자 자리를 독차지했다. 동네라고 해야 외진 곳이라서 할아버지 집과 순덕이네 집이 전부였다. 식이는 같은 아이 또래의 순덕이와 거의 날마다 소꿉장난을 했다.

식이가 말했다.

"순덕아 우리가 크면 함께 살아."

순덕이도 대답을 했다.

"그래 식이야, 네가 새신랑이고 내가 새악시이다."

"맞아! 시집 장가가면 함께 살 수 있어."

순덕이가 물었다.

"우리 엄마는 어떻게 하지? 혼자 사시는데?"

식이가 대답을 했다.

"잘 되었네! 우리 집을 새로 지어서 함께 살면 되지."

"너랑 나랑 네 엄마 그리고 우리 엄마 네 명이 함께 살까?"

식이가 자신 있게 대답했다.

"그것은 문제 없어! 내가 열심히 공부해서 돈을 많이 벌면 집을 2층으로 지을 거야."

"얼마나 큰집?"

"방을 여섯 개는 만들어야지!"

"그렇게 많이?"

"생각해 봐! 할아버지 할머니 큰 방 한 개. 엄마 두 분 방 두 개. 우리 방 한 개, 나머지는 우리 애기들 방으로 쓰자!"

"참 좋겠다!"

"지금 여기서 우리 결혼식 하자!"

"어떻게?"

"하나님께 약속하면 돼."

식이와 순덕이는 큰 돌을 모아 하나님께 드릴 제단을 준비했다. 그리고 둘이 큰절을 하면서 기도했다.

"하나님 저는 새신랑, 순덕이는 새악시입니다. 우리 함께 살면서 2층 집을 지으려 합니다. 잘 도와주세요."

하나님을 믿지 않는 순덕이가 고개를 갸우뚱하며 물었다.

"정말 그 일이 잘 될까?"

"염려 마! 하나님은 모든 것을 다하셔! 이 세상도 하나님이 만드셨어."

순덕이는 그날 식이의 새악시가 되었다. 식이가 먼저 말했다.

"여보! 배가 고파요."

"잠깐만 기다려요. 밥을 지으려면 쌀도 씻어야 하고, 불도 때야 하고, 반찬도 만들어야 해요."

"그것은 걱정하지 마. 내가 다 준비해 줄게. 잠깐만 기다려."

식이는 검정 고무신에 모래 와 물을 가득 담아 왔다. 모래 쌀밥이었다. 순덕이는 그것으로 쌀밥을 만들었다.

"여보 식사하세요!"

"그래요."

식이가 보니 민들레로 만든 김치와 쑥나물, 냉이 그리고 순덕이 엄마가 챙겨준 오징어 다리가 상위에 가득했다.

"차린 것은 없지만 많이 드세요. 서방님!"

순덕이가 밥을 떠서 넣어주는 시늉을 했다.

"아유 맛있소. 음식 솜씨가 대단하오."

시간이 흘렀다. 해가 뉘엿뉘엿 넘어가는 저녁 식사 시간이었다. 소리가 들려왔다.

"순덕아! 순덕아! 밥 먹어라!"

"예!"

순덕이는 엄마의 부르는 목소리를 따라가 버렸다. 식이도 수양 할아버지 집으로 돌아왔다.

"할머니, 오늘 순덕이와 결혼 예식 했어요."

"어떻게?"

"하나님께 기도로 약속했어요."

"나중에 커서 그렇게 되면 좋겠다."

할머니가 허락을 하셨다. 여산에 계시는 엄마에게는 나중에 말하기로 했다.

　둘이서 혼례식을 치른 소꿉장난은 잊히지 않았다. 수십 년이 지난 어느 날 식이는 순덕이를 찾아가서 만났다. 식이는 대학생으로 순덕이는 회사에 다니는 어엿한 사회인이 되었다. 뭐라 할까? 식이는 어렸을 때 소꿉장난에 갇혀 있었고, 순덕이는 이미 집을 곧 지으려는 사람으로 변해 있었다. 식이는 손에 책을 들고 있었고, 순덕이는 점퍼와 바지 차림에 양손을 점퍼에 집어넣고 다니는 운동화 차림의 여자 조폭으로 보였다. 그리고 대화가 통하지도 않았다. 그것이 마지막 만남이었다. 식이는 어찌할 바를 몰라 함께 간 친척들의 대화 속에 끼어들어 가 버렸다. 어떻게 둘이 헤어졌는지도 모른다. 지금도 기억에 남는 것은 혼례식 약속과 함께 드리던 기도 뿐이다. 소꿉장난에서 새신랑과 새악시가 단장도 하지 않고 큰절을 하며 드리던 그때의 큰절하던 모습과 2층집을 짓자고 다짐하던 그 약속이 귓가를 스쳐 지나간다. 하나의 소꿉장난이었다.

　낭산면 방아다리에서 여산초등학교까지는 4km는 족히 되었다. 비가 오나 눈이 오나 6년간 개근을 했다. 우등상도 받았다. 중학교에 입학하면서부터는 길을 따라 직진하던 것을 여산면 소재지에 들어가기 전 왼쪽으로 방향을 바꾸어 가야 했다. 중학교는 초등학교에서 여산 성당 건너 북서쪽으로 1km 지점에 있었다. 초등학교 1학년 때의 일이다. 그날은 국어 시간에 받아쓰기 시험을 보았다. 열 문제인데 다 맞히면 여자 선생님이 노트에 동그라미를 작은 것부터 시작하여 5개를 그려 주신다고 했다. 1학년 국어책을 펴면 철수와 영이, 바둑이 이야기가 나온다.

철수와 영이

우리는 오늘 학교에 갑니다. 영이야 안녕. 철수야 안녕. 바둑이가 옵니다. 철수가 인사를 한다. "영이야! 바둑아! 이리 와. 나하고 놀자." 영이는, "철수야, 바둑아! 이리 와. 나하고 놀자"라 한다.

국어 시간에 선생님은 여러 번 책을 소리 내어 따라서 읽게 하셨다. 한 사람씩 시키기도 하고, 단체로도 책을 한목소리로 읽었다. 그러고 나서 오늘은 받아쓰기 시간이다. 열 문제를 내어서 다 맞히면 선생님이 동그라미 다섯 개를 공책에 그려 주신다고 약속하셨다.

나는 국어책 읽기와 받아쓰기는 자신이 있었다. 1번 문제는 '학교'이다. '학교'를 제대로 썼다. 다른 아이들은 '하꾜'라고 썼다. 2번은 '바둑이'이다. '바두기'라고 쓴 아이들이 대부분이었다. 3번은 '이리 와'이다. '일이와'로 쓴 아이들도 있었다. 4번 '집으로 갑니다'를 옆의 아이는 '지브로 감니다'로 썼다.

밀창문 소리와 함께 엄마의 소리가 식이 귀에 들려왔다.

"선생님 안녕하세요?"

"네. 식이 엄마 오셨네요. 지금 받아쓰기 하고 채점 중입니다."

여산면에 오셨다가 엄마가 학교에 찾아오셨다. 선생님과 인사를 나누신 후에 내 옆으로 오셨다. 선생님도 함께 오셨다. 선생님이 내가 쓴 것을 보신 후 다 맞은 것으로 알아차리셨다. 선생님이 말씀하셨다.

"식이 노트를 펴봐."

그렇게 말씀하시면서 종이를 벗겨내는 빨간 색연필로 동그라미 다섯 개를 그려 주셨다. 옆에 있는 아이들이 부러운 듯 수군거렸다.

"식이는 동그라미를 다섯 개나 받았네!" "동그라미 5개는 100점 아닌가?"

선생님은 자랑스럽게 엄마에게 말씀하셨다. "식이 어머님! 식이가 받아쓰기를 다 맞았습니다."

엄마는 "선생님이 잘 가르쳐주셔서 감사드립니다"라 응답하셨다.

엄마는 아이들 간식이라면서 눈깔사탕 한 봉지를 선생님 앞에 내어놓으셨다. "얘들아, 식이 엄마가 눈깔사탕을 사 오셨어. 감사인사드려라."

"감사합니다."

엄마가 아이들이 보는 앞에서 엄지와 검지로 비틀면 '딱' 소리가 나며 열리는 신식 지갑을 여셨다. 그리고 그 속에서 100환짜리 이승만 할아버지 대통령 지폐를 꺼내셨다.

"식이야, 오늘 동그라미 다섯 개 맞은 선물이다."

100환짜리 초상화는 교실 중앙에 걸려 있는 이승만 대통령의 사진과 똑같았다. 당시 화폐가 지금의 단위에 비해 100배 이상의 가치가 있다고 가정하면 어린 식이에게는 큰 돈이었다.

수업이 모두 끝난 후 집에 가면서 춘우와 상실이와 여산 장으로 갔다.

"춘우야 너 무엇이 먹고 싶니?"

"셈베이 과자."

"상실이 너는?"

"나는 눈깔사탕."

"그래 내가 다 사줄게."

식이는 과자를 파는 가게에 들렀다.

"아저씨 센베이 과자 10환 어치하고, 눈깔사탕 10환어치 주세요." 과자를 한 봉지나 샀다. 모두 20환이었다. 함께 집으로 가는 춘우와 실이에게 나누어 주면서 맛있게 먹었다.

우체국이 보였다. 식이는 엄마가 준 나머지 80환을 우체국에 가서 저금하려 했다.

"직원 선생님 저금하려 하는데 어떻게 해야 하죠?"

"너 몇 학년이니?"

"1학년입니다."

"아 그래… 도장이 있어야 하는데 이를 어쩌나? 아, 좋은 수가 있다. 우선 저금통에 돈을 모아서 나중에 네 이름이 새겨진 도장과 함께 가져오면 저금할 수 있어."

 저금을 하려면 도장을 가져와야 한다고 한다. 받아쓰기에서 동그라미 다섯 개를 받아 엄마로부터 100환짜리 지폐를 받은 것이 하나의 큰 기쁨이었다. 친구들과 과자도 사 먹고 남은 돈은 저금통에 모으기로 했다.

 식이가 중학생이 되었다. 중학생이 되면서부터는 까까머리에 중학생 모자를 쓰고, 교복도 학교가 지정하는 것 이외에는 허용되지 않았다. 우선 등교 시간에는 훈육 주임과 교도라는 완장을 두른 선배들이 호랑이 눈을 가지고 어린 토끼들을 잡아다가 기합도 주고, 풀도 뽑게 하고, 심지어 지각하는 아이들은 운동장을 열 바퀴 돌게 했다. 신입생들은 수업이 시작되기 전까지 옴짝달싹하지 못하게 했다. 자신이 미흡하다고 생각이 되면 학교를 반 바퀴 돌아 북쪽 화장실 옆 개구멍으로 가면 되었다.
 남쪽 도로변에 위치한 학교를 들어서려면 선생님과 교도들에게 무조건 경례를 먼저 해야 했다. 그들의 검색 검열을 거쳐 교문을 무사히 통과해야 하루가 시작되었다. 그렇지 않으면 양념 욕을 바가지로 얻어먹었다.
 "야 이 새끼야! 너 이리와!"
 "저어요?"
 "너 말고 그 옆의 새끼"
 "저요?"

"아니, 그 옆에 키 큰 새끼 너 말야!"

우리는 호랑이 선배의 호령에 모두 가슴이 콩닥콩닥 뛰었다. 오늘은 키가 큰 춘우가 걸렸다. 우리는 가던 길을 멈추고 그저 구경만 해야 했다.

"너 이 새끼 모자 벗어. 언제 머리 깎았나?"

"한달 되었습니다."

"그런데 이렇게 머리가 길어 새끼야?"

춘우보다 키가 모가지 하나가 작은 교도가 교도랍시고 춘우의 옆 머리를 자신의 엄지와 검지로 꽉 찝어서 옆으로 360도 한 바퀴 비틀어 댔다.

"아얏!" 춘우는 외마디 소리를 질러댔다.

"아니 이 새끼가 키는 당나귀 새끼처럼 멀쩡해 가지고 엄살을 떠네. 야 이 새끼야, 그러니까 머리를 제대로 깎어, 이 새끼야."

춘우의 호두만한 눈에서 달구똥 같은 눈물이 흘러내렸다.

교도가 춘우의 눈물을 보자마자 미안했던지 "야! 너 춘우 오늘 수업 끝나면 머리 깎어! 알았나?"

"예 알겠습니다."

"가아! 새끼야."

"감사합니다."

다행이었다. 그렇지 않았으면 수업 시작 때까지 운동장의 풀을 뽑던지 엎드려 뻗쳐를 하면서 오가는 아이들에게 챙피를 당할 뻔했다. 식이는 춘우와 절친이다. 춘우의 집이 식이 뒷집이다. 그래서 초등학교 때부터 언제나 함께 다녔다. 중학교도 함께 오다가 오늘 이런 수모를 겪었다. 춘우가 가방을 주섬주섬 챙겨 가지고 엉거주춤하게 구경하던 식이 옆으로 왔다. 그 광경을 식이는 다 지켜보았다. 식이는 춘우를 위로한답시고 "춘우야 어땠어?"라고 물었다.

"옆 머리를 잡아당기니까 눈물이 핑 돌더라."

식이 입에서 자연스럽게 욕이 튀어나왔다.

"저런 ○새끼! 키도 X만한 것이 지가 무슨 선배랍시고 춘우 머리를 잡아 뜯어?"

"그러게 말이야! 우리 수업 끝나고 저 새끼 화장실 뒤로 끌고 가서 골탕을 먹여줄까?"

식이는 욕은 했으나 그렇게 하는 것에 동의할 수는 없었다.

"춘우야 미친 동네 개에게 물렸다고 생각해! 그리고 수업 끝난 후 이발소에 가서 우리 함께 머리를 깎자. 나도 머리를 깎을 때가 됐어."

"그렇게 하자."

첫 시간이 영어 시간이었다. 영어 선생님은 막걸리 타입이시다. 몸은 뚱뚱하고 배가 불룩 나오셨고, 영어 발음도 천자문을 크게 읽는 것만 같았다. 그의 손에는 자신이 무슨 악단의 지휘자인 것처럼 흰 페인트를 칠한 막대기를 가지고 다녔다. 그것으로 아이들을 휘어잡았다. 그의 교육 방법은 언제나 자신이 문장을 선창하면서 반복시켰다. 첫 문장이 이렇다.

I am a boy. My name is Bob John. You are a girl. Your name is Harry Dikson.

"모두 따라 하세요!"

"I am a boy." ("I am a boy.")

"My name is Bob John." ("My name is Bob John.")

"You are a girl." ("You are a girl.")

"Your name is Harry Dikson." ("Your name is Harry Dokson.")

식이가 속해 있는 1학년 2반은 남녀 합반이다. 남학생이건 여학생이건 그저 선생님의 목소리에 따라서 남녀학생 구분 없이 따라 했다. 식이는 남학생이 되었다가 여학생도 되었다. 그 문장을 따라 하면서 집에 있는 영리한 세파트 개가 생각났다.

교도란 놈이 춘우에게 이 새끼, 저 새끼, ○새끼 욕하던 생각이 스치면서 문장을 바꾸어 보았다.

"I am a dog. You are a dog. The name of dog is 쫑."

그날 알았다. 이 새끼 저 새끼는 욕이 아니라 훈육에 필요한 양념이라는 것을! ○새끼도 마찬가지였다. "I am a 이 새끼. You are a 저 새끼. He is ○새끼."

13. 여산에서의 추억

심부름꾼 쫑

엄마가 지인으로부터 강아지를 한 마리 머리에 이고 오셨다. 독일산 셰퍼드라고 하셨는데 어렸을 때부터 소위 말하는 똥개하고는 차원이 달랐다. 집집마다 사람들은 대개 강아지들을 워리라고 불렀다.

"워리야! 워리야! 이리와 밥 처먹어라."

워리들은 주인이 따로 없었다. 먹을 것을 주면 그 사람이 주인이었다. 먹을 것을 주는 아이나 다른 사람에게도 꼬리를 흔들어대는 꼬락서니를 보면 저런 지조 없는 것들이 있나 싶어 얄밉기까지 했다. 그리고 그 똥개들은 집집마다 넘쳐나는 아기들이 끙아를 하면 "워리 워리" 불러대서 갓난아기들 끙아 청소부를 도맡아 하게 했다. 앞집에서 "워리", 뒷집에서 "워리", 옆집에서 "워리"를 불러댔다. 아기 끙아 청소부 하느라 워리는 매우 바빴다. 그래서 똥개라 불렀다. 똥개는 보신탕으로는 맛이 최고 적격이었다. 그리고 그 개는 1년만 지나면 동네 청년들이 동구나무까지 끌고 가 새끼줄로 목을 매달아 놓았다. 10분만 지나면 워리는 이 세상과 하직이었다. 7월 백중날 동네 사람들은 그 개고기를 가마솥에 삶아 몸보신을 했다. 논에 벼가 꽃을 피워서 바람에 의해 제 짝을 찾는 시기라서 농부들이 쉬는 시기였다. 쉬는 곳은 모정이었다. 날씨는 덥고 창문도 없는 흙벽돌 초가 움막집이라 답답하여 밖으로 나가야만 했다. 그래서 모정으로 모이는 것이었다. 모정은 여름 사랑방이었다. 젊은이들이 모이는 모정의 마룻바닥에는 장기와 오목을 두는 선이 각각 한 개씩 그려져 있었다. 장기는 고수들끼리 맞붙는 싸움터요 오목은 아이들이 이따금 한 번씩 와서 벼락치기로 게임하듯 노는 놀이터 같았다.

　오늘도 푹푹 찌는 여름날이다. 기준이가 모종에 오자마자 제안한다.

　"어이 자네들 누구 내가 한쪽 차포 떼고 둘 테니까 장기 한판 둘 사람 없어?"

　아무도 대답하지 않는다.

　"이런 제기랄, 다들 그렇게도 멍청한가? 누구든 덤벼봐!"

　같은 또래의 강수가 목침을 베고 누워있다가 나섰다.

　"그래 한판 두자. 체면이 있지 맞상대하자!"

　둘은 상과 졸때기들을 먼저 희생시키면서 장군 멍군을 외쳐댔다.

　"기준아! 한 수 물려줘."

　강수가 장기로는 하수라서 여러 번 사정을 했다.

　"장이야!"

　"멍이야!"

장군은 강수가 먼저 부르고 기준이는 여유 있게 막아내면서 강수의 말이나 상을 계속 따먹었다. 장기는 한나라와 초나라의 전쟁을 축소해 놓은 멋진 놀이기구이다.

동구나무에 매달아 놓은 개가 축 늘어진 것 같아 목을 풀어주었다. 그런데 이게 웬일인가, 꾸무럭꾸무럭하더니 냅다 일어나 쏜살같이 달아나 버렸다.

"워리! 워리!"

아무리 불러도 아랑곳하지 않고 냇가 쪽으로 달아나 버렸다. 그리고 다시는 돌아오지 않았다. 아마도 워리는 개장수에게 끌려가 보신탕집 식재료가 되었을 것이다. 그다음부터는 개를 동구나무에 걸고서 몽둥이로 한두 대를 내려쳤다.

"깨갱 깨갱 깨액 깩."

당시는 국민 보신탕이 필요한 시절이라서 개 잡는 것은 일상이었다.

그런데 방아다리 식이네 쫑이는 달랐다. 우선 귀가 쫑긋하게 섰고 등은 새까맣고 털이 기름진 데다 배 쪽은 누르께한 털이 나 있어 조화를 이루었다. 쫑은 날마다 커가는 것이 오뉴월에 대나무 죽순같이 커 나갔다. 식이는 간식으로 건빵을 즐겨 주었다. 그때마다 쫑 앞에 손을 내밀면서 악수라는 말을 반복했다. 오른손을 내밀면 쫑이는 자신의 왼쪽 앞발을 내밀었고 왼손을 내밀며 악수라면 어김없이 자신의 오른쪽 앞발을 들어 올렸다. 식이는 그때마다 칭찬하며 건빵을 주었다. 당시 군대 건빵은 아무나 구할 수도 없었다. 일반인에게는 고급 과자 중 하나였다. 식이네는 군인들을 상대로 세탁소 겸 군복을 수선했기에 군대 물품이 많이 있었다. 쫑이가 커가면서 식이는 집 주위를 무대 삼아 물건 주워 오기를 연습시켰다.

"쫑!"

우선 이름을 불러 환기를 시킨 후에 공이나 나뭇가지를 앞으로 던지면 쏜살같이 달려가 가져오는 훈련이었다. 물속도 헤엄쳐 들어가서 가져왔다. 쫑이는 집중력이 매우 좋았다. 식이는 학교에서 집에 돌아오면 대부분의 시간을 쫑이와 함께 보냈다. 학교에 가는 길목의 고개 너머에 외사촌 매형이 살았다. 군산에서 양복점을 하던 중 몸이 약해져서 결핵에 걸려 고생하던 매형을 식이 엄마는 요양도 할 겸 여산으로 불러들였다. 그분은 경향신문 애독자셨다. 하루 종일 경향신문을 한자도 빠짐없이 다 읽으시는 듯했다. 식이도 그 매형 덕분에 경향신문을 읽어 볼 수 있었다. 한 번씩 고개 너머에 있는 매형 집에 가면 매형의 기침 소리가 거슬려 형식적으로 인사만 하고 다 본 신문을 모아 가지고 왔다. 그때 신문을 쫑이가 입에 물고 가도록 연습을 했다. 이렇게 반복훈련을 하다가 하루는 쫑에게 신문을 보여주며 "쫑! 저기 매형 집에 가서 신문을 가져와!"라고 명령을 내려보았다. 그리고 그 입에 매형 집에 보낼 보따리로 싼 음식을 물려주었다. 쫑이는 식이 말을 알아들었는지 매형 집을 향해 달려 나갔다. 10여 분이 지났을까? 쫑이가 입에 그 보따리를 물고 나타났다. 그 안에는 식이가 보고 싶은 경향신문 일주일 분이 가득 들어 있었다. 감격스러웠다.

"쫑이가 고개 너머에 살고 계시는 매형 집에 심부름을 다녀오다니!"

식이는 쫑이를 소중히 여기며 맛있는 것이 생기면 나눠 먹었다. 개집 옆에서 쫑이를 보듬고 잔적도 있다. 학교에서 돌아왔다. 오늘따라 집에 동네 사람들이 다 모였다. 잔치라도 벌이는 것처럼, 사람들이 김치, 깍두기에 국밥을 맛있게 들고 계셨다. 식이도 어른들 틈에 끼어 국밥을 맛있게 먹었다. 어른들의 대화가 미심쩍었다.

"여름에는 뭐니 뭐니해도 보신탕이 최고야."

"아무렴 그렇고말고. 식이 엄마가 우리를 몸보신 시켜주셔서 금년은 모두 탈 없이 잘 지낼 겁니다."

"상익이 형님 술 한잔 드시지요."

"그래 벌써 석 잔째다."

술잔이 오가면서 잔치가 무르익었다. 식이가 밖으로 나왔다. 당연히 반갑게 쫓아와 뛰어오르며 식이 손과 볼을 핥으면서 컹컹 대야 할 쫑이가 보이지 않았다. 부엌에서 설거지하고 계시는 엄마에게 달려갔다.

"엄마 쫑이는 매형 집에 심부름 갔나요?"

"잘 모르겠어."

"엄마가 모르면 누가 알아요?"

"고모부에게 물어봐."

사람들이 무리 지어 나왔다. 식이 엄마에게 인사를 드렸다.

"오늘 몸보신 잘했습니다."

"감사드립니다. 보신탕 잘 먹었습니다. 금년도엔 눈 다래끼나 몸에 부스럼도 나지 않고 탈 없이 잘 넘어갈 것 같습니다."

"감사합니다. 배부르게 잘 먹었습니다."

사람들은 모두 입에 침이 마르도록 식이 엄마에게 굽신굽신하며 감사의 말을 한마디씩 다 건넸다. 식이는 보신탕이 무엇인지 그때까진 몰랐다. 사람들이 다 가고 엄마와 외사촌 누나 영숙이와 경석이 형만 남았다.

"엄마! 보신탕이 뭐예요?"

엄마는 대답하지 않고 또 고모부에게 물어보라 하셨다. 식이는 방금 동네 사람들과 보신탕을 드시고 나가신 고모부를 뒤쫓아갔다. 다른 때 같았으면 쫑이가 식이를 졸졸 따라오다가 앞서 갔을 터인데 그 어디에도 보이지 않았다.

"고모부! 우리 쫑이 보셨어요?"

고모부는 웃으시면서 자신의 배를 가리키셨다. 식이는 다시 물었다.

"우리 쫑이 보셨어요?"

고모부는 다시 배를 가리키시며 말씀하셨다.

"그래 봤어. 내 뱃속에, 동네 사람들 뱃속에 들어있어."

"뭐라고요? 우리 쫑이를 잡아먹었다고요? 우앙 앙 앙 앙 고모부 나빠요! 아앙 아앙 내 친구 쫑이를 살려내요! 아앙 아앙"

고모가 방에서 나오시면서 소리를 지르셨다.

"지금 애기 자는 중인데 웬 우는 소리야?"

"고모! 동네 사람들이 내 친구 쫑이를 보신탕이라 하면서 잡아먹었어요. 나쁜 사람들이에요."

"동네 사람들 모처럼 몸보신 잘했겠다. 그건 잘한 일이야."

"고모, 그게 무슨 말씀이세요?"

고모부가 말씀하셨다.

"개는 개야. 사람이 아니다. 듣자 하니 식이가 개하고 잠도 같이 자려 하고 그런다기에 우리가 잡아먹었어. 그러면 식이 네가 개가 되는 것이야. 너 개가 되고 싶어? ○새끼 되고 싶냔 말이다?"

"○새끼는 되고 싶지 않아요."

"그래. 가난한 한국 사람들에게 보신탕처럼 영양을 공급해 주는 음식은 없다. 그래서 우리가 잡아먹었어."

"으앙 으앙 우리 쫑이 살려내요!"

고모가 소리를 치셨다.

"시끄러워 죽겠네. 울지마! 사내대장부가 그놈의 ○새끼 때문에 울면 어떻게 큰일을 하겠어? 집으로 가서 울든지 마음대로 해!"

"알았어요."

식이는 겸연쩍어 눈물을 훔치며 집으로 돌아왔다. 다시는 쫑이 얘기를 꺼내지 않았다. 분명한 것은 식이는 개를 좋아한다는 것이다. 65년이 지난 지금도 개를 키우며 보살피고 훈련시킨다. 식이가 살고 있는 조치원 버스 종점 산밑의 단독주택에는 진돗개 두 마리가 버티고 있다. 개들이 멧돼지나 고라니, 쥐 심지어 뱀의 출현을 막고 있다. 두 마리의 개들이 식이와 아내를 지키고 있다. 그 공로가 인정되어 수컷은 백짱, 암컷은 김별이란 이름을 지어주었다. 밖에서 돌아오면 짱이는 두 발로 서서 앞다리로 '어서오라'는 듯 강한 손짓을 해댄다. 손짓 소리가 들린다. '쉭 쉭 쉭 쉭' 아이들이 그 모습을 보면 신기한 듯 깔깔깔 웃는다.

"에이 저것 봐. 개가 서서 손짓을 하네. 하하하. 히히히."

식이는 그때마다 건빵을 공중에 던진다. 짱이는 서커스단의 조련된 개처럼 점프를 하며 정확하게 받아먹는다. 수캐 백짱은 곰처럼 우직스럽게 보이나 날렵하고 암컷 김별을 여성처럼 생겨서 영특하다. 어제도 점심으로 했던 감자탕에 들어간 뼈를 가득 모아 가져왔다. 가끔 쫑이가 생각이 난다. 경향신문 신문 배달을 하던 그 쫑이를 지금은 짱이와 별이가 곡예로 대신해 준다. 개는 영리한 동물이다. 주인을 알아보고 그 보답을 할 줄도 안다. 그래서 "개만도 못한 놈"이란 욕도 있다.

14. 두여리교회

 식이가 다니던 교회는 익산 여산의 두여리교회다. 여산 읍내에서 함열 가는 방향으로 30여 분 걸어가면 소나무 숲쪽에 교회가 있다. 오 권사님의 형부가 선뜻 땅을 내주어서 그곳에 교회를 지었다. 오 권사님과 유덕종 장로님은 교회의 모든 일을 주관하셨다.

 기역자 모양의 교회 건물은 기와 지붕을 올려 지었다.

 교회당을 건립할 때 남자 교인들은 합세하여 터를 닦고 황토 벽돌을 찍어냈고, 여자 교인들은 밤새 정성껏 시보리(홀치기)를 만들어 팔아 교회당을 건축하는 데 그 돈을 보탰다. 시보리는 의류의 목 부분, 소매단, 허릿단에 쓰이는 것으로 일본에 수출하는 효자 상품이었다. 시보리를 만들어 팔아 얻은 수입으로 상급학교에 진학하는 여학생들도 많았다.

 기역자로 된 교회당을 중심으로 서쪽에는 넓은 안마당이 있고, 동쪽에는 안채가 들어서 있다. 그리고 사방에 측백나무를 심어 중앙을 분리하여 공적인 공간과 사적인 공간의 경계를 확실히 했다.

 주일학교는 대개 주일 오후에 있었다. 교회에 나오는 사람들은 낭산 석천대, 여산 두여리 부근 동네 그리고 방아다리에 살았다. 학생들이 모이면 족히 100여 명은 되었다. 오후 2시에 시작하여 30분간 예배를 드리고 그다음에는 분반 공부를 했다. 분반 공부 시간에는 초학문답을 외우며 설명을 들었다.

'초학문답'은 144문항을 단답식으로 하여 만든 기독교의 기초 교리다.

10문항은 다음과 같다.

1	문	**누가 우리를 만드셨습니까?**
	답	하나님이 만드셨습니다.
2	문	**하나님은 또 무엇을 만드셨습니까?**
	답	하나님은 모든 것을 만드셨습니다.
3	문	**하나님은 왜 우리와 모든 것을 만드셨습니까?**
	답	하나님 자신의 영광을 위하여 만드셨습니다.
4	문	**우리는 어떻게 하나님을 영화롭게 할 수 있습니까?**
	답	하나님을 사랑하며, 또 그가 명령하시는 것을 함으로써 하나님을 영화롭게 할 수 있습니다.
5	문	**우리는 왜 하나님을 영화롭게 하여야 합니까?**
	답	하나님이 우리를 만드셨고 돌보시기 때문입니다.
6	문	**하나님 한 분 외에 다른 하나님이 있습니까?**
	답	오직 하나님 한 분만 계십니다.
7	문	**이 한 분 하나님은 몇 위로 계십니까?**
	답	삼위로 계십니다.
8	문	**삼위를 말하여 보십시오.**
	답	아버지와 아들과 성령입니다.

9	문	**하나님은 어떤 하나님이십니까?**
	답	하나님은 영이시요, 사람과 같이 몸이 있지 아니하십니다.
10	문	**하나님은 어디에 계십니까?**
	답	하나님은 어디에나 계십니다.

144문항에는 십계명과 주기도문, 사도신경이 다 포함되어 있다.

식이는 분반 공부 시간 후에 다같이 모여 동화를 듣고 노래를 배우는 시간을 가장 좋아했다.

여호와는 나의 목자시니
내게 부족함이 없으리로다
나로 하여금 푸른 풀밭에 눕게 하시며
잔잔한 물가로 인도하여 주시네

식이는 이 노래를 부를 때 하나님이 자기의 목자가 되어 주셔서 보호해 주시고 지켜주신다는 믿음에 안위와 사랑을 느꼈으며, 그 노래 속에 나오는 푸른 풀밭과 물가를 가보고 싶다는 생각이 들었다.

아담과 하와, 삼손과 데릴라, 다윗과 솔로몬, 엘리야의 이야기 등은 식이를 상상의 세계로 이끌었다.

국민학교 1, 2학년 때는 성결교 부흥사 이성봉 목사님이 황화교회에서 부흥회를 한다고 하여 10여 명의 두여리교회 교인들과

40~50리를 걸어서 참석한 적도 있다. 추운 겨울, 냉방에서 두꺼운 이불을 펴고 자며 부흥회에 참석했다.

당시 식이는 밤마다 몽둥이를 들고서 달려드는 미친개들과 싸우는 꿈을 꾸었다. 영적인 싸움을 한 것이었다.

"엄마! 꿈에 미친개들이 나에게 달려들었어!"

"그래? 그래서 어떻게 했어?"

"옆에 있는 몽둥이를 마구 휘둘러서 다 쫓아버렸어."

"우리 식이 용감하네. 잘했어. 그렇게 해야 돼. 오늘 부흥회 끝나면 이성봉 목사님께 안수기도를 받자!"

"안수기도가 뭐예요?"

"목사님이 머리에 손을 얹고 해주시는 축복기도야."

"예, 멀리까지 왔으니 받아야지요."

"축복기도를 받으려면 오늘 예배 시간에 목사님 말씀 잘 들어야 한다."

"알겠어요."

이성봉 목사님은 성경 중심으로 설교하였고, 성경대로 살고자 했던 부흥사였다.

목사님은 걱정, 근심은 마귀가 주는 것이라고 하였다. 근심하지 말고 하나님을 믿으라고 말씀하였다.

하나님을 믿는 사람들은 아버지 하나님께 나아와서 기도로 찬송으로 말씀으로 간구해야 한다고도 하였다.

"아멘, 아멘 아멘!"

식이도 이성봉 목사님의 말씀이 옳다고 생각되어 "아멘, 아멘 아멘!"을 외쳤다.

이성봉 목사님이 설교 중에 식이를 바라보았다.

"아니, 황화교회 부흥회에는 아이가 왔네요. 잠깐 일어서 볼래? 이름이 뭐고 몇 살이지?"

"이름은 식이고, 국민학교 1학년, 여덟 살입니다."

"내가 설교하면 알아들을 수 있어?"

"…"

"고맙다. 앉거라."

이성봉 목사님은 한국전쟁을 겪은 혼란한 상황에서 성도들에게 성경 말씀을 통해 위로하고 격려해 주었다.

예배가 끝나자 교인들은 목사님의 안수기도를 받기 위해 길게 줄을 섰다. 그 전에 일대일 상담도 했다.

"목사님, 저는 아파서 예수를 믿게 됐어요. 병원에도 가고 무당도 찾아가고 다른 종교도 믿어봤는데 낫질 않아요. 전주 이씨 집안에 시집 와서 고생만 하다 덜컥 몸이 아프게 되었으니 어찌하면 좋을까요?"

"자매님 사정이 딱하네요. 혹시 자매님 본인이 그 아픔을 꼭 붙잡고 나가지 말라고 하고 계신 것은 아닐까요? 주님의 십자가 밑에 온전히 다 내려놓으세요."

"어떻게 내려 놓아요?"

"내 아픔과 고통과 어려움이 내 것이 아니라 예수님이 대신 지고 계신다고 믿어 보세요."

"어떻게요? 제가 당장 아픈데요?"

"그가 찔림은 우리의 허물 때문이요 그가 상함은 우리의 죄악 때문이라 그가 징계를 받으므로 우리는 평화를 누리고 그가 채찍에 맞으므로 우리는 나음을 받았도다"(사 53:5)는 말씀을 믿습니까?"

"아멘! 아멘!"

이상했다. 그 말씀을 받아들이는 순간, 걱정과 근심, 아픔과 고통이 내 것이 아니라는 것을 알게 되었다. 내가 그것을 붙들고 있었던 것이다.

식이 엄마는 어려운 일이 생기면 언제나 입버릇처럼 "주여! 주여! 주여!"를 세 번 외친다. 이 외침은 자기가 믿는 삼위일체 하나님께 기도하는 소리다. "성부 하나님! 성자 예수님! 성령 하나님! 제 기도를 들어주시옵소서!"라는 간절한 요청이었다.

사실, 아픔이라는 것은 우리가 느끼는 부정적인 감각 반응 중 하나다.

마음이 평안하면 어찌 아프겠는가?

교인들은 온갖 사연들을 하나님의 신실한 종 이성봉 목사님께 눈물로 호소하며 다 쏟아냈다. 그느느라 시간이 꽤 오래 걸렸다.

이성봉 목사님은 그들의 딱한 사정을 들으신 다음 안수기도해 주었다.

"세상에는 인간의 힘으로 어쩔 수 없는 일이 많습니다. 그러니 하나님 아버지께 해결해 주시라고 끊임없이 기도하십시오! 말씀으로 이겨내십시오! 찬송으로 무장하십시오!"

"아멘, 아멘, 아멘!"

목사님이 기도하였다.

"하나님 아버지시여! 고통 중에 있는 이들을 불쌍히 여기시사 기도로 탄원하는 약한 어린 양들의 기도를 들어주소서. 우리의 죄악을 십자가상에서 소멸하시고 죽음을 이기시고 원수 마귀를 물리치신 나사렛 예수님의 이름으로 명하노니 다 떠나갈지어다! 떠나갈지어다! 떠나갈지어다!"

"아멘, 아멘, 아멘!"

신기했다. 안수기도 후 한동안 기절하는 사람도 있었다.

당장 문제가 해결된 것은 아니었지만 해결책이 분명히 보였다.

"하나님 아버지, 제가 아픈 것은 다른 사람의 잘못이 아니라 저의 책임입니다. 주여, 이 죄인을 용서하소서."

사람들은 흐느껴 울었다. 이 눈물은 후회와 탄식과 패배의 눈물이 아니라 기쁨과 사랑과 승리의 환호성이었다.

그들은 하나 같이 외쳤다.

"주여! 제가 믿음이 없었습니다. 제가 부족해서 일어난 일임을 알게 하시니 감사드립니다."

훗날 식이는 예수님의 십자가 고통을 알게 되었다.

이 세상 우주 만물은 하나님이 창조하셨다.

하나님이 첫 사람 아담에게 하와와 살라고 에덴동산을 마련해

주셨다. 깨끗한 공기, 맑은 물, 풍성한 과일 등 부족함이 없는 곳이었다.

인간이 사단의 유혹에 넘어가는 죄악에 빠져 하나님을 저버렸다. 그래서 그 죄악으로 인해 죽을 수밖에 없는 처지에 이르렀다.

인간을 구원하시기 위한 마지막 방법으로 하나님은 독생자를 이 땅에 보내셨다. 그분이 예수님이시다.

예수님은 세상에서 소외된 자들(세리, 가난한 자, 고아, 과부)을 더 사랑하셨다.

온갖 병자들을 다 고치시고 귀신을 쫓아내시고 죽은 자를 살리시고 오병이어의 기적을 행하셨다.

종교 지도자들의 질투와 시기로 로마 법정에 고소, 고발되어 사형을 언도받으셨다. 신성모독의 죄를 뒤집어 쓰셨다.

예수님은 로마의 반역자로 몰렸다.

창조주가 하나님이심을 아는 것, 그분이 사랑이심을 전하고 행하다가 십자가를 지셨다.

그분이 십자가를 지신 것은 결국 인간의 구원을 위해서다.

예수님은 십자가 위에서 외치셨다.

"엘로이 엘로이 라마사박다니!(나의 하나님 나의 하나님 어찌하여 나를 버리셨나이까?)"

그분을 하나님의 아들로 믿으면 구원을 이룬다. 구원은 죄사함을 받고 영원히 사는 것이다.

"나를 믿는 자는 죽어도 살겠고 무릇 살아서 나를 믿는 자는 영원히 죽지 아니하리라."

찬송을 부르며 그때를 회상해 본다.

괴로울 때 주님의 얼굴 보라

평화의 주님 바라보아라

세상에서 시달린 친구들아

위로의 주님 바라보아라

힘이 없고 내 마음 연약할 때

능력의 주님 바라보아라

주의 이름 부르는 모든 자는

힘주시고 늘 지켜주시리

식이도 엄마 손을 잡고 맨끝에 줄을 섰다. 마침내 식이와 엄마의 순서가 되었다. 식이는 약간 무서웠다. 목사님이 계시는 교회 사택 방은 낮에도 컴컴하니 어두웠다. 이성봉 목사님은 담임 전도사님과 촛불을 켜놓고 있었다. 키가 크신 목사님이 걸걸한 목소리로 몇 마디 물어보았다.

"꼬마가 내 설교를 들으러 오다니! 어디 사느냐?"

"익산 낭산입니다."

"익산 낭산이라? 멀리서도 왔네!"

"여기서 낭산까지는 얼마나 걸리지?"

엄마가 대신 대답하였다.

"낭산까지는 걸어서 3~4시간이 걸려서 부흥회 기간 동안 아는 교인 집에서 합숙을 했습니다. 그런데 제 아이가 밤마다 미친개들을 몽둥이로 내쫓는 꿈을 꾸었다네요."

"꿈에서 미친개들을 쫓아냈다고? 마귀와 싸우는 영적 꿈을 꾸었네. 쫓아냈다니 다윗이 골리앗을 물리친 것처럼 승리를 했구먼. 하하하!"

"…."

"좌우간 고생들 하셨네. 그런데 네 꿈이 뭐냐?"

"엄마는 목사님이 되라 하시지만 저는 의사가 되고 싶습니다. 엄마가 몸이 약하셔요."

"아 이놈! 똑똑하구먼. 그래? 둘 다 하면 되겠네. 사실, 목사님은 영적인 의사야! 육적인 의사보다 영적인 의사가 되거라!"

"…."

"우리 함께 기도하자!"

이성봉 목사님이 식이 머리에 손을 얹어 간절히 간절히 기도했다.

"아버지 하나님, 이 아이에게 지혜를 내려주셔서 영적인 의사인 목사님이 되게 해주세요. 천 집사님에게도 하늘의 크신 복을 내려주소서."

식이는 이성봉 목사님의 말씀을 마음에 깊이 새겼다.

특히 목사님이 삼위일체 신앙생활을 강조했던 것이 인상적이었다. 세수할 때도, 밥을 먹을 때도, 음료수를 마실 때도 '성부! 성자! 성신!'이라 했다. 식이도 삼위일체 생활을 따르리라 결심했다.

두여리교회에서 목소리가 맑은 유영실, 품성이 좋은 이남례를 만났다. 송삼섭도 측백나무 울타리 건너편에서 구경하는 것을 목격했다.

매월 마지막 주일인 '꽃주일'이 되면 예배를 드린 후 100여 명의 학생들이 교회 운동장에 모여 수건 돌리기를 했다. 식이에게 두여리교회는 지상의 낙원, 천국이었다.

15. 장롱 속의 뭉칫돈

어느 날, 식이가 학용품을 잔뜩 갖고 들어왔다. 수상하여 물으니 동네 형들이 주었다는 것이다. 식이 엄마는 퍼뜩 생각나는 것이 있어 장롱 속에 손을 넣어보았다. 잘 넣어둔 돈뭉치가 손에 잡히지 않았다. 혹시나 하여 식이에게 물으니 모른다고 해서 장롱 속에 있던 것들을 다 꺼내 확인해 보았지만 없었다. 사색이 되어 안절부절 못하고 서 있는 식이가 수상하여 추궁하자 그제서야 이실직고를 한다. 동네 형들의 꼬임에 빠져 엄마가 장롱 속에 넣어둔 뭉칫돈을 훔쳤다는 것이다. 엄마에게 거짓말을 했던 것이다. 식이 엄마는 더 이상 묻지 않았다.

"밖에 나가서 회초리를 다섯 개 해오너라."

식이는 나뭇가지를 꺾어 회초리를 다섯 개 만들었다.

"종아리 걷어!"

식이 엄마는 속으로 피눈물을 흘리며 종아리를 인정 사정없이 내리쳤다. 처음 있는 일이었다.

"때릴 때마다 숫자를 세!"

"딱!"

"하나!"

"딱!"

"둘!"

…

"딱!"

"삼십!"

종아리에 피멍이 들었다. 식이는 아파서 울었다. 식이 엄마는 앞이 캄캄했다. 더 이상 때릴 힘이 없어서 매질을 멈추었다.

식이는 그 틈을 방에서 뛰쳐나갔다. 매맞은 종아리는 이미 퉁퉁 부어올라 있었다. 마침 지나가던 동네 어르신이 집앞에서 울고 있는 식이 종아리를 보고 집으로 들어왔다.

"그만하소. 이러다간 애 잡겠네. 자초지종을 들어보니 식이가 형들 꼬임에 빠져 그랬다는구먼. 시킨 놈들이 나쁜 놈들이여!"

식이 엄마는 회초리를 내려놓고 잠시 숨을 고른 뒤 식이를 방으로 불러들였다. 그리고 꼭 껴안았다.

"식이야 엄마가 잘못했어. 내가 하나뿐인 네게 회초리를 들다니!"

식이도 뜨거운 눈물을 흘렸다.

"엄마, 잘못했어요. 다시는 안 그럴게요."

"알면 됐다."

"식아, 엄마 돈은 다 네 거야. 필요하면 엄마에게 달라고 해. 엄마는 네가 달라고 하면 뭐든 줄 수 있어. 목숨까지도. 단, 엄마에게 거짓말을 하면 절대로 안 돼."

"엄마, 정말 잘못했어요. 이번 한 번만 용서해 주세요. 정말 다시는 안 그럴게요."

"그럼 약속한 거다."

엄마는 식이를 품에 안고 목놓아 울었다. 회초리를 부러뜨리고 난 후 종아리에 약을 바르고 붕대를 감아주었다.

한밤중에 식이가 속삭였다.

"엄마, 종아리가 간질간질해."

"어디 보자. 아이고, 딱지까지 졌네."

엄마는 붕대를 풀고 조심스레 상처에 연고를 바른 다음 붕대를 다시 감아주었다. 그러고는 말없이 식이를 안고 기도했다.

덕주는 다음날 새벽기도에 가서 눈물로 회개했다. 목사님의 말씀이 가슴에 콕 박혔다. "어리석은 부자의 비유"(눅 12:13-21)였다.

"하나님 아버지, 저를 용서해 주옵소서. 군대 물품을 유용하여 돈을 벌었습니다. 이 모든 일은 제 잘못입니다. 식이를 통해 큰 교훈을 주셔서 감사합니다. 다시는 그런 부정한 방법으로 돈을 벌지 않겠습니다."

그녀의 마음속에 말씀이 떠올랐다.

"도둑질하지 말라."

"이웃을 해하려고 거짓 증거하지 말라."

"심령이 가난한 자는 복이 있나니 천국이 그들의 것임이라."(마 5:3)

덕주는 자신이 진정한 부자가 아니라는 것을 깨달았다. 세상의 물질은 있었지만 마음은 가난했다는 것을. 식이의 피멍든 종아리를 보며 정신이 번쩍 든 것이었다.

하나님은 그녀의 기도를 들으셨다. 며칠 뒤 군 감찰반이 들이닥쳐 방안을 샅샅이 뒤졌지만 아무것도 나오지 않았다. 그녀가 진심으로 회개하고 군대 물품을 정리했던 바로 그다음 날에 일어난 일이었다. 하나님의 은총이었다.

덕주는 다시 가난해졌지만 마음은 더없이 평안했다. 마음의 짐을 내려놓고 홀가분해졌다.

대문 앞에서 "밥 한 술 줍쇼!" 하던 거지의 모습 속에서 남편 성민을 보았고, 예수님의 얼굴이 떠올랐다.

그날 거지에게 준 따뜻한 밥 한 술이 곧 사랑이었다. 그 밥상은, 그녀의 삶을 바꾸어 놓았다.

그 사랑이 스쳐간 자국은, 이제 식이의 종아리에도, 그녀의 심장 깊은 곳에도 남아 있다.

덕주는 조용히 찬송가를 불렀다.

「내 주를 가까이 하게 함은」의 가사처럼 마음은 더없이 평온했다. 어느새 식이는 엄마 옆에서 하모니카를 불고 있었다. 기이하게도 그 부끄럽고 참담했던 사건이 삶을 덥혀주는 따뜻한 담요처럼 느껴졌다.

식이네 집은 다시 안정을 찾았다. 덕주는 군부대에서 더 이상 어떤 물건도 납품받지 않았다. 대신에 재봉틀 소리가 들렸다. 예전처럼 군복을 수선하며 정직한 땀으로 하루를 채워갔다.

이제 식이네 집은 더 이상 풍족함을 누릴 수 없게 되었지만 진짜 '부'한 삶을 살기 시작했다.

식이는 밤마다 책을 펼쳤다. 손오공은 항상 날아다녔고, 요술 램프의 거인은 여전히 소원을 들어주었다. 하지만 식이 마음속에 가장 강렬하게 자리 잡은 건 엄마의 간절한 기도 소리였다.

"주님, 우리 식이가 훌륭한 목사님이 되게 해주세요."

그 기도는 하늘로 올라가 식이의 이름이 새겨진 작은 별 하나를 만들어 냈다. 그날의 피눈물은 사라졌지만 그 사랑은 자국이 되어 남았다.

'누군가의 우산이 되어줄 사람,

누군가의 상처 난 종아리를 감싸줄 따뜻한 사람,

억센 바람과 비를 견뎌낼 수 있는 사람,

어떤 가난도 이겨낼 수 있는 사람,

그리고 어떤 비난도 품을 수 있는 사람,' 그것이 식이가 가야 할 방향이었다.

추천사

거친 삶의 여정이 담긴 책

이 소설은 후배이자 동료 교수인 배경식 목사의 자전적 소설이다.

소설이기에 작가의 상상력이 가미되어 사실이 부풀려지거나 감해진 부분도 있지만 독자가 공감하며 읽을 때 흥미진진한 내용이 될 것이다.

그가 말하려는 내용은 1970년대 대학생활을 하면서 겪은 정치·사회적인 변화다. 이런 이야기는 어머니 덕주가 가르쳐 준 경천애인(敬天愛人)의 신앙심에서 나왔다.

'하늘을 어버이 삼아 인간을 사랑하라!'는 삶의 방향이 그의 삶을 점철했다. 그래서 그런지 내가 경험한 작가 배경식은 약하지만 강한, 작지만 그릇이 큰 사람이다.

함께 근무하던 대학이 전임자의 방만한 행정으로 큰 어려움에 직면했을 때 꿋꿋이 그 어려움을 도맡아 해결해 낸 공로를 지켜보면서 그의 충직함과 열성을 경험한 적이 있다.

대부분의 사람들은 자신이 이루어 놓은 공적에 대한 반대 급

부를 요구한다. 그에게는 그런 것이 없었다.

서울에서 시작한 교목일과 지방의 한 자그마한 대학에서 가르친 28년간의 교육 경력이 이를 반증해 준다.

그는 남부럽지 않은 부유한 가정에서 무릎에 대한민국 지도를 지니고 태어났다. 6·25 전쟁은 그의 가정을 풍비박산냈다. 가진 것을 모두 빼앗겼지만 그는 엄마와 함께 살아남았다.

전주에 큰 집을 두고도 피난을 다니면서 살았다. 학비를 제때 내지 못해 시험지도 빼앗겼다. 그래서 지독하게 공부하여 수업료를 면제받았다. 은광교회 김종대 목사님과 장영길 장로님의 전적인 후원으로 독일 유학도 다녀왔다. 캄보디아 선교사로 파송되어 야심차게 학교 경영에도 참여했다.

지금은 장편 대하소설 『사랑이 스쳐간 자국』을 집필하고 있다.

1970년대 대학을 다닌 비판적인 사고를 가진 작가가 보는 대한민국은 어떤 나라일지 기대가 된다. 하나의 주제를 가진 거친 삶의 여정을 이 책에 다 담기는 어렵겠으나 가감없이 전개되는 소설의 내용을 응원하며 일독을 권한다.

2025년 8월
이영호(전 한일장신대 총장)

추천사

주님을 믿는 신앙 안에서 승화된
사랑의 힘

　장신대 선배이신 배경식 작가의 『사랑이 스쳐간 자국』 추천사를 쓰게 되어 기쁘게 생각합니다. 1970년대 대학과 신학대학원을 거쳐 오늘에 이르기까지, 그는 기독인으로서 시대적인 정치상황과 신앙생활에 많은 질문과 답을 이 책에서 피력하고 있습니다. 추천사를 쓰게 된 배경에는 이 소설의 작가가 갖는 두터운 인간관계를 알게 되어서입니다. 그와 만남을 지속하고 있는 사람들은 작가를 지금도 가까이하고 있습니다. 그렇게 된 것은 생각과 환경이 달라도 주님을 믿는 신앙 안에서 승화된 사랑의 힘이라고 생각합니다.

　은광교회를 담임하고 있는 목회자로서 저자 배경식 목사는 은광교회가 배출한 목회자이자 신학대학 교수로서 성실히 주어진 책무를 수행했습니다. 유학생활에서 경제적인 어려움에 직면하여 귀국할 수밖에 없던 때에 은광교회 장영길 장로님 부부는 그를 적극적으로 지원했습니다. 그것이 오늘의 결실로 나온 듯합니다. 소설을 쓴다는 것은 쉬운 일이 아닐 텐데 70대 중반에 이 일을 향해 나서는 것이 존경스럽습니다. 은광교회는 교회에 속한 성도님들과 함께 기도와 성원을 모아 이 책의 출간을 축하드리며 읽기를 추천합니다. 『사랑이 스쳐간 자국』의 출간을 기대합니다.

2025년 8월
성백용(은광교회 담임목사)

추천사

소외된 이들의 곁을 지켜온 '사랑' 이야기

이 책의 저자 배경식 목사님을 처음 만나게 된 것은 나의 고등학생 시절로 거슬러 올라간다. 목사님은 내가 다니던 은광교회 교육부 총무 겸 담당 전도사로 부임하였고, 나는 목사님으로부터 기독교 신앙 교육을 받는 학생들 가운데 하나였다. 가난한 신학생이었던 목사님은 학업과 동시에 여러 가지 교회 사역을 감당하며 바쁘고 고단한 하루하루를 보내고 있었다. 그런 와중에도 그의 시선은 언제나 교회 안팎의 어렵고 소외된 이들을 향하고 있었고, 그들과 더불어 사는 삶을 몸으로 보여주었다.

1970년대 한국은 경제적 압축 성장의 이면에 소득의 불평등 심화, 도시 인구 집중, 환경 문제, 노동 문제 등 다양한 사회 문제가 발생하고 있었다. 특별히 어린 소년 소녀들이 열악한 노동 현장에서 가혹한 노동에 시달리던 시절이었고, 청계 봉제공장에서는 청년 전태일이 근로기준법을 지키라고 외치며 분신했고, 이후 도시산업선교회, 야학 운동, 도시빈민 운동 등 사회적 약자들을 위한 운동이 전개되던 그 시절이었다.

목사님은 당시 불광동 제일여객 안내양들에게 다가갔다. 하루 종일 콩나물 시루 같은 만원 버스 안에서 승객들과 뒤섞여 태우고 내리는 일에 지치고, 승객들의 심한 모욕에 시달리고, 하루 일과가 끝나면 인권의 사각지대였던 안내양들 숙소에서 온갖 모욕에 시달리던 이들에게는 정작 복음만이 희망을 줄 수 있다는 마음으로 안내양들에게 다가갔고, 이들의 친구가 되어 주었다. 그리고 이들을 교회로 인도했고, 교회는 이들을 반갑게 맞이했다, 어쩌면 이 어린 안내양들은 낯선 도회지에서 처음으로 누군가에게서 따뜻한 환대를 경험했고, 이들에게는 교회가 기댈 언덕으로 느껴졌을지도 모르겠다. 그리고 누군가에 의해 자신들이 소중한 존재임을 알게 되었을 때, 바로 그때로부터 이들의 위축되고 좌절된 마음들이 새로운 희망을 꿈꾸는 마음으로 서서히 변화되었을 것이다. 교회의 한 지체가 된 이들은 성가대를 조직했고, 틈나는 대로 성경 공부도 하면서 신앙인의 길을 걷게 되는 과정을 나는 보았다. 이들은 지금쯤 누군가의 엄마가 되고, 할머니가 되어있겠지만, 어느 지역사회를 섬기고 가르치는 사람들이 되어 작은 겨자씨처럼 살아왔을 터이고, 지금도 살고 있을 것임을 확신한다. 이를 바로 옆에서 지켜본 나는 한 사람의 헌신으로 많은 열매를 맺는 모습 속에서 예수께서 말씀하신 하나님 나라를 보았다. 청소년 시절 그리고 대학 시절 목사님은 나에게 큰 바위 얼굴과도 같았다.

이후 유신의 종말이 서서히 다가오던 1979년 여름 목사님은 독일로 유학을 떠났다. 떠나던 날 나에게 "미안하다" 말하며 눈물을 흘리던 그 모습은 거의 반백 년이 지난 지금도 잊을 수가 없다. 가난한 신학생이던 목사님의 독일 유학 생활은 역경과 고난의 시간이었지만, 당대의 세계적 석학 몰트만 박사의 지도로 천신만고 끝에 신학박사 학위를 받고 귀국하여 한일장신대학교에서 후학들을 가르쳤다.

은퇴 후에도 캄보디아 바탐방신학교 총장으로 현지 신학생들을 가르쳤고, 어려운 현지인들의 생활을 돕기 위해 여러 사역들을 감당해 왔다. 건강의 문제로 캄보디아 신학교를 그만두고 귀국했지만, 이내 회복을 불문하고 다시 캄보디아 선교사로 활동 중인 배경식 목사님을 볼 때마다 마음이 숙연해 온다.

얼마 전 자전적 소설을 쓰겠다고 알려왔을 때에 목사님의 건강이 우려되어 말리고 싶었지만, 사도바울의 "내가 선한 싸움을 싸우고 나의 달려갈 길을 마치고 믿음을 지켰으니…" 말씀이 나의 뇌리를 스쳤다. 목사님의 자전적 이야기들은 분명 그의 신앙고백이라고 말하고 싶다. 평생을 예수의 제자로 살아온 삶의 여정 속에서 신앙인의 눈으로 바라본 한국의 현대사를 읽는다는 심정으로 목사님의 글을 읽어 주면 참 좋겠다는 말로 추천사를 대신한다.

2025년 7월
신길순(은광교회 장로, 보아스 골든케어 요양원 대표)

추천사

'사랑'이라는 보편적 주제를
신앙이라는 언어로 풀어낸 책

 은사되시는 배경식 작가님의 신작 『사랑이 스쳐간 자국』을 읽으며 추천사를 써야 한다는 부담감과 함께 깊은 감사와 존경의 마음이 앞섰습니다.
 1970년대 한국 사회가 정치적 격동기에 놓여 있던 시절, 기독학생으로 대학을 다니셨던 작가님께서 그 시대를 어떻게 바라보셨을지 궁금함이 컸습니다. 신앙의 눈으로 세상을 바라보는 일은 언제나 단순하지 않기에 그 치열한 고민과 통찰이 이 소설 곳곳에 묻어납니다.
 『사랑이 스쳐간 자국』은 '식이'라는 가상의 인물을 중심으로 전개되지만 이야기의 결은 결코 허구로 느껴지지 않습니다. 실제와 상상을 넘나드는 작가님의 시선은 폭넓고도 섬세하며, 자라온 배경과 시대의 무게를 담담하게 녹여냅니다. 그 안에서 우리는 서로 다른 환경과 가치관을 지닌 이들이 '공정'과 '상식'을 어떻게 다르게 해석할 수 있는지를 생각하게 됩니다.

무엇보다도 이 작품은 '사랑'이라는 보편적인 주제를 신앙이라는 언어로 풀어냅니다. 단순한 감정의 이야기에 그치지 않고, 한 인간이 성장하고 사회에 적응해 가는 과정을 통해 진정한 삶의 의미를 묻습니다. 그 중심에 "인간은 빵이 아니라 사랑으로 산다"는 깊은 진리가 흐르고 있습니다.

제자의 시선으로 이 작품을 대하며, 작가님의 신앙적 삶과 문학적 성찰이 어떻게 하나의 이야기로 결실을 맺었는지를 느끼게 됩니다. 그래서 감히 말씀드릴 수 있습니다.『사랑이 스쳐간 자국』은 시대와 세대, 신앙과 사회의 경계를 넘나들며 우리 모두에게 묵직한 질문과 따뜻한 위로를 동시에 안겨주는 작품입니다. 이 귀한 책을 많은 이들과 함께 나누고 싶은 마음으로 이 시대를 살아가는 독자 여러분께 기쁘게 추천드립니다.

2025년 8월
오경훈(세종주님의교회 담임목사)

추천사

성경적 가치관을 일깨우는 대하소설

『사랑이 스쳐간 자국』이란 책 제목은 한 편의 드라마를 연상하게 한다.

이 책은 주인공 식이의 일생이 할아버지, 아버지를 거쳐 본인에 이르기까지 어떻게 전개되는지를 보여준다.

인간은 가족, 학교, 사회, 국가라는 거대한 공동체를 거치면서 성장한다. 식이는 대한민국이 일제 강점기의 식민 통치에서 벗어나 해방과 자유를 만끽하던 시기에 태어났다. 행복을 추구하던 자유민주주의가 꽃이 피기도 전에 공산당의 불법 침략으로 파괴되면서 온 국민은 휴전에 이르기까지 격랑의 세월을 보내야 했다. 그로 인해 식이는 가족을 잃고 피난생활을 하면서 엄마 덕주의 보살핌과 신앙심 가운데 자랐다.

1970년대 산업화가 진행되면서 한국 사회는 급변했다. 식이는 그 시기에 대학에 진학하여 기독학생으로서 비판적인 사고를 갖게 되었고, 기독교인으로서 그가 그 시절을 어떻게 보았는지가 이 책에 녹아 있다.

식이는 '무에서 유를 창조'하는 신앙적 결단과 미래지향적인 꿈을 제공하고 있다. 『사랑이 스쳐간 자국』을 접하고 나니 후속편인 『사랑이 머물다 간 자국』은 어떻게 전개될지 몹시 궁금하다.

대한민국의 최대 과제는 남북통일이다. 다양하고 복잡한 갈등을 딛고 넘어서서 한 민족의 동질성을 찾아내는 것이 급선무인 것이다. 그 길은 서로 우위를 점하려는 정치 권력이 아니라 사람들에게 가치관을 정립해 주는 종교와 문화의 힘이 우선되어야 한다.

이 책은 한 개인의 가족 이야기를 넘어 사회와 국가로 연결된다. 이런 이야기들이 모여 다듬어지고 바로 세워질 때 '하나 됨'이 실현될 것이라고 믿는다. 이 책의 필독을 권하는 이유이기도 하다.

2025년 8월
현수동(사단법인 세종시교회총연합회장)

소설을 읽는 이에게

사랑이 스쳐간 삶과 시간이 흘린 눈물

하나 두울 셋

한국은 총인구 대비 20퍼센트 이상 노인으로 채워지는 초고령 사회가 됐다. 동네에서나 공공장소에서 나이 많은 어르신이 걷는 모습을 보면 초등학교에 갓 입학했을 때 생각이 난다. 선생님의 호루라기 구호에 맞춰 새로 만난 친구들과 그저 생각 없이 종알종알 대던 때였다.

어르신들은 걸을 때 좌우로 몸이 흔들린다. 오리가 뒤뚱뒤뚱하며 걷는 모습이다. 40년을 해로한 아내도 그렇게 되었다. 다리에 힘이 없어서 그런 것 같다. 식이는 아직 그런 정도의 상태는 아니다. 무릎을 많이 써서 관절이 닳아 빠져 인공관절을 넣을 때가 되면 누구나 그렇게 될 것이라 예상해 본다.

식이가 초등학교에 갓 입학했을 때는 어땠나? 모든 것이 새롭고 신기하고 알고 싶어 안달이 났었다. 그런데 말하는 것부터 시작하여 걷는 것, 뛰는 것, 물 마시고 소변 보는 것조차도 선생님의 허락이 있어야만 가능했다. 집에서는 하고 싶은 대로 다하는 야생마였는데 차츰 선생님과 주위 어른들에 의해 길들여지는 착하고 순하고 책임있는 말이 되어야 했다. 공공의 질서 유지 때문이었으리라. 이렇게 주위 어른들의 허락과 동의를 받아야 하는 사회 안에 들어가게 되었다.

벌써 70여 년 전의 이야기다.

여산초등학교에 입학했을 때 교사 생활을 막 시작한 여선생님이 식이와 친구들을 운동장에서 교실로 이끄시던 방법은 호루라기를 부는 것이었다. 아이들을 정돈시킨 다음 선생님의 선창은 "하나, 둘"이었다. 그러면 아이들은 "셋, 넷" 하면서 앞의 아이들을 뒤따라갔다. 호루라기가 "하나, 둘"을 대신했다.

"하나 두울," "셋 넷." "또록 또록," "셋 넷." "하나 두울," "셋 넷." "또록 또록," "셋 넷."

'하나 두울' 하면 두 걸음, '셋 넷'도 두 걸음이다. 이렇게 세 번 하면 열두 걸음을 앞으로 나아간다. 기차의 차량을 연결하여 앞으로 나아가는 것 같았다.

이것이 조금 더 발전되면 선생님이 "하나 두울" 대신에 "병 아리"라고도 선창을 하셨다.

병아리 선창의 답변은 당연히 "째액 쨱"이었다.

"병 아리," "째액 쨱." "병 아리," "째액 쨱." "병 아리," "째액 쨱."

여선생님은 암탉이 되었고, 남자 선생님은 수탉이 되었다. 식이와 식이 친구들은 병아리들로 변신했다.

"하나 두울 셋 넷"보다 "병 아리 째액 쨱"이 훨씬 친근하고 한

국적이었다.

그렇게 구호를 바꾼 날은 다리가 아프도록 행진하며 걸어도 좋았다. 그 넓은 운동장을 한 바퀴 돌았다. '천 리 길도 한걸음부터'라는 서막이 시작된 것이다.

"병아리," "째액 짹." "병아리," "째액 짹." "병아리," "째액 짹."

이렇게 행진하면서 자연스럽게 1년간 사용하는 고유번호가 주어졌다. 교실에 들어가면 책걸상에 키 순서대로 앉는 각자 자신의 자리가 정해져 있었다. 식이는 키가 크지 않아서 대개 두 번째 줄에 앉았다. 주어진 번호는 10번이었던가?

교실에 들어가려면 밀창(미닫이)을 두 개나 통과해야 한다. 대문격인 긴 복도로 안내하는 밀창과 교실로 들어가는 밀창이었다. 첫 번째 밀창을 열고 나선 우선 신발주머니에 신발을 챙기고, 긴 복도를 맨발로 걸어가 교실을 찾아야 한다. 여름에는 발바닥이 시원했으나 겨울에는 아리도록 차가웠다. 복도 좌우에는 창문들이 달려 있다. 바람이 부는 날은 바깥 창문틀이 덜컹거린다. "쏴아 쏴아 쏴아, 덜컹 덜컹 덜컹 덜컹." 바람의 세기에 따라 유리창문의 덜컹거리는 소리가 커지기도 한다.

학교 건물은 유리창이 많이 달려 햇빛이 들어오는 일본식 목조건물이었다. 아직 2층은 없었다. 두 번째 밀창을 열고 교실에 들어서면 중앙에 교탁이 놓여 있고 교탁 뒤로는 짙은 검은색의 대형 칠판이 교훈과 급훈 밑으로 웅장하게 걸려 있다. 칠판의 정중앙 위에는 태극기와 이승만 대통령 사진도 나란히 걸려 있었다. 교훈은 모든 교실이 똑같았다. 교훈은 교장선생님이 지으신 학교의 지침이고, 급훈은 담임선생님이 만드신 실천 조항이었다.

"나라를 사랑하자"라는 교훈이 걸리면 이에 따라 교훈의 실천 조항인 "1. 인사를 잘하자, 2. 부모님께 순종하자, 3. 열심히 공부하자"라는 급훈이 있었다.

책상에 앉으면 정중앙에 있는 머리가 하얀 할아버지가 눈에 들어왔다. 이승만 대통령이라 했다. 그분이 이 학교의 주인이셨다. 대통령 훈장 할아버지가 날마다 식이를 내려다보고 계셨다.

교실 두 번째 줄 가운데에 앉으면 칠판을 정면으로 좌우에 유리 창문이 있다. 좌측 창문으로는 햇볕이 들어왔다.

교실의 기온은 훈훈했다. 사람의 정상 체온 36.5도를 가진 60명 이상의 아이들이 모여 조잘대고 있으니 온기가 돌 수밖에 없었다. 바깥 기온이 섭씨 15도라면 실내온도는 아이들의 온기가 모여 섭씨 20도는 더 되었을 것이다.

식이는 여태껏 가정에서 엄마의 보살핌과 품에 안겨 생활했으나 이제는 학교에서 선생님의 가르침에 귀를 기울여야 한다. 더구나 할아버지 훈장님이 앞에서 내려다보고 계셨다. 식이에게 다행스런 것은 이미 단체 사회생활을 교회에서 몸에 익혔다는 것이다.

식이는 교회에서 예배와 동요, 동화, 놀이 활동을 통해 많은 것을 배웠다. 단체 활동 훈련을 받기도 했다. 그 외에 신발 관리하는 법과 어른들께 인사를 잘해야 하는 것도 몸에 배어 있었다.

학교에서 배웠던 첫 문장이 "바둑아 바둑아 이리와," "영이야, 철수야 나하고 놀자"였다. 학교는 바둑이와 철수와 영이와 함께 어울려 노는 곳이었다. 그렇게 학교생활을 시작했다. 자기 앞가림도 제대로 못하던 철없는 어린 아이들을 이렇게까지 키워주신 선생님들께 감사드려야 한다.

식이는 70대 중반을 맞이한 청춘 노인이다. 먹거리가 나아지고 위생 및 보건 환경이 좋아진 상황에서 사람들의 실제 체감 나이를 0.8을 곱해서 얻는 수치라고 가정한다면 아직 60대 초반이다. 숨 쉬고 취미 활동을 하며 살날이 많이 남아 있다. 그 와중에 하고 싶은 말을 다하지 못하고 살아온 것을 뒤늦게 알게 되었다. 어르신들의 말에 의하면 "말이 많으면 쓸 말이 적고 그 결과 또한 좋지 않다" 하여 참고 참고 또 참으며 그 말들을 마음 깊은 곳에 담아두었다. 지금도 마찬가지다.

이제 서슴없이 담아두었던 이야기보따리를 하나씩 하나씩 꺼내어 풀어보려 한다. 그러자 식이 아내 옥이는 "하찮은 것들을 이야기하여 긁어 부스럼을 내려 하느냐?"고 지적한다. 식이는 마음속에 담아둔 말을 하면서 자신이 가야 할 길을 더 가겠다는 것이다. 그래서 2025년 2월 1일부터 세종 국립도서관을 찾아 하루에 10시간 이상씩 '마음속 말 꺼내기'에 전념해 보았다.

'어디서부터 말머리를 시작해야 할까?' 망설이며 말 모음 책의 제목을 구상했다. 처음에는 책 제목을 '입이 있으나 말을 다하지 못한 "유구무언"(有口無言)이나 "함구무언"(緘口無言)으로 할까?'라는 생각도 해보았다.

그에게 갑자기 떠오른 제목은 오 헨리(O. Henry)의 작품 『마지막 잎새』였다. '마지막 잎새'라는 말은 식이에게 설렘을 주는 말이었다. 하나의 씨앗이 땅에 뿌려져 새싹이 나고 잎이 피고 꽃이 피고 충실한 열매를 맺는다. 추수가 다 끝나고 서리가 내리면서 눈이 오기 전까지 매달린 마지막 잎새라 생각하면 소중하기도 하고, 그 잎새 하나가 그 나무의 강인한 생명력을 보여준다.

거센 비바람과 눈보라가 쳐도 떨어지지 않을 나뭇잎을 지정된 곳에 그려서 거기에 고정해 놓고 싶었다. 이는 마치 마지막 거친 숨을 내쉬면서 생명을 마감하거나 연장하려는 생명의 경외감이기도 하다.

식이는 후덕하셨던 조모님의 임종을 지켜보았다. 조모님이 거친 숨을 내쉬시면서 마지막 남기신 말씀은 "너희들 화목하게 잘 살아라"(家和萬事成)였다.

그분이 남기신 유언 "너희들, 화목하게 잘 살아라"는 후손들이 돈을 많이 버는 부자가 된다거나 권력을 거머쥐어 무소불위의 위치에 오르라는 말씀이 결코 아니었다. 그보다는 성실하게 욕심 없이 자기에게 주어진 일에 충실한 그런 소박한 삶을 요청하신 것이었다. 그리고 다른 사람들과 함께 더불어 사는 화목한 삶이었다.

돌이켜 보면 식이는 개인이나 가족 구성원 그리고 학교나 교회 등 삶의 공동체에서 성실하게 살아왔다. 그러면서도 어느 때는 말로 표현할 수 없는 오해와 편견에 휘말린 적도 있었다. 그럴 때 변명하기보다 속으로 삭이는 것이 더 나은 방법이라는 것을 알게 되었다.

식이는 6·25 전쟁을 몸으로 겪었다. 주위 어르신들의 말에 의하면 6·25 동족상잔(同族相殘)이 가져온 식이 가정의 파탄과 피해는 이루 말할 수 없이 컸다.

일제 강점기에 국가의 녹을 받던 백석진 할아버지는 지역 유지로서 아들 다섯에 딸 하나를 둔 유복한 가장이었다. 지역에서 명망있는 집안이었다. 그런데 할아버지가 친한 친구에게 억울하게 모함을 받았고, 그로 인해 가정이 산산조각 났다. 아들 백성민 또한 군산세관에 근무하는 평범한 사람이었는데 6·25 전쟁은 그를 살육과 죽음의 골짜기로 내몰아 버렸다.

식이 엄마는 후덕한 부잣집에서 곱게 자란 소녀였다. 학교와 가정과 시집에서 귀여움을 독차지한 아리따운 규수였으나 6·25 전쟁의 화마를 비켜갈 수 없었다. 그녀는 동족상잔의 전쟁에 휘말린 남편을 그리워하며 여자 혼자 몸으로 두 명의 자녀들을 키우느라 온갖 고생을 다했다. 시아버지와 남편을 졸지에 잃은 식이 엄마는 시집에 기거하지도 못했고, 한동안 자신의 성을 남편 성으로 바꾸어 도민증을 사용해야 하는 딱한 신세가 되었다.

그래서 식이는 엄마를 따라 자신이 태어난 고향 전주 집을 뒤로 하고 여산으로 피난 이주를 하게 되었다. 여산은 식이에게 옛 고을 호남의 첫 고을이자 각별한 마음의 고향이다. 식이는 자신을 '여산이 만든 여산인'(A man made in Yosan, that of Yosan)이라고 말하고 있다.

서너 가정이 모여 살던 작은 동네 방아다리에서 두여리교회, 여산초등학교 및 중학교를 오가며 13년을 살았다. 식이의 몸에는 여산의 피가 흐르고 있다. 어려서부터 보고 자란 하사관학교의 정신이 온몸에 배어 있다.

유치원 시절에는 군가와 행진이 그의 일상이었다. 그곳에서 식이의 어린 시절 삶의 여정이 시작되었기 때문이다. 연극으로 말하면 시작을 알리는 징 울림, 운동으로 말하면 호각이 울린 셈이다. 그리고 그는 전주와 서울, 독일 유학, 전주(지금은 조치원) 시골 버스 종점에 거주하고 있다.

장편소설 『사랑이 스치는 자국』의 휘장을 열면 식이가 나고 자라 살던 곳을 두루 다니면서 보따리 매듭이 하나씩 풀어진다. 그는 여산인, 전주 사람으로 서울에서 살았고, 독일의 통일을 경험한 사람이기도 하다. 서울에서 교회일을 했고 전주에서 대학생들을 가르치면서 주말에는 봉동 사람이 됐다. 봉동에서 봉상교인들의 많은 사랑과 관심을 받았다. 지금은 조치원에 거주하며 세종주님의교회와 기룡리 마을 사람들의 사랑을 받고 있다.

이 책에서 그가 경험하고 보고 느끼고 체득한 일상을 글로 남기려 한다. 한 가지 전제할 것은 독자의 상상력이 미치지 못하는 부분에서는 사실이 조금 다를 수도 있다는 점이다. 혹시 과한 부분이 있다면 그 부분은 미리 독자에게 양해를 구한다. 조심스럽다. 어디서부터 시작해야 할지….

징이 울린다. 휘슬이 울려 퍼진다. 호루라기가 소리를 낸다. 앞으로 가라고….

"하나, 두 울," "세 엣, 넷." "하나, 두 울," "세 엣, 넷." "하나, 두 울," "세 엣, 넷."

"병아리," "째액 짹." "병아리," "째액 짹." "병아리," "째액 짹."

식이가 초등학교 1학년 때를 연상해 본다.

"오리 오리," "꽤액 꽥." "오리 오리," "꽤액 꽥." "오리 오리," "꽤액 꽥."

"토끼 야아," "깡충 깡충." "토끼 야아," "깡충 깡충." "토끼 야아," "깡충 깡충."

"돼지 야아," "꾸울 꾸울." "돼지 야아," "꾸울 꾸울." "돼지 야아," "꾸울 꾸울."

"송아 지야," "음매 음매." "송아 지야," "음매 음매." "송아 지야," "음매 음매."

"염소 야아," "매에 매에." "염소 야아," "매에 매에." "염소 야아," "매에 매에."

여산초등학교가 갑자기 동물농장으로 변했다.

병아리, 오리, 토끼, 돼지, 송아지, 염소로 가득 찼다. 노란색으로 옷을 입은 병아리, 뒤뚱뒤뚱 걷는 오리 새끼, 겁이 많아 눈이 빨갛고 귀를 쫑긋 세우는 토끼, 먹이를 찾아 꿀꿀대는 아기 돼지, 엄마 젖을 찾는 착하디 순한 송아지, 고집불통 염소가 다 모였다.

1956년, 여산초등학교 운동장에 새로 갓 입학한 병아리, 오리, 토끼, 돼지, 송아지, 염소들이 선생님들을 따라 줄지어 따라가고 있다. 오늘은 첫날이라서 학부모들도 많이 왔다. 1학년 교실은 동쪽 편에 있었다. 1반은 김용걸 선생님, 2반은 이옥기 선생님, 3반은 김상희 선생님이 담임이셨다. 이들은 외모에 따라 남자 선생, 이쁜 선생, 서양 여성으로 제각각 불렸다.

아이들이 교실로 들어가면 학교에 따라온 부모님들은 수업에 방해가 되지 않도록 집으로 돌아가면서 이렇게 말했다.

"저 어린 것들이 언제나 커서 철이 들고 시집가고 장가를 갈 것인가?"

"여산초등학교는 일제 강점기에 세워져서 역사가 아주 깊은 학교라며?"

"여산이 군수와 부사가 부임할 정도의 군사적 요충지였다던데?"

"병인박해 때에 천주교 신자들도 많이 순교한 성지라고 해."

"가람 이병기 선생님도 이 학교 교사 출신이래."

"맞아요. 여산은 작지만 큰 고을이에요."

여기서부터 사소한 식이의 이야기가 시작된다. 식이는 혼자가 아니다. 식이 옆에는 지금도 사람들이 많이 있다. 죽어가는 그 순간까지 사람들이 넘쳐 날 것이다. 누구에게 먼저 감사의 인사를 드려야 할지 모를 정도로 주위에 사람들이 많이많이 있다.

보따리를 풀다

가방이 없던 시절에는 보따리와 함께 살았다. 볏집으로 만든 망태나 가마니 삼태기, 대나무 광주리들도 있었으나 먹거리와 살림을 책임지던 아낙네들은 보따리와 함께 생활했다. 밥 보따리, 떡 보따리, 옷 보따리, 장사 보따리, 책 보따리 그리고 할머니의 이야기 보따리도 있다. 보따리 속에는 먹을 것과 입을 것, 살림과 꿈이 들어 있었다. 식이는 엄마의 장사 보따리에서 나온 사람이다. 보따리는 신기한 물건으로 요술 보따리다.

이 책의 이야기 보따리는 1950~70년대를 어렵게 살아온 식이의 경험이 그 바탕이다.

1960년대는 '새로움'을 화두로 하는 여명기다. 6·25 전쟁으로 무너진 나라의 모든 것들이 새로 시작되어야 했기 때문이다.

넘어진 소도 비빌 언덕이 있어야 일어설 수 있다. 한국은 넘어져 쓰러진 소처럼 기진맥진 상태였다. 오랜 일제의 수탈로 지칠 대로 지쳐 있었다. 해방 이후 벌어진 한국 전쟁은 사회 전반의 기력을 더 쇠잔하게 만들었다. 어디서부터 무엇을 일으켜 세울지, 또 어떻게 시작할지 전혀 알지 못했다. 그저 눈에 보이는 것이라고는 좌나 우를 가르는 이념 대립뿐이었다. 그런 새로운 시작은 또 다른 형태의 전쟁이었다. 이것은 통일한국을 준비하기 위한 선결 과제였다.

주인공 식이의 단란하고 행복했던 가족 이야기는 한국의 일제 강점기 말기와 해방으로부터 시작된다. 한국은 1945년에 36년간이라는 일제 식민지 시대를 거친 후 일본이 패망하면서 해방이 되었다. 그것도 잠시, 소련의 스탈린과 중공의 마오쩌둥의 지원을 받은 김일성과 북한 공산군의 침략으로 온 국토가 붉은 피로 물들었다.

한 집안의 형제가 서로 총뿌리를 겨누게 되면서 하루아침에 원수가 되었다. 1천만 명 이상의 이산 가족이 생겼다. 길거리에는 거지와 고아들이 넘쳐났으며, 전쟁 미망인들은 남은 가족을 지켜내기 위해 온갖 궂은일을 마다하지 않았다. 식이 엄마 덕주도 그랬다. 그 강인함의 밑바탕은 신앙심이었다.

식이의 국민학교(초등학교), 중학교 시절은 1950년대 중후반이었다. 식이는 고등학교에서 최우등을 유지했는데 이는 선생님들의 격려 덕분이었다. 식이는 최고 등수를 유지하기 위해 모든 과목의 교과서와 참고서를 무조건 달달 외웠다. 그는 효율적으로 암기하기 위해 일본의 기억술 권위자 와타나베 다카아키의 『암기기법 천재적 기억술』을 적극적으로 활용하기도 했다. 식이 반을 담임하셨던 영어 안재선 선생님, 국어 김덕수 선생님, 수학 강성희 선생님은 그의 은사님들이다. 선생님들 역시 국어와 영어, 수학 보따리를 가지고 계셨고, 그 보따리를 푸셨다. 보따리의 중요성을 감지한 아이들은 마음껏 내용물을 가져갈 수 있었다.

선생님들이 그 귀한 보따리를 풀지 않으셨더라면 어찌 감히 그가 그 일을 이루어 낼 수 있었을까? 특히 식이는 고2 때 국어 교과서에 있는 현대시 40편을 줄줄 외웠다. 이런 그의 경험과 그 기억은 식이로 하여금 문학을 사랑하게끔 만들었다. 그는 '오귀스트 로댕'의 '생각하는 사람'이 되어 장편소설을 쓰게 되었다.

식이가 일반 대학을 졸업한 후 신학대학원에 진학하던 때는 1970년대 중반이었다. 사람들은 그가 대학의 추천을 받아 일류 대기업에 취직할 것으로 기대했으나 그는 그것을 포기했다.

"저런 미친놈 봐라! 신학대학원에 가서 전도산가 뭔가 된다고 그 고생을 사서 하다니!"

식이에게는 분명한 사명감이 생겼다. 당시 장신대 학장 이종성 교수님이 강의 때마다 "나는 은퇴 이후 장편소설을 쓰겠다"고 하던 말씀을 생생하게 기억했다.

학장님은 그 일을 이루지 못하고 돌아가셨다. 식이는 영락동산 장지까지 동행하면서 학장님이 생전에 하고 싶었던 소설 쓰는 일이 하고팠다.

그동안 식이가 출판한 연구물은 전공서, 교회 교회사 등 서적이 10여 권, 조직신학과 칼빈 논문 등 20여 편에 이른다. 한편으로는 전문서적을 더 쓰고 싶은 마음이 있었으나 좀 더 독자들에게 가까이 다가가고 싶어서 장편소설을 쓰기로 마음먹었다. 그래서 2월 1일부터 날마다 세종 국립도서관을 드나들며 자료 수집을 하거나 틈틈이 관련된 문학관이나 소설과 연관된 역사 현장을 답사했다.

식이 엄마 덕주는 동족상잔의 6·25를 전후하여 당신의 삶을 억척같이 헤쳐나가신 한국을 대표하는 장한 어머니 상(像)이다.

식이는 대학 시절 엄마를 잃은 후 누님의 도움으로 대학을 졸업하게 되었다. 그는 늘상 엄마에게 효도하지 못한 마음의 빚을 안고 살았다.

엄마가 세상을 떠난 11월이 되면 매년 정철의 시조 「어버이 살아실제」를 읊곤 한다.

어버이 살아실제 섬기기 다하여라.

지나간 후면 애닯다 어이하리.

평생에 고쳐 못할 일이 이뿐인가 하노라.

이 시조를 소리꾼처럼 장단에 맞춰 낭랑한 목소리로 접이식 부채를 손에 쥐고 몸을 앞뒤, 좌우로 흔들면서 읊는 것이 식이의 자그마한 소원이 되었다.

이 책은 장마다 지닌 사건의 내용을 마치 퍼즐을 맞추듯 내용의 흐름을 잡아 사건을 재구성하려 했다. 그래서 글에 오해가 될 만한 내용도 있을 수 있고, 풀어내기 조심스러운 장면들도 있다. 필자가 경험하지 못한 것은 인터뷰를 통해 간접 체득을 했고, 다양한 자료들을 참조하며 상상력을 발휘했다.

식이는 1970년대 대학생활을 하면서 삼선개헌과 유신을 겪었고, 한국적 민주주의가 무엇인지 맛보았다.

이 책의 구성은 발단, 전개, 위기, 절정, 결말로 이루어지는데 위기 부분에서는 구체적인 사례를 들어보려 한다.

소설은 사실을 있는 그대로가 아니라 작가의 눈으로 본 다른 세계를 그려내는 것이다. 당연하게도 극적 효과를 위해 사실에 부합되지 않은 내용도 있을 수 있다. 등장인물 역시 가명을 사용하지만 가급적 글의 내용이 객관적 사실에 부합되도록 심혈을 기울였다.

식이는 사랑 이야기를 그리며, 자신이 먼저 치유되기를 기대하며 살았다. 그는 무엇이 치유되기를 바랐던 것일까? 식이의 이야기는 일관되게 '사랑이 스쳐간 자국'으로 가득하다는 점에서 그가 바라는 '치유'란 사랑이 주는 폭넓은 이해와 관계 회복이다.

식이는 어려서부터 사람들의 관심과 사랑을 받으며 살았다. 그래서 사랑의 달콤함과 관심이 주는 그 큰 위력을 너무나 잘 알고 있다. 식이는 곧 팔순을 바라본다. 지난날을 돌이켜 볼 때 자신이 받은 만큼의 사랑을 되돌려주지 못했다.

식이는 개신교 신앙인으로서 엄마가 물려준 하나의 교훈을 늘 마음에 새기고 있는데 바로 "경천애인"(敬天愛人)의 사랑이다. 어릴 적 식이는 빗물에 얼룩져 떨어진 벽지에 붙어 있는 '여자처럼 머리가 긴 예수님의 사진'에 '경천애인'(敬天愛人)이 써 있는 것을 보았다. 당시에는 "하나님을 경외하고 인간을 사랑하라."는 이 말이 무슨 의미인지 몰랐지만 훗날 이 말을 "하나님을 경외하는 사람이 인간을 사랑할 수 있다"로 이해하게 되었다. 하나님 사랑과 인간의 사랑은 동전의 양면처럼 분리되지 않음을 알게 된 것이다.

식이는 하나님과 사람들의 사랑의 힘에 의지하여 오늘도 의연하게 존재하고 있다. 심지어 식이가 소유한 것들은 모두 남들이 보기에는 보잘것없고 하찮은 것들이지만 그에게는 너무도 소중하다. 밥을 먹을 때도 음식을 남기지 않으려는 정신, 그것은 생명체인 식물이나 동물, 키우는 각종 가축까지도 소중히 여기는 마음의 발로다. 특히 그는 두 마리의 진도견이 산밑에 자리 잡은 자신의 집을 도둑이나 유해동물로부터 지켜주는 것에 늘 감사하고 있다. 수컷의 이름은 경주 배씨 배짱, 암컷의 이름은 김해 김씨 김별이다. 자신과 아내의 성을 그들에게 붙여주었던 것이다.

이는 그가 엄마로부터 물려받은 작은 것을 귀하게 여기는 사랑의 소산이 아닐까?

식이는 커가면서 사랑이 애증으로 변하고, 사람들을 죽음의 문턱까지 내몰던 미움과 증오, 오해와 편견 속에서도 강렬한 사랑을 알고 싶었다. 자기 주변에서 스스로 목숨을 끊는 사람들의 소식을 접하면서 잠을 이루지 못하고 괴로워한 때도 있었다. 그가 아쉬워하는 한 가지 사실은 알 수 없는 자신의 감정 뒤에 가려진 참된 사랑이 자기에게 늘상 있었다는 사실을 왜 좀 더 일찍 깨닫지 못했는가 하는 것이다. 보이지 않는 사랑이 지금까지 그의 생명을 연장해 주었다는 말이다.

"미움은 사랑이다. 참된 사랑은 미움에 들어 있다. 미움의 사랑은 죽음이다. 죽어야 다시 산다. 살아야 죽는다."

사랑과 미움, 미움과 죽음, 생과 사는 결국 하나란 말인가? 철이 들면서 사랑의 이면에 숨겨진 증오와 애증이 다른 또 하나의 사랑이었음을 알게 되었다. 이는 '스쳐 지나간 사랑'이었다.

어느 때는 식이 마음 깊은 곳에 사랑의 깊은 상처가 흔적으로 남기도 했다. 이는 '남겨진 사랑'이었다. '스쳐간 사랑'과 '남겨진 사랑'의 터널을 지나서야 남은 사랑이 있음을 알게 되었다.

이런 경험을 통해 사랑과 증오는 백지 한 장 차이라는 것을 알았다. 사랑에는 분명 받은 만큼 되돌려주는 힘이 있다. 그런데도 식이는 아직 그것을 제대로 전하지 못했다는 사실을 알리고 싶어 조심스럽게 말문을 연다.

히포크라테스는 "인생은 짧고 예술은 길다"(Life is short, Art is long)고 했다.

지금이야 먹거리가 좋아지고 위생 및 의료 시설이 발달하여 인간의 수명이 곧 120세를 넘보는 시대가 도래하긴 했지만 주위를 둘러보면 70세를 건강하게 사는 것은 여전히 쉽지 않은 일이다.

"인생 70 고래희"(人生七十古來稀)는 보편적인 진리 중 하나다.

책장을 넘겨보려 한다. 일제 강점기 말의 시기로 돌아가 한국이 열리는 조선의 상황과 전쟁 그리고 한 가정이 탄생하는 혼례식 현장으로 말이다.